戒名探偵　卒塔婆くん

高殿 円

角川文庫
22742

目次

戒名探偵　卒塔婆くん

目の前に、『清室浄蓮信女』と刻まれた石がある。

「なんですか、これ？」

金満春馬は瞠目した。

東京、麻布。江戸時代より某藩家老の菩提寺として続く臨済宗妙徳寺派、秋王山金満寺。

その敷地内に建つ、住職一家の住む寺務所兼住居の十四ＬＤＫが、現在の金満春馬の居所である。

時節は良く、薫風香る五月。新学期がはじまったばかりの高校生である彼は、無粋な目覚ましにたたき起こされ、たったいま、目やにのくっついたままの顔でダイニングに降りてきた。

その朝の快い空気を一瞬にして凍り付かせる、食卓のテーブルの上にどでんと置かれた石。

墓石。

「墓じゃん！」

刻まれた漢字群が戒名だということは春馬でもわかる。まがりなりにも彼は寺の息子だ。次男で寺を継ぐ気もさらさらなく、自分の実家が江戸徳川の世から代々三百年続く由緒ある臨済宗の寺であってもさして仏教に興味も湧かず、なんとなく近所の学校に進学して学生生活を楽しんでいるただの高校生ではあるが。

　わからないのは、なぜ墓石が朝早く、香り立つコーヒーとともにうちのダイニングにあるのかということで。

「なんでこんなもんがここにあるの。ってかこれってうちの檀家のだよね」

「そのようだ」

「古いよね」

「そのようだ」

　春馬の十歳上の兄で、この金満寺の住職代行を務める金満哲彦が、階段の踊り場から見下ろす勢いで高飛車に言い放った。

　現在、住職である彼らの父親は、京都の本山の役職に就いていて東京にはあまり戻って来ない。家や寺のことはてんでこの兄に任せっきりである。

　哲彦は今時の寺の跡取りとしては優秀で、臨済宗の経営する仏教系の大学を首席で卒業し、高僧のおわす有名寺で数年修行の後、本山の覚えめでたく金満寺の手伝いをするために東京へ戻ってきた。今では自分よりもはるかに年上の数名の僧を雇い入れ、古くから縁の続く数百の檀家とつきあい、立派に一人で法要をこなす。

すばらしく有望な跡取りだと、近所では評判だった。

しかし、すばらしい僧侶だとしても、残念ながら弟にとってすばらしい兄であるとは限らない。

「いいか、扶養家族。これは昨日新たに整備している墓地の区画から出てきた。ちょうど去年枯れた松林のあたりだ。地中に埋まっていた」

腐っても麻布の一等地であるので、墓地を募集すればそれなりに新規檀家獲得への近道になる。その上、金満寺は名前が良いからか、地元ばかりではなく全国に檀家がいて（それはたいてい商売を営んでいる）、ぜひとも寺内に墓が欲しいと切望しているのだ。

「ふうん。哲ちゃん、また墓増やすつもりなの」

「哲ちゃんではない。お兄様、龍円師と呼べ」

龍円というのは哲彦の僧名だ。金満寺十三世龍円というのが正式な呼び名であるらしい。

端から見ているかぎり、哲彦は経営者としても社長の風格がある。長い間放っておいた松林を整地して新規の墓地にする計画を立てたのも、三年後の開寺三百年慶讃法要に向けて費用を捻出するためだろう。

「んで、だれよ、この墓」

「読めばわかる。戒名をな」

「そんなこと言われても」

　春馬は顔をしかめた。春馬は漢字が苦手だ。それがいかにも古い時代のもので、寺社内に新たに造営しようとした墓地の予定地から出てきた墓石とあってはなおさらである。

「見るからにめっちゃくちゃ古い墓じゃん。もうこれ無縁さんでしょ」

「無縁さんかどうかは、まだわからない」

「えぇー、だって、土の中から出て来たんでしょうが。どうせ身内なんていないよ。死に絶えてるよ。さっさと六地蔵のところへもっていこうよ」

「黙れ、このどぐされ慕何(ばか)」

　哲彦は青々とそり上げたばかりの迫力スキンヘッドを、さわやかな朝日の下に晒(さら)して言い放った。ちなみに慕何というのは梵語(ぼんご)の moha のことで、これに漢字を当てると馬鹿となる。不用なもの、無知なものという意味だ。何度も哲彦に言われているので、いかに慕何なる春馬でも覚えてしまった。

「なんてヒドイ言われようだろう。この世でたったひとりの弟なのに」

「なんと不用ならぬ扶養家族であることよ。ちょっとはこの世に生まれ出た意味を成そうという気になれ」

聖職者が実の弟に向かって言い放つ言葉とは思えない。

（あんたに言われたくないよ……）

今は僧侶の鑑である兄も、高等部までは地元では有名なヤンキーだった。有栖川学院のカネミツと言えば、北関東や埼玉の暴走族が首都高にバイクの列をなしてお礼参りに来るほどの凶悪ワルであったのだ。

春馬はそのころ幼稚舎に入ったばかりだったが、ああ、あの〝麻布の海坊主〟の弟かと、幼稚舎でも中等部でも哀れみと驚きの目で見られたことを覚えている。

（だいたい麻布の海坊主ってなによ）

周知のことながら、麻布に海などない。

そんな元ヤンな兄も、今では法衣に身を包み数十の経文をすらすらと暗唱する優秀な僧侶へと改心した。自ら進んで拘置所へ出かけて説法し、ペットのためにどうしても戒名が欲しいという飼い主に、ていねいに人間と動物との差を諭し、戒名は院殿号にしろとだだをこねる家とは、お前はいままで法事以外に一度でも寺に来たことはあるのかと、勇敢にも正論をもって戦っている。あのころ家の洗面所を何時間も占拠して脱色し、金に染めていた長髪はいまはもうその名残もない。

「いいか、春馬。この優秀なる兄が慕何なるお前に教えてやろう。この国の法律では、放置されて誰のものかわからない墓地でも、一年間は縁故者を探さなければならないことが定められているのだ」

じゃあ公告出してよというまっとうな訴えは退けられた。

「つまり、あそこをすぐに新規の墓にするためにはだな、あそこから出てきた墓石の縁故者を見つける必要がある」

「へ、へえ」

(嫌な、予感)

春馬は思わず一歩後ずさった。しかしいつのまにかそこには兄が立っている。立ちふさがるように。

「よってこの墓石がだれのものか突き止めるのがお前の仕事だ」

「なんでそうなる」

「これはお前に与えられた修行なのだ。この歴史有る金満寺の次男として生まれたというのに、ろくに家のことも手伝わず得度もせず経文ひとつ読めずにその歳まできたお前の罪深さを償え、いまこそ、すぐに社会様の役にたて」

「そんな」

「それともお前が代わりに六地蔵の横に立たされたいのか？」

返す言葉もない。

(だが、断る!!)

逃げようとするが、パーカーのフード部分をむずと掴(つか)まれた。

「ちょ、離せよ哲ちゃん。ガッコ遅れるって」

哀しいことに兄、哲彦と春馬の身長差は十センチ以上ある。しかも豪腕の哲彦から無傷で逃げのびるのは至難の業だ。

「いいか、この墓石は身元がわかるまでお前の布団の中に保管しておく。どこのどなた様かわかるまで、お前はこの墓石と同衾(どうきん)するんだ」

「げえ、なんで！」

「イヤなら社会貢献しろ」

「横暴！　ボーサンが家族を虐待していいのかよ！」

「寺の金でバカほど金がかかる私立高校に行ってるお前に言う権利はない」

ぽいっと春馬は投げ捨てられた。体育会系ヤンキーだったころの名残か、哲彦はいまでは僧侶としての日課と修行のほかの時間はベンチプレスに費やしている筋肉ダルマだ。腕力で敵(かな)うはずがない。

「自分だって高校は同じだろ。しかも兄貴は俺より酷(ひど)い金髪ヤンキーだったじゃないか」

「俺は降魔成道(ごうまじょうどう)を経て、悟りを開いた」

「なにが降魔成道だよ。高二のときに玄人のネーちゃんに鞭で打たれて、Mに目覚めただけだろ！」

「正覚に達したのだ」

達したのは別のお前だろ、と叫んだところへ鉄拳が降ってきた。

「ぐだぐだ言ってないで、さっさとその仏様の身元を洗い出せ。わかるまで毎晩その墓石と添い寝させるか、七番目の地蔵にしてやるからな」

この寺の敷地内にいる限り、どうやっても哲彦が神であり法律である。春馬はそれ以上の抵抗は無駄であると察し、食欲のなくなった胃に牛乳だけを流し込んでさっさと家を出た。

もちろん、スマートフォンであらゆる角度から墓石の写真を撮っておくのは忘れなかった。

（まったく、あの兄貴は何を考えているんだか……）

あの悪役プロレスラーのような顔とガタイで（あまりに巨軀すぎるゆえ彼の法衣は特注である）、愛読書は『無門関』とか言うのだから世の中間違っている。しかもヤンキー時代はこの世の快楽も外道も知り尽くしていた悪党だったくせに、二十歳で得度してからはきっちり禁欲して、一生妻帯しないと誓願をたてている。「俺は成人童貞だ」とわけのわからないことを真面目な顔をして言い張るのだから頭がおかしい。

（きっと、ＳＭソープで尻にロウソク突っ込まれておかしくなったんだ）

そんな状態でロウソクに火をつけられれば、だれだって人生が変わるのかもしれない。春馬としては、まだそこまでして人生を変えたくはない。

とにかく、このままではいられない。金満春馬は自他共に認める適当な人間である。読めもしない、しかもところどころ石が削れてわからなくなってしまっている戒名など、今の自分の知力では解読できるはずもない。

しかし、ここで放置しておけば、今夜確実にベッドであの墓石と同衾を強要されることは目に見えている。七番目の地蔵になるのもいやだ。

結論は容易に出た。こんな面倒なことはプロに任せるにかぎる。

（そう、プロに）

手がかりはこの、『清室浄蓮信女』という戒名ただひとつ。

それだけで、この古びて土がこびりつき、刻まれた文字すらよく見えない墓に眠っていたはずの人物のプロフィールを探る……

（普通だったら、女性だってことしかわからないはずだ。今時住職っていわれるボーサンでも、戒名ソフトを使ってるって言う。院殿クラスならともかく、こんな短い一般人の戒名だけで、どこのだれなんてわかるはずがない。――だけど）

「俺には、あいつがいるんだよな」

ありがたいことに、学校にさえ行けば、春馬はこの戒名の謎を解いてくれる人物に会えるだろうと確信していた。

彼ならば、こんな戒名くらいなんでもないはずだ。かつて春馬は、こんなものはとうてい無理だと思われた難問、すなわち、

「ここに自分の先祖の墓があるはずだから探し出してほしい」

とか、

「昔の恋人の戒名を知りたい」

とか、あろうことか、

「三百年前に死んだ御先祖がどういう人間だったのか教えてほしい」

というむちゃくちゃな願いを、彼がまるで皿の上の砂糖をティーカップにいれるがごとく素早く、たやすげに叶えたのをこの眼で見ている。

あの謎の同級生は、一目墓石を見ただけで、墓が建った年代はおろか、そこに入っている人間の身分、性別、宗派、そしてどういう人物だったのかさえ見抜くことができるのだ。

有栖川学院高等部の同級生、外場薫。

だれが呼んだか名付けたか、人呼んで『戒名探偵』。

そう。どんな難解な戒名でも、卒塔婆でも、わけのわからない墓誌であっても、彼

に解読できないものなどない。

（たしか、お供えから下げられた菓子箱の中に、銀座の名店『空也』の最中があったはず）

外場にさえ頭を下げれば、春馬は今夜あの墓石との同衾を免れる。そのためならば、たとえばちあたりと言われようとも、寺にあるお供え物の中から、彼の好きな和菓子を袖の下として渡すことなどなんでもない。

「他力本願、いいじゃないか」

にや、と春馬は笑った。

もとはと言えばそれも、仏教用語である。

＊＊＊

東京、麻布にある有栖川学院高等部は、有栖川宮記念公園のすぐそば、かつては高名な財閥であったご一門が開校されたという、東京ではそこそこ名の知れた私立の共学一貫教育校である。

とはいえ、秀才校がひしめく山手線内では、有栖川学院は金持ちのボンボンが幼稚舎から行く学校という共通の認識があり、実際同級生たちもどこかの企業の会長の孫だとか、重役の息子だとか、はたまた春馬と同じく寺の跡取りなど、資産家の子女が多い。もっとざっくばらんに言うと、有栖川は広尾のK校の滑り止めで、残念ながらお受験戦争で負けた敗者が、〝なんとなく〟〝そこそこ〟感をキープするために通う学校であると言えよう。

家から近いという理由でこの幼稚舎を受験した春馬は、やはりみんなが進むからという理由で同中等部へ進学し、ほとんどクラスメイトが代わり映えしないまま高等部へ進んだ。すでにここに来て九年も同じ面子で過ごしているのだから、必然的に顔も知らない相手というのも稀になっている。

しかし、そんな人類皆兄弟な校風の中で、彼、外場薫だけは違っていた。

教室に入ると、すでに当人は席に着いていた。予鈴が鳴る十分も前に着席している生徒など、外場のほかにはだれ一人いない。

この四月、春馬と外場薫は、同じ2－Aクラスになった。なので、彼の動向は授業中にちょっと視線を向ければすぐにわかる。

「あ、いたいた」

外場の席は廊下側の前から二番目だ。彼は近眼なので、席替えのときに前にしてほしいと自分から申し出ている。春馬はもちろん快適な睡眠確保のために後ろが当たるよう、その時だけご本尊の観音様に手を合わせる。

(おーおー、今日もまた一人で異次元しょっちゃって)

長方形の時代めいた黒縁眼鏡に、神経質そうな細い指。長い前髪はいつも彼の表情を暗く見せているが、それ以上に近寄りがたい雰囲気を醸し出しているのが、ぎゅっと寄せられた眉根と、彼の読んでいる本のタイトルだ。

(『仏陀』ヘルマン・オルデンベルク著……)

「げげ」

西洋人がお釈迦様のことについてモノ申している内容など、ごく普通の一般男子高校生である春馬には想像がつかない。しかし、外場には面白いのだろう。その視線が紙上から離れる様子はない。

(なんの因果で、あの歳で仏教なんかにハマるかね)

外場薫は謎の多い人物だった。そもそも彼は、数人しかいない高等部からの編入生である。家は春馬のように近所というわけでもなく資産家でもない。噂では、有栖川では珍しい母子家庭で、家も区営住宅住まい。

特筆すべきは学校の成績がすこぶる良いことだ。

(なんで有栖川なんかに来たんだろう)

もし、外場薫が地方から都心に移り住み、学業優秀な生徒として推薦を受けて編入してきたのなら、開成や日比谷に行けばいい。あちらのほうがよほど彼に似つかわしいガリ勉高校だし、官僚輩出率も偏差値レベルもずっと高い。

有栖川というところは、とにかく自由な校風で知られている。一度入学してしまえば、髪の毛を真ピンクにしようが、バンドを組もうが、学期中にもかかわらずインドにバックパックの旅に出かけようが、学校からはあまりとやかく言われない。学生服はあるが私服で登校してもかまわないし、化粧もピアスも個人の自由である。そのわりには、生徒たちの偏差値はそれなりに高くて、一番成績の悪い者でもC大の法学部くらいには入ってしまう。

そんな極めてフリーダムな学校の中でも、外場薫ははっきり言って浮いていた。私学では珍しい詰め襟の制服を敢えて着てきているのも彼くらいである。学力といい校風といい、わざわざ有栖川を選んで編入してきた意味がよくわからない。

（まあ変人が多いのがこの学校の特徴だから、いいのか）

有栖川高等部はとにかく「ゆるい」。だから、多少の変人であっても、それを理由にしたいじめはないのがウチの学校のいいところだと春馬は思っている。

＊＊＊

午後を過ぎ、六限の授業が終わると、学院では毎日の課外活動の時間に入る。

基本的にはゆるい有栖川にあっても校則はある。最低でも一時間半は校内でなんらかのクラブ及び活動に参加することが定められているため、すぐに帰宅するものは少ない。春馬もまた、この春強制的に入れられたとある同好会の部屋へ向かった。いちおう彼は普段陸上部の練習に出ているのだが、今日はあの墓石の件があるため、もうひとつの同好会の方に顔を出さなければならない。

すなわち外場薫が会長を務める『古文化研究会』という、名前も活動もじじくさい同好会に。

「おはよう、外場」

朝でもないのに業界挨拶(あいさつ)で、春馬は活動場所になっている旧図書館内の一室を訪れた。

ドアを開けたとたんに、顔にぶつかってくる、ふわっとした玉露の香り。

(渋い)

昭和の風情なのは香りだけではなかった。テーブルの上には皿とカップがあきらかに違うティーカップ一客。今時どこの食卓でも見ないようなごつい取っ手の南部(なんぶ)鉄瓶と、所狭しと積み上げられた古い本。古書を扱うときにはめる白手袋。事務員のようなオレンジ色の指サックは、ページをめくるときに使うものだ。

とてもエネルギーに満ちあふれた高校生の部室とは思えない。

「ああ、キンマンくん」

外場薫は、一つしかない少し上等なクッションつきの椅子に腰掛け、足を組んでその上に頬杖（ほおづえ）をついていた。全身ラッパーの格好で来ようと、体中ピアスの穴だらけにしようと何も言われないこの学校で、ぴっちり黒の詰め襟を喉（のど）のホックまで締めた彼の姿はどこか古めかしく、存在自体がなにかの影のように見える。

時々、その影がぬるっと動く。外場が、読んでいる本をめくるときだ。

「あのね、前から言ってるけど、俺、かねみつだから。か・ね・み・つ」

春馬はパイプ椅子を引いて座ると、勝手にテーブルの上にあった水切りカゴから伏せてあったティーカップを取り出し、自分のぶんのお茶を入れはじめた。これらは外場と自分が職員室だか校務員室だかからかっぱらってきたもので、全部柄も大きさも違う。

ちなみに、お茶は自分がこの同好会に寄付したもので、寺で檀家さんやお客さんに出している一級品である。宇治（うじ）茶問屋角與（すみよ）商店の最高級玉露『極翠（ごくみどり）』。お値段百グラム五二五〇円なり。

「キンマンとか呼ばれると、なんかすごい金に汚い寺みたいだなあ」

しみじみとつぶやいた。実際金に汚いのは、血のつながった巨体の兄だけなのであるが。

「まあ、その名前のおかげで、全国に檀家さんがいるのも確かなんだけど」

「そういえば、金満寺の住職の姓が金満というのは、とても珍しいですね」

昼以外のどこをも微塵も動かさず、外場は言った。彼と知り合ったのは去年で、それから一年なんだかんだとつるんできたが、今でもバカ丁寧に敬語で返される。もっとも彼はほかの同級生に対しても敬語だから、だれに対してもそういうスタンスなのだろう。

「あー、まあ、そうかもね」

曖昧に春馬は頷いた。

昔は浄土真宗以外は妻帯を許されていなかったので、寺を継ぐのは弟子か同じ宗派の寺で修行を積んだ僧侶と相場が決まっていた。つまり、たとえその弟子が武家か名主の出身で名字があったとしても、血縁とは限らないので俗名の姓が違ってくる。

しかし、明治の改革によって僧侶の結婚がごく当たり前になってくると、寺を継ぐのは弟子ではなく、住職の息子ということが多くなった。その上、一般人が名字を名乗りだしたのも明治に入ってからなので、寺の名前と住職の名字が同じ、なんてことはほとんどありえない。金満寺がちょっと変わっているのだ。

「でさ。外場さん。いまお暇？」

「御覧のとおり、生まれてからこのかた、暇だったことなど一度もありませんが」

　ぬるっと返された。

「頼みがあるんだけど」

「断ります」

「まあそう言わずに内容だけでも聞いてよ、絶対、これって外場が好きな仏教ミステリー系のネタだからさ」

　言って、強引に彼が読んでいる本の上に自分のスマートフォンを置いた。

「ね、この墓石、戒名だろ」

「戒名ですね」

　画像を見ても、別段外場の表情は変わらなかった。

「実は、この墓石がうちの寺の松林から出てきたんだ。今度そこも整地して墓地にするんだって兄貴がさ。だけど、供養するにもどこのどなたさんかさっぱりわからないから、困ってるんだ」

　お高い玉露様をさらさらと鉄瓶に入れ、ちょっと昭和の入ったチェック柄の魔法瓶から、お湯を注いだ。

「だけど、調べようったってずいぶん古い墓じゃん。だからもうお手上げで。ね、こんなのどこのだれだかわかりっこないよね」

「わかりっこない？」

春馬が新しく入れ直した玉露をさも当然といわんばかりに一口すすって、外場は言った。

「……さすが龍円師に今慕何と言われるだけはあるか」

「え、なになに？」

外場はあからさまに馬鹿にしたような表情をつくると、

「キミはキンマンなのに、どうしてこんなわかりやすい戒名がわからないんです？」

ほら、ここ、と戒名の書いてあるすぐ横を指さした。

〇政丙辰（ひのえたつ）　八月二十五日

さすがにその日付には気づいていたので、春馬は頷いた。

「うん。これ、亡くなった日付ってことだろ。でも肝心の年号がわからないんだよ。頭の部分が欠けてる」

亡くなった日がわかれば、あるいは寺の過去帳から探すこともできたかもしれない。しかし、空襲を免れたわが金満寺の過去帳は膨大な量にのぼる。ひとつひとつ探していてはきりがないのだ。そしてその間ずっとあの墓石と一緒に寝るのもごめんしたい。

「〇政っていっても、寛政もあれば文政もあって、安政もある。安政年間は七年続くし、寛政と文政にいたっては十三年もある。とても絞りきれないよ」

「丙辰」

「……はい？」

「年数書いてありますよ、丙辰」

「えっ、どういう意味？」

「丙辰、つまりこの方がお亡くなりになったのは、寛政八年か、安政三年しかありえません」

ええーっ、と春馬は声をあげた。

「なんでミリオネアみたいきなり二択になってんの、どうして、どういうからくり？」

「からくりもなにも、昔は干支と言って、年数を十干十二支の組み合わせで示したんですよ。文政年間に丙辰はありません」

「へえっ」

「ちなみに僕は平成十二年庚辰の生まれで、キミは平成十三年辛巳の生まれです。皇紀でいうと二六六〇年と六一年」

立て板に水とばかりにすらすらと言葉が出る外場に、いつものことだが春馬はほおおと感心する。

「……いつも思うんだけど、なんで外場は一般人なのにそんなこと知ってんの？」

「なんでキミは寺の息子なのにこんなことも知らないんです？」

なんでだろう。たぶん、俺だけじゃなくてクラスのやつら全員知らないと思うけど。

「でもさ、寛政八年か、安政三年か、どっちかはさすがにわからなくない？　だって完全に石削れちゃってるでしょ」

「あのね。キミの目には、そこの立派な戒名が見えないのですか」

「えっ、立派なの、これ」

いま外場がイラっとしたのがわかった。彼は苛立つと黒縁眼鏡を眉間に押しつける癖がある。

「寛政八年だったら一七九六年、安政三年なら一八五六年。どちらにしても一般庶民は名字などもっていないころです。しかし、この方は墓石を建ててもらっている」

「ああ、そうか。そうだね」

ほとんどが土葬だった時代、一般庶民が墓石など建ててもらえるはずもなく、それらしい石をつんで終わりだったという。ということは、この女性は庶民であっても裕福な名主か、商人か、武家の出であるのだろう。

「……とはいえ、位号が信女というからには、有名な武家の出ではないと思います」

「へえ、そうなの」

一般的に、戒名のルールは単純だ。○○院もしくは○○院殿（院〔殿〕号）▲▲（道号）□□（法号・戒名）●●（位号）という順番になっている。

戒名（法名）以外はその人の社会的地位を表すことが多く、頭に院殿とつくのは寺の開祖とか、よっぽど寺に寄進した名のある武家であることが多い。

そもそも現在の檀家制度は、キリスト教を否定し、江戸幕府が年貢を効率よく徴収するために、寺に人の生き死にを管理させたのがはじまりと言われている。その結果、幕府が厳しい身分制度を採用していたため、供養のために与えられる戒名にも明確な身分差が出てくることになった。

以上、以前外場にため息混じりに解説された、完全なる受け売り。

「たしかに院殿号がないから、すごい家の人じゃないのはわかるよ。今じゃ金持ちはたいてい院居士だけど、当時は町人だってめったに信士信女すらつけてもらえなかったらしいから」

これも受け売り。ただしこっちは哲彦の。

「いったいいつから戒名なんてできたんだろうね」

「日本では奈良時代」

「えっ、意外と古っ」

奈良時代って言ったら、奈良にあのでっかい大仏さんが建ったころか。

「男性では、その奈良の大仏を建立した聖武天皇が、戒名をもらった最初の人物だと言われていますよ」

へー、と春馬は素直に感心した。

「そもそも院というのは天皇家に関わりのある言葉です。後鳥羽院とか白河院とか言うでしょう。あれは天皇位を退いて上皇になったあと、移り住んだ御座所の名前です。だから地名か建物名を表すことが多い」

「ふーん、じゃあ殿ていうのは？」

「自分が公家じゃないことを示すために武家が勝手に作っただけ」

ちなみに、院殿号は足利尊氏が、等持院殿、と呼ばれていたことにはじまるという。現在では院号より院殿号のほうが上だとされているが、そもそもの始まりはそうではなかったらしい。

その足利尊氏の戒名は、等持院殿仁山妙義大居士。長い。

院号は、たいてい位号とセットになっている。院殿ならば大居士（清大姉）。院号なら居士（大姉）。なにもつかないと信士（信女）。金満寺は臨済宗の寺だから、戒名も禅宗の習いだが、なにも同宗派でないと絶対に墓を建てられないというわけでもないので、墓場にはさまざまな戒名の墓石が並んでいる。

宗派ごとに特徴はあれども院号位号の価値は同じである。ただし、浄土真宗だけは位号を用いない。昭和に入るまでは院号もほとんど付けることはなかったという。

「じゃあ、この位号でわかることは、この人は女性で、宗派は浄土真宗じゃないってことだけか」

もう何度も見た写真をついーっとスワイプしながら、春馬はため息をついた。外場のおかげで仏さんが亡くなった年は一七九六年か一八五六年のどちらかに絞れた。名のある武家の出ではなく、そこそこのランクの一般人であることも。

しかし、さすがにもうこれ以上戒名からわかる情報はないように思える。

なにしろ、位号をとったらたった四文字だ。

たった四文字の道号と法号。『清室浄蓮・信女』。戒名など普段関わりもしない春馬には、これだけでどこに住んでいたどんな人物なのかさっぱり見当もつかない。

なのに、外場は違った。

「村方三役クラスか、それとも武士でも十人扶持（ぶち）の御家人程度かな」

考え込んでいる風もなく、眼鏡を外してポケットから出したハンカチで軽くレンズを拭（ふ）いた。

「じゅうにんぶちって何？」

「十人家来を雇える年収。一人分が一石。だから年間十石クラスの武士ってこと」

「えーっと、じゃあ今の年収で言うと？」

「七百二十万」

計算まで速い。本当に頭のいいやつは文系理系関係ないらしい。

だとすると、この墓を建てたのは今のサラリーマンでもちょっと上クラスの経済力をもっていた人物ということになるのだろうか。しかし、外場の言うには昔の武士には家賃や税金はなかったそうである。だとしたら、今ならば一千万円くらいの年収があるということになる。

「まあ、でもこの人は武家じゃない。一般庶民だと思いますよ」

「なんで？　そのクラスの武家だと、位号が大姉でないとおかしい？」

「違います。はじめにお武家かなと思ったのは、この方が浄土宗（じょうどしゅう）だからです」

春馬の頭の中はリモコンで操作したように一時停止した。

「浄土宗なの？」

「浄土宗ですね。ほぼ間違いなく。浄が付くのはだいたい浄土宗です。こんな立派な墓なのに誉号がないのは金満寺が臨済宗のお寺だからかもしれません」

もうこの件に興味を無くしたのか、外場は再び『仏陀』のページをめくり始めた。

「室、って書いてあるでしょう」

「ああ、これね。清室浄蓮……」

「室というのは、女性に使うものです。つまり、なにがしかの妻という意味。だからその墓の隣には、清峯浄〇信士とか、そういう名の夫君の墓石が並んであったはずですよ」

「……なんで外場、この人のダンナさんの戒名までわかるの」

思わず知り合い？　と聞いてしまいそうになる。

「普通、この時代の墓石なら、正面に夫婦連名が多い。けれどこの墓石は奥さん一人です。つまり、夫婦の墓は並んで立っていた。どちらかが後に亡くなったからだと思いますが」

と、本を読みながらでも、まったくよどみなく解答が戻ってくる。

「院号があればそれは揃えますから、ない場合は道号をなんとなく似た感じにするはずです」

「……なんで外場は一般人なのにそんなこと知ってんの？」

「なんでキミは寺の息子なのに知らないんです？」

すいません。でも知らないものは知らないんです。

「そういや、なんで浄土宗の墓がうちにあるんだろうね」

いちおうながらわが実家金満寺は、臨済宗という禅宗の寺である。法然上人が開宗された浄土宗とは縁もゆかりもない。

「なんでもくそも、この墓を建てたのが浄土宗の信者さんだからですよ」

外場がぬるりと動いてページをめくった。もう視線はちらりとも春馬のほうを見ない。彼の中で、この『清室浄蓮信女』さんの正体は完全に明らかになったからだろう。

「浄土宗信者さんの墓なら、別の寺に建てられなかったのかな。っていうか、なんでそもそもこの人のお墓を浄土宗のお寺に建てなかったんだろう」

「まあ、言うならばそのへんが、この方の身元を明らかにする最大のヒントですね」

「ホントに!? 本当にこの人の身元明らかになるの? 俺、今夜墓石といっしょに寝なくて済む?」

歓(よろこ)びのあまり、春馬は思わずパイプ椅子から立ち上がった。事情を知らない外場は怪訝(けげん)そうな顔をして、

「成る程。キンマン君にそんな趣味が」

「ねえよ」

「とりあえず、金満寺の墓地で、ほかに『蓮』とついている戒名を探すことですね」

きっと本のページをめくることにほとんど費やされているのだろう、長い指を伸ばしてカップの耳をつかんだ。中の玉露に口をつけると、彼の黒縁眼鏡が湯気で一瞬白く曇る。

「『蓮』、が、どうかするの」

「どうかするんです」

湯気が消えたあと、黒縁眼鏡の奥にはふてぶてしさ満載の笑みをたたえた目があった。いつも彼が満足したときに見せる、ぬるっとした顔だ。

「ところで、キミはいつになったらその鞄の中にある、銀座空也の最中を寄越すんですか」

「…………！」

絶句した。この部屋に入ってから、一度たりとも鞄を開けたことも、ましてや最中のことを口にしてもいないというのに。

（やっぱり、外場はただ者ではない）

「ねえ、外場ってやっぱ、漫画みたいに陰陽師だったりすんの」

「陰陽師と寺は関係ありませんよ」

ぬるっと笑って、馬鹿にされた。

しかしこのクラスメイトの洞察力というか推理力はどこで鍛えられたのか、江戸時代の戒名よりも謎なことは間違いない。

＊＊＊

外場の言うには、最中というのは餡を挟んだ餅米でできた皮が、ぱりっと小気味よい食感で中身の餡子の風味をよりいっそう引き立てる、その上食べる者の指をできる限り汚さない形状が粋というほかはない……らしい。

(そういえば外場って、異様に最中が好きだよなあ)

とりあえず、彼は最中を語り出すと小一時間語りっぱなしになるので、あまり春馬のほうから触れることはない。が、いつも彼に頼ることになってしまう自分としては、わかりやすい袖の下がたいてい家に(寺に)常備されていることを僥倖に思う。

『僕の考えが正しければ、墓地にはほかにいくつか、『蓮』のつく戒名があると思いますよ』

春馬は早々に帰宅すると、本堂の東にある墓地へと足を踏み入れた。自宅の敷地内といえど日が落ちてから墓地をさまようのは、さすがにおっかない。

金満寺には、いまでは珍しくなった大楠の木とともに松林が少しだけ残っている。そのため日当たりは悪く、もう汗ばむような日もある五月でも不思議と冷蔵庫の中のようにひんやりとしていた。

立ち並ぶ冷たい石に、花と線香。文明の利器がいっさい排除されている空間だからだろうか。墓地では時が止まっているように感じる。

金満寺の墓地には、見るからに古い墓石が多い。きちんとお参りされている墓もたくさんあるが、墓石だけが肩を寄せ合って建っている区画には、長い間手を入れられていない忘れられたものも見受けられる。そういった墓のたいていが個人墓か、正面に夫婦の戒名が刻まれている、夫婦のみの墓だ。なになに家先祖代々、とかではないので、この夫妻の直接の身内が亡くなってしまえば、ほぼ無縁に近い状態になってしまう。

「ええと、なるたけ古い墓を探すんだった、よな」

外場のアドヴァイスどおり『蓮』と戒名に入っている墓石を探す。すると、驚いたことに、出てきた墓石に近い形態の、江戸時代の墓をいくつかピックアップすることができた。

「釋尼蓮如とあるのは、これは浄土真宗だよな。ああ、こっちの幻蓮童子っていうのもそうだ」

春馬のつたない戒名知識によると、戒名に釋とつくのは浄土真宗である。そして童子というのは子供をさす。孩子・孩女は幼児で、嬰子・嬰女は乳児専用の位号なのだ。

探してみると、一つや二つではない。全部で十一。身分に貴賤はあれど、みな『蓮』という字が使われている。

「善翁千蓮信士(ぜんおうせんれんしんじ)なんてのもあるから、これはきっと長生きしたじーさんだな。善翁っていうからには村の長老クラスだろうか。うーん」

つまり、子供から老人、男女、宗派関係なく『蓮』という戒名がつけられているということになる。

「？？？　どういうこと？」

しかし、春馬の疑問はすぐに驚きへと変化した。なんと、この『蓮』がついた戒名の人々は、同じ日に亡くなっているのである。

安政丙辰八月二十五日。つまり安政三年、一八五六年だ。

驚いた。

「外場の言ったとおりだ」

『おかしいとは思いませんか、キンマン君。この方が亡くなったのは八月二十五日だという。いくら蓮(はす)が仏教に縁の深い植物とはいえ、蓮の季節には遅すぎる。戒名というのはたいてい亡くなった季節がわかるように一文字いれてあることが多いんです。だけど、この『清室浄蓮信女』の中では、蓮のほかに季節を表す字は見あたらない。つまり、この蓮というのは亡くなった季節ではなく、もっと重要なことを意味しているということですよ』

「……なんであいつ、見てもないのにわかるんだ？」

ぶるりと背筋が寒くなった。

安政三年八月二十五日に亡くなった人々が、どうしてこんなにもたくさんいるのか。

そして、なぜその人たちの戒名に、蓮という文字が共通して使われているのか。

慕何でもわかった。その二つの事柄が意味することは、たったひとつ。

「天災だったんだ。この人たち、みんな水死した……」

急いで、ネットでこの年の八月江戸でなにが起こったのか調べてみることにした。

すると、当時の貴重な瓦版（かわらばん）が資料として現存していた。

『江戸近在　大風出水焼場附』という当時の瓦版に、このときの詳細が記されていた。

八月二十五日の夜超大型の台風が関東に上陸し、広尾や麻布のあたりまで大雨が降って家々が水に浸（つ）かったという。

〝田まち本芝薩州様御はまやしき少々そんじ

又一口ハ札の辻より三田麻布古川広尾辺ニことごとく損る

夫より六本木まミ穴飯倉此辺御屋敷がたねりべい御門等くづれる事おびただしく

芝金杉浜通りハ漁船数艘さか波に打上げられくだけ飛ちる〟

おそらく、この『清室浄蓮信女』なる女性は、水害によるなんらかの事故によって命を落とした。

夫は無事だったが、先祖代々檀家を務めている浄土宗の寺も水害にあい、とても墓を建てられるような状態になかった。

考慮の末、夫は縁のあった金満寺に細君の墓を建てることにした。これだけの被害をもたらした大嵐である。ほかの宗派の寺でも、同様の事情があったに違いない。緊急事態ということもあって、無事だった寺々が例外措置として他の宗派の墓も引き受けることになった……

当時の金満寺の住職は七世慧林（けいりん）和尚で、この人は一説、将軍様の御落胤（ごらくいん）ではないかと噂のある人物だった。この時代、金満寺はかなり格をあげているし、なんだかんだとそれまでは縁もゆかりもなかった大大名からの寄進も増えている。

『蓮は水にも泥にも強く、大きく見事な花を咲かせる。それに仏教にも縁が深いありがたい花です。今世では辛（つら）い目にあって命を落としたが、来世こそはお釈迦様の縁に導かれて幸せになるように。生に花が咲くように。そして二度と水には負けないようにというメッセージが、たった一文字の戒名に込められている。キミのご先祖様かどうかは知りませんが、なかなかセンスのある御仁だったようですね』

と、後になってやっぱりぬるっとした笑みをたたえて外場は言った。

なにもかも、外場があの旧図書館の一角で写真を見てつぶやいた通りになった。亡くなった日さえ正確にわかれば、あとは過去帳を見るだけでいい。慧林和尚はたいへん筆まめな人だったようで、この水害のことは亡くなった方々や法要のこと以外にも過去帳に細かに書き残していた。

「〝清室浄蓮信女　俗名たづ　指田屋妻　安政丙辰八月二十五日　永代ばし八百石の大船波におわれ橋落ち死ス〟」

永代橋は、今で言う中央区日本橋箱崎町と江東区佐賀の間にあった、隅田川にかかる橋である。このたづさんも、運悪く永代のあたりに出かけていて水害にあったのだろう。当時のことでは、遺体が戻ってきただけ幸運だったのかもしれない。

また、この方のご主人の名前も明らかになった。指田屋清兵衛という反物商人で、この水害で被害にあった同村の人々のために供養塔を建てているので名前が特に残っていた。外場が言ったとおり、名のある武家ではなかったが、これだけ寺に寄進しているところを見ると、なかなか財のあった人物のようだ。

幸運なことに、この指田屋さんの後裔の方がまだこの麻布近くにお住まいだったため、寺のほうから連絡をとって、お身内に墓石を引き渡した。

兄の哲彦がことのなりゆきを説明すると、身内の方達は金満寺の心遣いにいたく感激され、ぜひいままで土に埋まっていたご先祖様の供養をしたいとおっしゃっておられるそうだ。

その際、再来年の寺の改修にけっこうな額の寄進も約束してもらったとかで、キンマン坊主の哲彦は顔をホクホク、胸筋をぷるぷるさせていた。

墓石もなんとか一族の下へ戻り、自分も古い墓石と同衾することを免れて、春馬はやっと肩の荷が下りた気分だった。

「神様仏様、困ったときの外場様だなぁ」

まったく平成の世に生きる高校生とは思えなかった。あの妙な仏教関連の知識をどこで身につけたのかは謎だが、災厄のごとき兄に毎回難題をふっかけられる身としてはありがたい。

（ああ、ずっと俺の盟友でいてください、外場さん）

あの海坊主の下から完全に自立できる日までは、特に。

（……で、明日の茶菓子はなににしようかな）

ありがたい仏様にはお供え物が必要だ。その日もどこかのご家庭がご先祖の法要に来られていて、先週あった法要のお供え物が下げられてきた。残念ながら最中ではなかったが、知る人ぞ知る浅草『千茶』の名菓、〝松葉〟が入っていたので、これをうちの仏様に寄進することにした。

最近、すっかりあの同好会は、和菓子をたしなむ会と化している、ような気がする。

「そういうわけで、おかげさまでなんとかなりました！」

次の日の放課後、例の古文化研究会の部室でことの顚末を話して聞かせると、外場はいつものように、昭和な香りのするポットから少し冷めた湯を注いで玉露を入れた。

それから、春馬が家から持参した松葉を見て、ほんの少しだけぬるっと笑った。

「さすが金満寺の檀家さんは、お供え物のセンスもよろしい」

どうやら、『千茶』のことはとっくに知っていたらしい。外場はきっと東京の和菓子博士も名乗れるのではないだろうか。

「とにかく助かったよ。ありがとう」

「どういたしまして」

「いやー、だけど相変わらずすごいね、外場は。あんな画像をちらっと見ただけで、亡くなった方の性別はともかく、金持ちか貧乏人か、宗派は何か、亡くなった年号とか、死因とかまでわかっちゃうもんなんだなあ」

ふう、と外場はティーカップから立ち上る湯気をため息で吹き飛ばした。

「墓石だけではなく、卒塔婆があればもっとわかりますよ。卒塔婆というのは、たいていより詳しい情報を得られるものですから」

「へえ！」

これは、ほんの冗談のつもりだったのだが、

「まさか、外場って名字もほんとうは、墓の後ろに立ってる卒塔婆から来てるんだったりして」

本当に、ほんの冗談のつもりだったのだが。

「…………」

「……え？」

ぬる、と笑って、彼はティーカップで優雅に玉露を飲み干した。春馬は思わず、彼の一挙一動をまじまじ見やってしまう。

外場さん、外場さん、そのぬるっとした笑みの意味は、いったい……

（どういうことなの）

彼は結局、春馬の質問には答えなかった。ゆっくりと松葉をつまみあげると、美味しそうにほくほくとほおばった。

そうして、意味ありげな流し目をぬるっとよこし、

「まあ、卒塔婆なりには解説できるということです。僕に解読できない戒名はない」

と、気持ちいいくらいに言い切ったのだ。

思わず、春馬は拍手した。

「おお、なんかすげーな、かっこいい」

(名探偵コナンのパクリみたいだけど)

——だけど、今回もおさすがです。

戒名探偵、卒塔婆くん。

わが青春の麻三斤館

「ちょっと、ここに金満寺のバカ息子、いる⁉」

東京、麻布にある有栖川学院高等部の一角には、昭和初期に建てられた旧図書館が存在する。麻三斤館といって、近くにあった戦火を免れた旧制中学の本館を移築したものだ。杉材をふんだんに使った白亜の洋館で、白壁と瓦葺きの屋根に使われている緑の釉薬が目に美しい。

その古いだけで冬はすきま風もすさまじく夏は冷房機能もない校舎の片隅に『古文化研究会』はある。

「いるじゃない。いるんだったら返事しなさいよ、金満春馬」

「なんだよ善九寺」

金満春馬は茶渋の輪のついたティーカップに緑茶を注ぎながら顔をしかめた。

有栖川学院高等部は、有栖川宮記念公園のすぐそば、かつては高名な財閥であったご一門が開校されたという、東京ではそこそこ名の知れた私立の共学一貫教育校である。

私学であるから、ここへ通う生徒のほとんどは金銭的に余裕のある家の子息令嬢ばかりだ。いま、春馬の目の前に仁王像のごとく立ちはだかっている女子生徒、善九寺尊都(みこと)も例に漏れず。

「うわっ、げえ、ほこりっぽい。ほんとこんなところで部活なんかやってるの。バカじゃないの、死ぬの⁉」

尊都は一歩部屋へ踏み込むごとに咳(せ)き込み、ついで文句をまき散らした。有栖川学院の女子の制服は私学には珍しく古風なワンピース型のセーラー服で、尊都も真っ白なセーラー襟にティファニーブルーのタイをしている。今日は公式行事があったため制服を着用する義務があったのだ。これが汚れやすく洗濯が大変だと女子にはたいへん不評なのだが、近隣の男子学生には清潔感があるように見えるらしく人気がある。

「何しに来たんだよ」

「当然用があるからにきまってるでしょバカ。じゃなかったら、なんでこんな倉庫みたいなところ」

大きな目でぎろっと睨(にら)まれて胃がふるえた。目が大きいというよりは黒目がとにかくすごいのだ。フン、と横を向いた瞬間流れる、シャンプーのＣＭに出てくるようなまっすぐな黒髪は艶(つや)があって、綺麗(きれい)だというよりは刺さりそうだと思う。

そんな善九寺尊都はセーラー服で武装した、現代に生ける市松人形にも見える。

「ったく、あーやってらんないっつうの！」

六限の授業が終わると、学院では毎日課外活動が行われる。最低でも一時間半は校内でなんらかのクラブ及び活動に参加することを規則で定めているため、帰宅するものは少ない。春馬もまた、この春、強制的に入れられたとある同好会の部屋にいた。その名も『古文化研究会』。尊都はその部屋にやってくるなり、部屋の主などかまわず文句と愚痴を散弾のようにまき散らしているのだった。

「って、ここってあんたしかいないの春馬。はー、足痛い。つっかれたァ。ねえお茶」

尊都は勝手に一脚だけあった革張りの古いチェアに座った。そこはこの同好会の会長の特等席であることを彼女は知らない。

「お茶」

「帰れよ」

「客にお茶くらい出しなさい。自分ばっかり飲んで。ほれほれ」

「……マジでなんなの、お前」

春馬は黙って新しいティーカップに急須(きゅうす)を傾ける。善九寺尊都が人の話を聞かない唯我独尊的性格をしていることはとっくに承知していた。なにしろ幼稚舎からのつきあいなのだ。その上彼女の実家は寺。

善九寺の名が示すとおり、彼女の家は品川にある浄土宗の寺である。ずいぶん古い時代に創建されたと聞いているが、いかんせん春馬は寺事情はまったく不勉強なのでよく知らない。

ちろちろと音を立てて緑茶がマイセンのティーカップの内側に品のいい色を添えていく。緑茶をティーカップで飲むのはここの主である会長の外場薫がはじめたことで、高価なブランド品だが残念ながらカップと皿がバラバラだ。

給仕のごとくお茶を入れている春馬もそっちのけで、尊都はうずたかく積まれた古い文献や和綴じの書籍の山を眺めていた。

古い紙の匂いが充満する部屋に、緑茶のにが甘い香りが混ざり込みはじめる。

「……この本の山、ホントに研究してるの、あんたが」

「俺じゃないよ。外場がやってんの。俺はメイン は陸上部だし」

顧問がゆるいのをいいことに練習もさぼりがちの幽霊部員ではあるのだが。

「へえ、外場ってあの陰気な黒縁眼鏡だよね。万年学年トップの謎の奨学生」

あからさまにうへえという顔をする。

「なんで謎なの」

「謎でしょ。だってだれもあいつの事知らないもん」

頷いた。そりゃまあたしかに。

「あいつくらいじゃないの、高等部からの編入生って。しかもこの有栖川で奨学金貰って学費免除ってわけわかんない」

尊都の言いたいことは春馬にもわかる。有栖川学院は金持ちによるボンボンのための学校だ。学費の免除が必要な生徒はそもそも入学してこない。今の世の中ありがたいことに公立に行けば無償なのだから。

幼稚舎からエスカレーター式のせいもあって、同学年の生徒はこの九年の間にほぼ、お互いの身上調査をすませてしまっている。実家がどういう家で親はなんの仕事をしていて、ぶっちゃけていうと年収がどれくらいあるのか、とか。だからこそ、高等部から編入してきた外場は正体不明で存在そのものがミステリーなのだ。

加えて、あの独特の雰囲気である。

「その当人はいないのね」

「今日はまだ来てないなあ。図書室にでも寄ってるのかしらん」

いつもなら授業を終えてすぐにこの麻三斤館に直行し、ティーカップで二百グラム一万円以上の緑茶を飲みながらその革の椅子に沈んでいるところなのであるが。

「まあいいや、今日用があったのはあんたのほうだし」

「ホントに俺？」

「そ。実家の寺のことで哲ちゃんに相談を持ちかけたんだけど、聞いたらあんたに直接持ってけって」

「兄貴が!?」

飲んでいた緑茶を噴きそうになった。金満寺十三世龍円哲彦は春馬の十歳年上の兄で、SM嬢に尻を打たれて悟りを開いた今世の悪魔の代名詞である。

春馬はリアルに椅子ごと後退した。

「い、いや、俺ちょっと忙しいし」

「なに言ってんの。こんな物置で優雅に緑茶しばいてるくせに。私も忙しいから手短に言うわよ。ほら、メモとって」

「嫌だって。それに俺寺のことなんてなんにも知らないし」

「そう言うと思った」

ざっと音を立てて尊都は立ち上がった。手にはまだそこそこ熱い緑茶の注がれたティーカップを握ったままである。

「ホントあんたって変わってないのねえ。哲ちゃんの言うとおり扶養家族ならぬ不用な家族のどぐされ慕何。寺のアガリでメシ食って、敷地の広い都心の実家に住まわせてもらってるんだからちったあ自分も家の役にたったらどうなの」

「敷地って、あんなのほとんど墓だろ墓地だろ非課税地帯だろ!」

「ふーんへえー。噂じゃ貸しビル業で随分儲けてんじゃないのよ金満寺さん。広尾の某私学お受験組を囲ってスクール業でウマい商売もしてるってね。なにそれオイシーい」

と、いきなり俗っぽい話に転じた。すべて兄と父が共同で経営しているもので高校生の自分はまったく関知していないが、事実である。

「俺がやってるわけじゃない！　いいか、俺は関係ないの。継がないし仏教大学も行かない得度もしない。ごくふつーの一般人として生きてくの。跡取り娘のお前と違って」

「私だって家のことなんてどうでもいいわよ。善九寺なんて名字ダサいもいいとこだし寺が家なんて恥ずかしいし人呼べないし抹香臭いし。だけどウチに潰れて貰っちゃ困るの。私医大に行きたいのよ。お金かかるの。だから実家がこれ以上檀家さんと揉めると困るのよ」

と、椅子に座って細く長い足を組んでこちらを見ている。顔は市松人形、体はセーラー服を着た超高級球体関節人形、そしてその実態はあの外場に負けず劣らずの頭脳の持ち主であり、東大理三は確実視されている。俺に言わせればモンスターだ。

「お前んちの家計なんて俺が知るか」

「うるさい。このあっつあつの緑茶、ぶっかけられたくなかったらメモとんなさい。二度は言わないわ」

「ちょ、待っ、うわ熱っっ。やめっ、とるよ、メモするから待てやめてよして——！」

熱湯とともに理論武装した市松人形に迫られて、春馬はあたふたとそのへんにあったわら半紙の裏にメモをとりはじめる。

「——事は単純なの。うちの家の檀家さんでね、松野さんって地主でけっこうなお金持ちの方がいるんだけど、その人が突然ルーツ探しにハマっちゃったみたいで」

「ルーツ探し……」

「なんだかなあ。人間て歳をとるとだいたい自分のルーツを探し始めるのよね。で、その人が言うにはうちの敷地に江戸時代のご先祖様が眠ってるはずだっていうのよ。実際、いろいろ調べたら出てきたの。……ほら、これ」

目の前に投げ捨てられたのは、善九寺の過去帳のコピーらしきホチキスで留められた紙束。

「松野次郎右衛門　文政三年……。うえっ、なんだこれ。漢文!?」

善九寺祠堂金寄附記簿序
夫如當山者客殿庫堂並甍
常什貧困而尋常修補之力

とある。ざっと見ただけだと、善九寺にほこらかなんかを建てる際にかなりの金を寄付したよということだろう。

「その松野次郎右衛門って人が、今回の依頼者のご先祖なんだって。江戸時代の後期にずいぶん儲けた人らしいの。で、たぶんうちに葬られたと思うんだけど、肝心の墓がなくてさ」

「墓がない!?」

「だってしょうがないでしょ。東京の寺社なんてほっとんど大火か洪水か空襲で焼けて残ってるほうが珍しいんだから。うちの過去帳も半分は焼けて、その後有力な檀家さんの家の位牌とか過去帳とか見てなんとかつぎはぎしただけで、このころのものなんて残ってないの。その資料だって十年くらい前にやった開寺五百年慶讃法要のときにW大の学生呼んで古いお堂の柱とか灯籠とかの拓本とったものなんだから」

なんと、開寺五百年といえば室町時代の建立ということになる。うちの金満寺なんてメではない歴史の厚みだ。たしか品川の善九寺は地元で信仰を集めるお地蔵さんなんかがあって、境内の鐘楼は一度戦中に国に召し上げられたのが、運良く砲弾に加工されることなくアンティークとしてアメリカに持ち帰られ、その後数十年経って帰国したといういわれを持つ。

浄土宗の寺ながら、この狭い東京では歴史ある寺はほとんど遠い親戚のようなもので、たどっていけばどこかで縁があるものなのだ。金満寺とのつきあいも春馬が生まれる前からあるに違いない。

尊都は突っ立ったまま、湯気が息切れしてきたティーカップに口を付け、

「ま、そういうことだから、頼むわ」

「頼むわって、ちょっと待てよ。この松野なんたらって人のなにを探せって？」

「だから、お墓よ」

「墓って、墓石ないんだろ⁉　戒名も！」

「そうよ。でもそんだけ寄付した人なんだからうちに埋葬はされてるはずでしょ。だから探して」

「だからって、なにが〝だから〟なのかさっぱりわからんよ！　何故に俺……」

ボタッ。

ティーカップが傾いて、俺のペンを持った手の上に緑茶がかかる。

「あっつ！　ちょ、お前あっっっっつ‼」

「〝だから〟哲ちゃんが忙しいからあんたに頼んでるんでしょ不用家族。この間そっちが持ち込んできた金持ちの外国人の葬式、引き受けてやったのウチなんだからね。檀家でもないのにゴージャスな葬式に院居士戒名までセットでさ。ちったあこっちの

役にもたてっつうの。わかった？」

「わかるかっつの！」

「あ、そうだ。期限は一週間よ。それまでに絶対墓か埋葬場所見つけてよ。来週末松野さんちの法要が入ってるんだから。せいぜいトクを積んでもらわないとね」

この場合のトクとはゲンナマのことである。

「じゃね。私予備校で忙しいから。ちゃんとやらないとあとで痛い目見るわよ」

生ける暴走市松人形こと善九寺尊都は乱暴にそれだけ言い置き、ティーカップを皿にたたきつけるように置いて部屋を去っていった。

「………」

テーブルの上には、一度も口を付けることのないままアイスグリーンティーになった自分のぶんのお茶と、訳のわからない古文書のコピーの束。

（嘘だろ）

呆然と突っ立っていると、背後でなにかがぬるっと動いた。

「何の騒ぎです」

振り向けばそこに、よく見知った白い顔。昭和の文筆家を思わせるストイックな顔面に黒縁眼鏡。そして校則にもないのに毎日着てくる濡れ羽色の学ラン。

まるで存在そのものがなにかの影のような彼こそ、いま春馬が世界でもっとも必要としている救い主だった。

有栖川学院高等部の同級生、外場薫。

だれが呼んだか名付けたか、人呼んで『戒名探偵』。

「外場！」

これぞまさしく地獄で仏とばかりにすがりつく。

「お願い、助けて外場さま！」

「キンマン君？」

「理論武装した市松人形に殺される！」

神様仏様、困ったときの外場様。

「はあ」

部室の戸口で、春馬は外場の腰に命綱のようにしがみついた。たぶん『金色夜叉』のお宮（みや）だってここまでしつこく貫一（かんいち）にすがるまい。

部屋の中に一脚だけ置いてあるオールドカリモクのKチェアに腰を下ろした外場薫は、クッションを腰にあて、足を組んでその上に頬杖（ほおづえ）をついて春馬を見上げた。

「――で？」

話を聞いてやろうという姿勢を感じたので、春馬はこれ幸いとテーブルの上に書類を広げた。先ほど尊都が無理矢理置いていった、松野次郎右衛門についてのなけなしの資料である。

「そうなんだ、この松野って人が、善九寺に何度か大規模な寄進をしたことがあるらしいんだけど、墓が見あたらなくて。たぶん空襲かなにかで焼けたとか、そういう理由だと思う」

ことの発端は、善九寺の有力檀家である松野史郎という人が、人生も残りわずかという歳（八十二歳）になって突如ルーツ探求の旅をはじめたことだった。

「この松野さんって家は善九寺の近く、品川の地主でいまは貸しビル業とかやってるお金持ちなんだって。まあ檀家だからある程度は寺や松野家の過去帳で探せたみたいなんだけど、そもそも自分の家を興すことになったきっかけのご先祖様の墓がないらしいんだよね。ここに埋葬されたのは確かなんだよ。ほら、ここに石塔とかいろいろ寄進したときの寄進簿のコピーがあるだろ。これなんかは、何年か前に一度過去帳を作り直すために調査した時のなんだってさ」

「…………」

外場はとくに興味を惹かれた様子もなく、春馬が入れた超高級緑茶を黙って飲んでいる。

「それで、墓を探してくれと」

「そう」

「墓石でなければ、棺でもいいと。とにかく埋葬場所を」

「そうそう！」

「そして、おあつらえむきに戒名は過去帳に残っていない。だから無縁塚に墓石が並んでいてもどれが松野氏かわからない」

「そうそうそう！」

「歴史ある寺の墓地をすべてブルドーザーで掘ってひっくりかえしでもしなければわかるはずがない。それをたった一週間で見つけ出せという。善九寺も金満寺もこの東京では古い寺で、たとい宗派は違えど君の兄上龍円師と善九寺ご住職は昵懇（じっこん）の仲だ。当然君が松野次郎右衛門の棺あるいは墓石を見つけなければ、善九寺は有力檀家松野史郎氏に対して恩を売れない。当然龍円師も善九寺に恩を売れない。――君は兄上に恥をかかせたことになり、口にするのをはばかるような仕置きをされるだろうと……」

「そうそうそうそう、そうですその通り！」

春馬はテーブルに手をついて身を乗り出す。

「後生だから助けてよ。外場だったらなんとかなるだろ」

そう。どんな難解な戒名でも、卒塔婆（そとば）でも、訳のわからない墓誌であっても、彼に解読できないものなどない。戒名探偵、卒塔婆くんならば。

「キンマン君」

「あのね、何度も言ってるけど、俺かねみつだから」

「茶菓子は？」

おっと。肝心なそいつを忘れていた。日本で、いやさ世界で唯一の高校生戒名探偵を動かすために必要なものは、金でも名誉でもなく、この高級緑茶によくあう和菓子だ。

「君の家のご本尊の前に、日本橋錦豊琳のかりんとうが供えられているはずです。明日の茶菓子はそれにしましょう」

と言って、いつものごとく膝の上に洋書を開き、ただページをめくるときにだけ身じろぎする黒い固まりと化してしまう。

「……えーっと……」

つまり、明日袖の下とともに調査結果を持参しろ。名探偵の推理はそれからだ。ということらしい。

「わかった。これから善九寺に調査に行ってくるから、明日またくるよ」

調査料は先払いだよ、といわんばかりのホームズに、明日かならず持ってくることを約束して、春馬は早速麻三斤館を後にした。

——どうして外場が、日本橋錦豊琳のかりんとうがうちのご本尊の前に供えられているることを知っているのかは、深く考えないことにした。

＊＊＊

品川は、いまでこそ新幹線の駅が新しく出来、お台場へのアクセスもよく近くの汐留などに大企業が自社ビルを移転してにぎわっているが、昔は目黒川の河口に作られた湊町だったという。

当時世界一の人口を誇った江戸に食料を供給する要であり、便利なこの土地に宿場が発展した。北品川宿と南品川宿、それに善福寺、法禅寺の門前町を併せた品川歩行新宿の三宿。ここの品川遊郭は江戸の入り口に置かれた大歓楽街としておおいに繁盛し、参勤交代で訪れたお供から大名までもが繁栄ぶりを楽しんだ。

善九寺尊都の実家である善九寺は浄土宗の寺で、開寺も古く室町時代にまで遡るという、地元の信仰もあつい古寺だ。

金満寺は臨済宗、善九寺は浄土宗。同じ寺でもほかの宗派とはほとんど縁がないのが実情だが、それが何百年と続く古い寺ならば話は違ってくる。ようは寺は現在では貴重な観光地であり、その代表として地元の商店街やなんとか協会、支持団体等々との関わりが出てくるのだ。

たしか尊都の母親が昔、観光協会の婦人会で会長をしていて、春馬の祖母とも親しくしていた縁で何度か行き来があった。子供同士が幼稚舎のお受験で顔をあわせ、その後長く学校で会うようになれば、同じ寺の者同士気の合うところもあったらしい。

かくして、善九寺尊都は幼なじみのような、遠い親戚の同年代の子のような曖昧(あいまい)な存在なのである。

「まあなあ、善九寺は医者になりたいらしいし、あっこは一人娘でどのみち婿取りだし。だけどヘタに親に反対されて授業料出してもらえなくなったら面倒だから父親に恩を売りたいんだろうな」

そうして、尊都は兄の哲彦を頼った。なぜかあの武装市松人形はうちの元ヤンキー海坊主と気が合うようで、普段からメールのやりとりをしている。もっとも尊都は見ての通り医学部しか頭にないガリ勉、哲彦は成人して悟りを開いてからは肉欲を一切絶っている成人童貞らしいから（あくまで本人談である）、あの二人がつきあっているとか、そういう雰囲気は一切ない。

（善九寺がねーちゃんになったら、絶対家を出る。縁を切る。まあ九分九厘ないだろうけど）

万が一そうなったら春馬は迷いなく祖国を捨てるだろう。デスラー総統とキルビル女が手を組んだら確実に日本は終わるに決まっている。

民家の間になにげなく建っている山門を通り、宝蔵稲荷神社に手を合わせる。すぐそばにはずいぶん歴史のありそうな柱が赤くぬられた中華風のお堂もあって、ここまでくると寺なんだか神社なんだかよくわからない。

日本の寺社の歴史をひもといてみると、もともと広い地域で神仏習合の慣習があり、時代時代のいろんなタイミングで神社と寺がくっついたり、分離したりしてきた。だから今でも、複数の寺社が隣り合っていたりすることは多い。

（いちおう、めぼしいモノは全部写真に撮っておくか）

薄暗い境内をカメラに収めていく。寺務所でもある尊都の実家もそこにあるので、いちおうそこで声はかけてみたがだれも出てくる気配はなかった。寺は公共スペースも同然で、いつ何時墓参りや寺参りに人が来ても侵入罪に問われることはない。

墓地はお寺の本堂の裏手にあった。墓地といえばどこもそうだが、この東京都心では珍しいくらい木々が残っていて、樹齢百年以上のものも少なくない。それが周囲のビル群に囲まれてますます日当たりが悪くなり、昼間なのに墓場を薄暗い不気味な空間にしてしまっている。

（子供の時は、よくこのあたりの木に登って遊んだっけなあ）

祖母が存命だったころは、学校帰りによくここを訪れた。たしか、有栖川学院の幼稚舎二年とかそんなころだ。そのころから既につきあいがあったから、尊都の家がずいぶん歴史のある寺で、それゆえにいろいろと伝説や言い伝えがあることも知っていた。あるとき、鬼ごっこをしていて、タッチされないように素早く桜の木の上に登ると、尊都が勝ち誇ったように言ったのだ。

『あっ、祟られる！　春馬、たいへん、死体に祟られるよ！』

びっくりして身じろぎする春馬に、尊都はいわくありげな顔をして説明した。――この墓地にある一本きりの桜の下には殺人事件で殺された死体が埋まっている。だからこの桜はほかのものよりもピンク色が濃いのだと。

今思えば尊都はそのころからほんとうに底意地の悪い女の子で、そのときもわざと春馬を怖がらせようとして言ったに違いなかった。

『そんなの、ここはお墓なんだから当たり前じゃないか！』

幼い自分は気丈にそう言い返した。だいたい江戸時代はほとんど土葬だったのだから、死体なんて善九寺ほど古い寺の墓地にはわんさか埋まっている。掘り返しでもしたら骨がザクザク出てくるのが当然なのだ。もし桜が死体の血を吸ってピンク色に染まるのなら、ここの桜は真っ赤になるだろう。

「……それで、善九寺のやつなんて言ったんだっけ」

なにぶん、十年も前のことなので記憶が曖昧だ。たしか、土の中で生きていると言われたのだった。殺された無念のあまり死体は腐らず、ずっと生き続けている。その証拠に土の中を掘ったら、なまあたたかい真っ赤な血が湧き出てきたのだと。

「まあ、嘘だろ」

あとで聞いた話だが、尊都の言ったことはこのあたりでは長らく言い伝えられている有名な怪談で、善九寺の呪い桜とかなんとか言うらしい。墓を掘ったら赤い血が噴き出し、慌てて埋めたというのも最近の話——とはいえ五十年ほど前のことで、当時は新聞沙汰にもなったとか。

「錆びた鉄のまじった地下水とか、鉱泉とかがたまたま湧いたんだろ。どうせ」

実際、十年ほど前に登ったことのある桜の根元まで来てみたが、呪い桜というわりにはどっしりとした太い幹に優美な枝をたたえていて、この真下で花見でもすればさぞかし風流だと思う風情である。少々お墓ビューなことはさておいて。

「ま、そんなことはいいんだ。問題は無縁仏だよな」

林立する石柱群を縫うようにして、焼却炉近くの無縁仏がまつられている一角へ足を運んだ。新旧さまざまな墓石が見られる。形も大きさも色々で、なになに家先祖代々という墓もあれば、緑に苔むしてだれの墓だかわからないくらい表面が汚れているものもある。

よく見れば、古い墓というのはひとつひとつデザインに凝っていてとても個性的であることが多い。いまの墓のように機械で彫るわけではないから、刻まれた字はもちろん職人による手作業だし、家紋や花をかたどった意匠なども工夫が見られる。表面の文字の周りをぐるっとフレームのように囲んであるのも古い墓によく見える特徴だし、てっぺんがドーム状になっているものや、ピラミッドのように立体的にとがっているもの、将棋の駒のような形もある。

さらに言葉を重ねるなら、台座のあるものとないもので高さが格段に違う。地面からにょっきりキノコのように生えている墓もあれば、今現在の墓に似て石組みがされているものもあって、ランクも千差万別だ。ほかにもお地蔵さんの入っている洞窟のような石の囲いがついているものも見つけ、昔は墓にもいろんなパターンがあったのだなあと感心する。

ざっと数えて四十基ほどはあっただろうか。ひとつひとつデジカメに収めていった。正面からと裏、戒名が刻まれている側面も余すことなく撮りまくる。当然もう一度ここへ足を運ぶのはごめんだ、という思いからである。

「あれ、これも墓かな」

無縁仏の一角からすこし離れたところに、石塔がふたつ建っていた。どちらも通常の墓よりは少しばかり大きめで、台座もしっかりとしている。合葬碑と刻んであるから、一族の墓ではなく、なにか事故で亡くなった人々を合同で供養しているものかもしれない。

（それにしちゃ、ずいぶん古いな）

もうひとつは墓というよりは供養塔にも見え、五輪塔に似たかたちをしていた。ただ、よく見ると円形の台座部分にびっしりと戒名が刻まれている。信女・信士とあるから男女ごちゃまぜのようだ。こちらは一族の供養塔か、それとも災害で亡くなった人々のためのものだろうか。

それらしい場所をあらかた撮り終えると、すっかり日も暮れていた。墓場にはろくに明かりもない。これ以上の撮影は困難だし、フラッシュを焚いてまでこの場所に長くとどまりたくもなかったので、早々に善九寺をあとにする。

帰宅した後、ご本尊である観音様に会いにいった。とはいえ本堂にある立像は平安時代のものであまりにも古いため、普段は須弥壇上に安置された厨子の中に納められている。毘沙門さまの代わりをつとめているのは別の毘沙門さまだ。

「うっわ、ほんとにある、日本橋錦豊琳のかりんとう……」

いつものことながら驚いた。哲彦による受難や、今回のように外部から持ち込まれる謎は多々あれど、外場という人物ほどの謎はほかにない。

幸いなことに、善九寺で撮影した墓の写真には、この世ならざるものの存在は写り込んでいなかった。寺務所にあるプリンターで墓の写真を引き伸ばして印刷し、毘沙門さまに断ってからかりんとうを頂いてきた。

「どうも毎度申し訳ありません。しかしながらこれは我が金満寺の危機を救うために必要なかりんとうなのであります……」

毘沙門さまはなにも言わず、春馬の行為を黙って見逃してくれた。見逃してくれなかったのは兄の哲彦だ。

＊＊＊

「おい春馬、てめえ善九寺さんからの頼まれモノ、絶対になんとかしろよ。万が一うちの金満寺に恥かかせるようなことしたら、地獄で得度を受けさせてやる」

三日ぶりに見た兄は全裸だった。思わず顔が凍る。

「それでも人の兄か」

「愛別離苦とはそういうものだ」

哲彦はどう見ても悪役プロレスラーにしか見えない顔で春馬を見下した。言っていることはありがたい仏教用語かもしれないが、全裸で言うと台無しだ。

「それくらい働け、この不用家族のどぐされ慕何」

「慕何じゃないよ。このごろはちゃんと役に立ってるだろ」

「慕何がいやならさしずめどぐされ鈍根だな」

思わず哲彦の股間を見る。

「いいか、お前のように寺の家に生まれながら仏の教えを受け入れず理解しようともしないやつのことを鈍根というんだ、覚えておけ！」

「……えーっと、なんか聞き違えられそうだからその言葉は使いたくないしもう慕何でいいわ」

どぐされ男根とか洒落にならないので。

「いずれお前にも行住坐臥ってやつをたたき込んでやる。なあに金曜の夜に新橋のおっさんの吐いたゲロの上で結跏趺坐すれば、お前みたいな慕何でもすぐに波羅蜜さ」

完全に使い方を間違っていると思われる仏教用語を交えてそう語ったあと、兄は風呂場へ消えた。

家政夫の万里生さんによれば兄の哲彦は今日もいくつか法要をこなしたらしく、檜を敷き詰めた贅沢な風呂でノリノリでアイドルの新曲を大声で歌っている。残念ながらあれが俗世間にまみれた坊主の実態である。

（推しがトップになるために臨済宗の僧侶が護摩をたくのは、五欲にあたることなん

じゃないのかなあ)

ちなみに、哲彦は推しアイドルへの課金欲を絶つために突然「解脱!」と叫び出す癖がある。彼はどこのニルヴァーナ(涅槃)に行っていたのだろう。

「——というわけで、めぼしい墓石はデジカメに撮ってきたつもりなんだけど」

六限目後のいつもの麻三斤館。今日も今日とて茶菓子片手にやって来てみれば、外場はいつものオールドカリモクの上に行儀良く座って、重たげな洋書をひもといていた。

「それ、なんの本?」

「From Primitives to Zen: A Thematic Sourcebook of the History of Religions(未開人から禅まで:宗教史に関する主題別原典史料集)、ミルチャ・エリアーデ著」

「……あ、そう」

ゼン、しかわからなかった。

「うちの毘沙門さまの前にかりんとう、あったよ。外場って本当ミラクルだなあ」

大きな五十センチ四方の紙箱をあけると、中にはさまざまな味付けのかりんとうが小袋に分けられ、詰められていた。かりんとう自体はうどんくらいの細さで、スーパーなどで買えるごく一般的なかりんとうよりも小さめである。

「かりんとうといえば日本橋錦豊琳です。今は並ばなくても買えるようになりましたが、少し前まではこうして手にするのも難しい品でした。かりんとうらしい上品な和風の甘さと塩気がほかの和菓子にはない口あたりですばらしい」

和菓子を語るときだけ、自主的で口数の多い外場である。

上のカップはマイセン、下の皿はロイヤルドルトンというちぐはぐな一客に緑茶を入れる。春馬はさっそく昨日の調査結果を彼に語って聞かせた。

「とりあえず今回のことをざっとまとめると、依頼人は松野史郎さんていう善九寺の檀家さん。来週末に奥さんとお母さんの法要が有るので、そのときにできれば今回の調査対象者、松野次郎右衛門氏のお墓なりお棺なり戒名なりを解明して、いっしょに供養したいらしい。

というのも、今でこそこの松野さんは品川の地主だけれど、そもそも松野家が名字帯刀の身分になったのはこの松野次郎右衛門さんの代からであって、これ以前のことは過去帳からもまったくわからないそうだ。この人がどういう人だったのかもよくわかっていない。どうもこの人が祖らしいとわかったのも、善九寺に何度か寄進しているからで、それ以前に松野の関係者から寄進を受けた記録もない。ちなみに過去帳がないのは明治時代に過失で本堂の半分が焼けているから。墓石がない理由は不明なんだとか」

春馬は、自分が仕入れた善九寺についての由緒や歴史、開寺のエピソードなどをできるだけ詳しく説明して聞かせた。とはいえその情報もとはネットであるからすでに外場が知っていたとしても不思議ではない。

「それで、こっちが善九寺の無縁さん。明らかに古いものだろうと思われる墓石を全部チェックしてきたんだ」

ひとつひとつ、プリントアウトしたものを丁寧にテーブルの上に並べていった。外場はティーカップから立ち上る湯気をあごに当ててしばらくそれらをじいっと眺めていた。それでも、有名なミステリー小説の名探偵のように謎を前にして顔を上気させたり、目をきらきらさせたりするような様子はまったくなく、いつものように椅子の上で影がぬるりと動いただけである。

「実は、今回は俺も推理してみた」

「ほう、キンマン君が？」

「かねみつですよ外場さん。……それはともかく、今回の捜索対象はお金持ちだったわけだよね。この人から松野家は名字帯刀になったんだからさ。ってことは、お墓はかなり豪華だってことだ」

外場は特に感銘を受けるふうもなく、

「なるほど？」

「だから、当然戒名も院居士だったと推測される。つまり、このたくさんある墓のうち、院居士以外は外してしまってもいい。そして信士を対象外にすれば、数はぐっと減るんだ」

春馬はずらり並んだ墓の写真の中から、まず女性だと思われる戒名——信女・大姉・禅尼などを除き、さらにそこから子供だろうと思われるものも避けた。そうしてたくさんあった信士号のものも外し、外場の眼前に三枚だけをピックアップした。

「松野次郎右衛門がいるとしたら、この三枚のうちどれかだ。そしてこの墓には鬼籍に入った年号も残っている」

「ふうむ。つまり？」

「つまり、あとは死んだ年で絞ることができるってこと。次郎右衛門が善九寺に寄進していた年代は一七九〇年から一八三〇年すぎまでだ。ってことは、それ以外の年代に建てられた墓は外していい。こっちの文桜院（ぶんおういん）なんたらかんたらって戒名は一七一〇年。こっちは天和（てんな）元年（一六八一年）だろ。江戸時代の初期から中期だ。さすがに松野さんが百歳以上生きたってことはないだろ。ってことは」

昨日、全裸の哲彦に脅されて自分なりに結跏趺坐して考えぬいた結論をずばり、言ってみせた。

「じゃじゃーん。この『明門院意実浄貞清居士（みょうもんいんいじつじょうていせいこじ）』さんが、松野次郎右衛門さんの墓だ！」

　どや、とばかりににたりと笑んでみる。そう、俺だって少しは成長しているのだ。寺の息子のくせに仏教界には疎く、戒名なんてさっぱり興味のなかった春馬だったが、今まで外場にくっついてさまざまな戒名事件を見てきただけの成果はあると自負していた。

「すばらしい。鈍根の極みだと思われていた君とは思えぬ成長ぶりですよ」

　出た、鈍根。

「じゃあ合ってるの。この墓石が松野さんで正解？」

「残念ながら、今回の善九寺嬢のご依頼、そう簡単にはいかないようですよ」

　片手にカップを持ったまま、外場はなにを考えたのか春馬が避けた墓石の写真を次々にもとのようにテーブルの上に並べていき……

「あっ、なんでだよ」

「君は、松野次郎右衛門氏をたいそうな資産家だったとふんで、まず院居士のみをピックアップしたようですがそれがそもそも間違いです」

「えっ、なんで」

「寄進簿によると、次郎右衛門氏が亡くなったのは一八三〇年以降ですね」

「そうなるね」

「残念なことに、文化元年。ああつまり一八〇四年のことですが、幕府によって百姓・町人身分に院殿居士大姉号をつけるべからずという布令が出ています」

ええっ、と春馬は声をあげた。

「それって、じゃあ次郎右衛門さんはどんなにお金持ちでも、院居士じゃないってこと？」

「その可能性はおおいにありますね」

「そういう法律って、ずっとあったの？」

「そもそも寛永十二年に幕府が寺社奉行を設けて寺請制度ができ、宗門改役、宗門人別帳が作られたのです。これが廃止されたのが明治四年ですから実に二百三十六年もの間、宗教界へは幕府からいろいろとこうるさい規制があったはずです」

外場は西暦で話してくれないので訳すと、寛永十二年は一六三五年、明治四年は一八七一年だ。

「……いっつも言うけど、なんで外場は一般人なのにそんなこと知ってんの？」

「なんでキミは寺の息子なのに知らないんです？」

それは俺がどぐされ慕何で鈍根だからです……。

「ついでに言うと天保二年（一八三一年）には墓石の高さまで規制されています。町人は戒名だけではなく、四尺以上の大きさの墓を作れなくなった」

「ってことは、松野次郎右衛門さんの墓は、ふつうの信士でちっさい可能性もあるって、そういうことなんじゃないの」

「そういうことですね」

春馬は絶望した。とてもではないが、あの四十基以上ある墓石をラスト1まで絞り込めるだけのデータを集められるとは思えない。

「まあ、そういうことで」

呆然とする春馬を尻目に、外場はもう興味をすっかりなくしたという顔で、再びぶあつい洋書の上に視線を落とす。

「ちょちょちょ、ちょっと外場さん」

「なんですか」

「そういうことでじゃないよ。どうにかしないと。かりんとう食べたでしょ」

「僕にはもうわかりました」

「ええっ、う、嘘」

「君の話を聞いているうちに、だいたいは」

なんと、なにもしないうちから松野氏の墓石がどれかわかってしまったというのである。恐るべし戒名探偵、ただ者ではない。

「えっと、じゃあどれ。どれが松野さんなの」

「どれだと思いますか」

大して興味なさそうに言われて、春馬は適当に墓の写真を選んだ。

「えっと、じゃあこの敬照寂誉禅定門って人。なんだか偉そうな戒名だし、松野さん、得度してたみたいだし」

禅定とは、お釈迦様が菩提樹の下で修行をされたときのように、坐禅をして精神統一をした人という意味だ。浄土宗は禅宗ではないけれど、禅宗以外でもよくつけられる。

「その心は？」

「うーん。これは俺がうがちすぎてるかもしれないけれど、いくら法律で決まってるからって、これだけ寺に寄進した人がそのへんの町人と同じ信士号じゃ納得しなかったんじゃない？」

「つまり？」

「つまり、信士、じゃなくて、もっと変わった位号が付いてるんじゃないかな」

外場は洋書から目を離すと、はっきりとこちらを見た。その目は意外にも春馬への賞賛をたたえている。

「すばらしい。それぞまさしく推理です」

「当たってるの？」

「いえ残念ながら、その方ではないようですね。その方はお役人です」

「役人？」

「側面を見てみたらいいでしょう。そこに俗名が刻んでありますね」

側面を写した写真を見てみると、建立年月日の次に小さくなにがし別当と書いてある。

「別当というのは盲人の官位です」

「盲人……。目が見えない人のこと？」

「江戸幕府は盲人を保護していましたから、きちんと盲人用の官位を認め仕事を与えていたんですよ。全部で七十三の位があって、たとえば下の位に市というのがあります。座頭市（ざとういち）というのを聞いたことはありませんか」

「あっ、ビートたけしがやってた映画だ。たしかに目が見えなかった」

「座頭というのがそもそもの官位名です。一番上は検校（けんぎょう）といいました。この方は戒名に敬の字が見えるので、ずいぶん長生きしたのでしょう、七十は超えていたはず。七十を超えて別当止まりだったということは、大して袖の下も渡さずまじめに出世していったということでしょうね。松野氏が盲人だったという記録は寄進簿には残っていないようですから、これではないだろうと推測できるわけです」

「なるほどー」

いつものことながら、あまりのあざやかさに感嘆のため息をついた。なにがし別当さんの墓を一覧から外す。

「じゃあさ、この裏が観音様になってる墓は？　ちょっと壁面のカビがひどくて、いつ建立されたのかはわからないんだけど」

春馬が示したのは、大きさこそそこまではないが、墓の裏面に仏様が彫られている変わった墓だった。古い墓はてっぺんがとんがっていたり丸かったりして、現在ではまずないようなデザインが数多く見られる。

外場はちらっとその写真を一瞥（いちべつ）すると、横に並んでいた同じく裏側に彫刻が施されている他の墓とまとめて横に避けた。

「えっ、これも違うの？」

「ふつう戒名などが刻んである柱状の石を竿石（さおいし）と言います。その下に人位石、地盤石。墓石の安定のために敷いてあるのが芝石です。このうち竿石の後背部……、正面から見て裏側が、船底のように丸くなっているのを舟形と言いますが、そこに半肉彫りで仏像が彫ってあります。この辺りでは万治（まんじ）から明和（めいわ）にかけて流行しました。一六〇〇年代半ばからおよそ百年です。松野氏とはちょっと時代がずれていますね」

なんと、外場には墓石の形状をみただけで建立された時代がわかるらしい。恐るべき知識量である。

「じゃ、じゃあさ。このてっぺんがかまぼこみたいなのは？」

「それは一七〇〇年代半ばから一八〇〇年代半ばにかけての流行です。その次に墓が四角柱になり、頭部が四角錐（しかくすい）になったり台形になったりしました。時代が現代に近づくと完全に平坦になります」

「じゃあ、古い順に舟形―かまぼこ―四角錐ってこと？」

「そうです」

「じゃあもっと古い墓はどうなってるの？」

「そもそも墓が四角柱ではなく、かぎりなく平べったいのです。一人用だったからでしょう。江戸時代後期でも同様のものはありますが、子供の墓なんかが多いですね。立体的になったことで側面が利用できるようになり、複数の戒名を入れて合葬するようになりました」

　よって、と外場の神経質そうな細い指が、いくつかの墓を横に避け始める。

「該当するのはてっぺんがかまぼこの墓石のみです。四角柱になるのは明治以降ですからね」

　これで、机の上に並べられた写真は半分以下になった。

「そして、ラントウのあるものも除外します」

「ラントウってなに」

「このお地蔵さんの家みたいな石のかこいですよ。これは主に真言宗のものですから」

　さらに二つの崩れかけた墓石が除外される。

　残った墓石は三つになった。

「そしてさらに、こちらとこちらは省く」

　外場が外したのは、戒名に誉と浄の字がそれぞれ入っている墓石だった。

「なんでこれは違うの？　たしか浄土宗の戒名には誉号も位号も入ってるものだったはずじゃん。それに善九寺はまちがいなく浄土宗の寺だ。浄土宗って書いてあったんだから」

　これで真宗の釈号や密教系の梵字（ぼんじ）が入っているからというならわかるが、浄土宗の寺の墓地で浄土宗の戒名のものをあえて外すのはいったい何故だろう。納得がいかない。

　春馬の視線を受けてのことか、外場は仕方がないと息をついて、おもむろに今までまったく候補に挙がってこなかった二つの写真を中央に持ってきた。それは、春馬が念のためにと撮ってきた、供養塔のような大型の石塔ふたつの写真だった。

「それがどうしたの？」

「これは子供供養碑です」

「子供？　子供の墓ってこと？」

「いいえ、この場合子供というのは、雇い主からいうと子供という意味で、つまり遊女のことです」

　いきなり話題が飛んで、春馬は目をぱちくりさせた。

「遊女？」

「品川に大規模な遊郭があったことは知っていますよね。品川宿ほどの街ならそれはそれは栄えていたはずで、当時新吉原(しんよしわら)に次いで大きな歓楽街でした。そこで年季があけるまでに病気で死んだり情死したりした遊女を弔った合同慰霊碑です。こちらに善九寺嬢が持ってきた、松野氏が寄進した内容が記された寄進簿のコピーがありますが、どうやらそれらを寄進したのは松野氏のようですね」

「えっ、なんでこの人が遊女の慰霊碑なんて建ててるわけ？」

　外場はあまり感情のない視線を眼鏡越しによこしてきた。そんなこと言うまでもないだろう、という目である。

「ああ、そうか。松野さんはそういうお店を経営してた人ってことか……」

　ところどころに男性の戒名が見えるのは、遊女の心中相手ということだろうか。

「ということは、ここはいわゆる投げ込み寺です」

「投げ込み寺って？」

「身寄りのない人間の遺体を、むしろの中にいれて文字通り投げ込むんですよ。遊女とか行き倒れとか、刑死した人間とかいろいろですね。たぶん江戸時代は時宗だったのでしょう」

時宗とは、鎌倉時代後期に興った浄土教の一派で開祖は一遍上人、真言宗とか真宗とかそういう仏教宗派のひとつである。あまり耳にしないのは、明治の廃仏毀釈のときに衰退したからだと言われている。

「善九寺の詳しい歴史については調べていませんが、明治以降、時宗のうち一部が浄土宗を名乗ったり、いろいろ廃仏毀釈のさいに変わったようですからそういうこともあったのでしょう。時宗の寺は宗派に寛容だったためよく投げ込み寺にされたという歴史もあります。よって、歴史ある浄土宗の証である誉号や位号はこの寺がつけた戒名とは考えにくい。

ここからは僕の完全な推測ですが、松野次郎右衛門氏はもともと江戸に一旗揚げに出てきた地方出身者で、非合法な手段を経て遊女屋や賭博宿を経営し、莫大な富を築いた。さて江戸に墓を建てようと思ったが、立派な戒名と場所を得るためにはかなりの額を寺に寄進しなければならない。

彼は当時の善九寺住職に言われるまま、遊女たちを弔い多くの慰霊碑を建て、寺にも寄進した。自分の職業を碑に記していないこと、身寄りがなさそうなこと、後の世に伝わっていないことはこれで説明が付きます。名字帯刀身分になったということは、おそらく相当な慈善活動をしたのでしょう。ということは、この寺の一番いい場所に墓所が与えられている可能性が高い」

「一番いい場所!? お墓の位置にいいも悪いもあるんだ」

「もちろん、方角も決まっていますよ。詳しくは墓相などを勉強すればいい。ここの碑には松野有功斎（うこうさい）とありますが、この有功斎というのが老いて得度してからの呼び名でしょう。功労者である、という名前からしてもきっと一等地に眠っているはず」

墓地の一等地ってどこだろう、と春馬は考えた。西方浄土なんていう言い方もあるから、西のほうを向いているのがいいのだろうか。

「西北が吉相です。そして寺の本堂に近ければ近いほどいいとされます。善九寺の本堂周辺で、今現在墓が建っていなくて、それなりにスペースがあいていて、西北の方角といえば――」

あ、とひらめいた。

「あの死体の血が出る桜だ！」

春馬はパイプ椅子から飛び上がって叫んだ。

「えっ、じゃああの桜の下に埋まってる生きてる死体は、松野さんのものってこと？」

そう言うと、外場はなにをばかなといわんばかりに目を細めて、深々とオールドカリモクの椅子に座り直し、ぱらりとページをめくった。すでに目は本に落ちてテーブルを一顧だにしない。

「さすがに生きてはいないですよ。血が噴き出したというのは、朱のことでしょう」

「朱……ってなに」

「防腐剤のことで、硫化水銀を多く含むとか。古墳なんかに埋葬された遺体の骨に塗られていることが多いようです。江戸時代は大名クラスがこのタイプの埋葬を行いましたが、裕福な町民の墓から朱を含んだ血のような水が湧いて出たという記録も残っています。松野次郎右衛門氏も相当自分の墓にお金をかけたことでしょう。

ふつうは、自分の先祖より墓石を大きくしたり埋葬を豪華にしたりすることはよくないことだと言います。もし、桜の木の下に埋まっているのが本当に松野氏であれば、彼は地方から出てきたのではなく、遊女の子だったのかもしれません」

（つまり親がいなかったら、親よりゴージャスな葬式をあげられるってことか……）

春馬は妙に納得した。たしかにそんな本堂に一番近い一等地なら、何百年もだれも埋葬されていないはずがない。あの桜の下には墓があるのだ。そして、それは掘ってみればわかる。

「なるほどねえ」

テーブルの上に一枚だけ残ったお墓の写真には、『有功斎吹毛唯雪庵主』と戒名が刻んであった。

亡くなったのは天保五年一八三四年の十二月。戒名に含まれる雪の字からも冬だったことがわかる。

帰元した人物にとっては運悪く、特に町人身分に戒名の締め付けが厳しい時代だった。それでも当時の善九寺の住職は、この人物の献身に感謝して院号と同等クラスを示す斎という字を使った。庵主という位号からも、この人物がお堂を寄進したことがわかる。同じ町人でも信士や禅門とは一目で違うことが窺える戒名だ。

「でも、たぶん性格はキツかったんでしょうね。そのご老人。けちだったからこそ貯まったお金というべきか」

ぼそりと外場が言った。

なんでも吹毛というのは、刀に向かって吹きかけた毛さえスイスイ切れる剣という意味らしい。切れ者のことを指すのだという。

＊＊＊

その日の五時すぎに部活を終えて麻三斤館へやってきた尊都に、春馬はさっさと肩の荷を下ろしたい一心でことの次第を説明した。

「ええっ、あの桜の下の死体がそうってこと。それマジなの？　マジで言ってんの？」

聞いた限りではまったく信用していなかった尊都だが、その後、春馬がその結論に達した理由を簡単なレポートにまとめて善九寺にメールしたところ、住職である尊都の父親から電話がかかってきた。

哲彦ごしに聞いた話によると、なんでも剛胆なご住職がものは試しとばかりに家の人間とあの桜の下を掘ってみると、外場の言うように江戸時代のものにしては立派な木棺が出てきたそうだ。町人ふぜいではせいぜい甕棺（かめかん）に屈曲させて入れるものであるので、このような大型の木棺ならさぞかし身分ある人間に違いない、ということで、すぐに学術チームをW大の研究所から呼んで発掘調査を行ったのだという。

「それで、出てきたのがやっぱり外場の言ったとおり、松野次郎右衛門氏の遺骨だったってわけ」

木棺が思ったほど朽ちていなかったため、戒名なども副葬品から判明した。外場の推理したとおり、『有功斎吹毛唯雪庵主』であったのだ。

「そういうわけで、おかげさまでなんとかなりました。はあーありがたや！」

いつものように、乾杯の意味も込めて、昭和な香りのするポットからお湯を注いで玉露を入れた。

自分の推理が見事的中したというのに、外場はちっともうれしそうな様子を見せなかったが、春馬が持参した和菓子の包みを見るとほんの少しだけぬるっと笑った。

「さすが金満寺の檀家さん、珍しいものがある」

どうやら『千代田（ちよだ）の栗最中（もなか）』のことも知っていたらしい。

「とにかく助かったよ外場。いつもありがとう」

「どういたしまして」

「いやー、だけど相変わらずすごいね、外場は。あんな写真をちらっと見ただけで、何十枚って中からこれだってピタリと当てちゃうんだもんなあ」

ふう、と外場はティーカップから立ち上る湯気をため息で吹き飛ばした。視線は栗最中一点に注がれている。これほどまで真剣な表情は推理しているときにはついぞ見られなかったものだ。

「もう、コレで食ってけるんじゃないの」

「コレとは？」

「だから、戒名探偵」

これは、ほんの軽い気持ちで言ったつもりだったのだが、

「善九寺のやつが、外場って東大でもどこでも行けるのに進路どうするんだろうって気にしてたけど、やっぱ仏教系に進むの」

本当に、ほんの冗談のつもりだったのだが。

「いいえ」

「……え？　そうなんだ。俺てっきり坊さんになるつもりかと」

「僕の家は寺ではありませんから。もちろん親戚も」

「でも、外場くらい賢かったら引く手あまただと思うよ。善九寺みたいな娘一人しかいない寺とかもあるし。そもそも外場が有栖川学院に来たことからしてミステリーだと思うけど。いったいなんでまたわざわざウチに？」

ぬる、と笑って、彼はティーカップで優雅に玉露を飲み干した。

「名前が良かったからですよ」

「へ、有栖川学院がか？」

「校名ではなく」

外場はこんこん、と人差し指でテーブルをたたく。

「麻三斤館？」

「そう」

「どのへんが？」

そもそも、麻三斤ってなんなんだ。聞いたこともない。

「無門関第十八則にある問答です。『僧、洞山和尚に問う。如何なるか是れ仏。山云わく、麻三斤』」

「えーっと、どういう意味？」

「ある修行僧が洞山守初禅師に質問した。『仏とはどういうものでしょうか』洞山禅師は、即座に、『麻三斤』と答えた」

ぽかんとした。たしかに日本語であるはずなのに皆目意味がわからない。

「だから？」

「この洞山守初禅師という人は、九一〇年から九九〇年の中国の禅僧で、江西省襄州に住んでいました。この地は麻の産地として有名で、丁度彼は、僧衣を作るために麻の必要量を量っているところでした。僧衣を作るための麻の必要量は三斤。だいたい千八百グラムくらいですね」

丁寧に説明してくれたはいいが、それでも慕何なる春馬には話が見えてこない。

「……だから？」

「今必要なもの、という意味ですよ。洞山禅師は問いかけられたとき麻三斤を必要としていた」

「だから仏が、麻三斤だって？」

思わずため息をついた。わかりにくい。『無門関』が有名な禅問答を収めた公案集であることは知ってはいたが、解説を聞いてもまだわからないとはこれいかに。

(仏とは、いま必要としているぶん、ただそれだけって理解すればいいのかな)

ぶるぶるぶる、と頭を振った。

「よくわからないいんだけど、外場は麻三斤って問答が気に入ってたから、ウチにきたってこと？」

「いいえ、僕が気に入っているのはいつでも名付けです。戒名やその他の」

「麻三斤のなにが」

「まだわかりませんか。洞山禅師が住んでいたのは麻の産地だった。そして、この麻三斤館があるのは」

「ここ？」

春馬は思わず、彼の端整だがどこか謎めいた顔をまじまじ見やってしまう。

「えっと、麻……布……？」

外場はゆっくりと最中をつまみあげると、美味しそうにほくほくとほおばった。

「え、それだけ？」

そうして、意味ありげな流し目をぬるっとよこし、

「僕にとっての仏となるかと」

「あ、そう……。そういう意味……。高尚ねえ」

「まあ、べつに学校がどこだろうと自分の人生にそれほど影響はないと確信しているということです。東大だろうが、ハーバードだろうが関係ない」

と、気持ちいいくらいに言い切ったのだ。

思わず、春馬は拍手した。

「すげーな、ハーバード！　一度でいいから言ってみたい」

自分の人生に必要な麻三斤。

(それこそまさしく、俺にとっては外場のことだと思うよ)

——やっぱり、今回もおさすがです。

戒名探偵、卒塔婆くん。

西方十万億土の俗物

夏は寺にとって、年に四度ほどあるかき入れ時のひとつである。

「はぁぁ、盆なんて考えたやつがどこのだれだか知らないけど、意味不明な行事だよなあ。なんでホトケサンがよりによって八月の決まった時期に帰ってくるんだよ。そもそもだれもあの世に行ったことないのになんでそんなこと知ってんだよ」

春馬は実兄の愛車であるアルファロメオ・ジュリエッタを車庫前で洗いながら、ぶちぶち文句をたれた。

ところは東京麻布。江戸時代より某藩家老の菩提寺として続く臨済宗妙徳寺派、秋王山金満寺。その敷地内にある、どうみてもこれその辺の一戸建ての五倍くらいは広いですよねといわんばかりの寺務所兼住居が、住職一家の次男坊である金満春馬の実家である。

「暑っち――――。もー、暑いか蚊かどっちかにしてくれよまったく」

と思わず愚痴ってしまうほど、いまは暑さもヤブ蚊もまっさかりのお盆である。大都会東京は七月のあたまからアブラゼミがうるさい。特に寺は敷地内に樹木が多いせいで、毎年この時季になると彼等の婚活大合唱に付き合わされることになる。

「あーもう、ジージーうるさいったら。なんで世間様は夏休みなのに俺には休みがないのー！」

あの世のルールがどうやってできたのかは、いまだ俗世に生きる春馬の知ったところではない。しかし、実家の商売が寺であるからには、自分のおまんま代がどこから来ているのかはなんとなく想像がついている。寺の主な収入源は葬式というイメージが世間では強いが、彼岸・盆などのいわゆる供養によるお布施も重要だ。

「昔は月命日ごとに檀家に行って経文あげたらいいカネになったんだ。だが、いまじゃ月命日なんて知ってる客のほうが少ねえ。盆くらいはなんとなく時節の雰囲気でやるが、彼岸が二回あることすら知らないやつらがほとんどだ」

そう嘆くのは、ここ金満寺の長男金満龍円哲彦。この歴史ある金満寺の住職代行にして元・麻布のヤンキー。極楽浄土と書かれた金の幟を挿したハーレーを乗り回し、文字通り敵対勢力を滅殺してきた、この西関東で知らぬものはないヤンキー集団関東総連の総長だった男である。そんなこの世の迷惑が服を着て歩いていたような兄も、今では本人曰く心を入れ替え得度したのち日々修行に励んでいる。日々、お布施の札を数えながら、その金をごひいきアイドルの握手会に投じながら。

「だいたい、いまじゃ年がら年中おはぎなんて言ってるが、ありゃもともと萩の季節に作るからおはぎっつーんだよ」

「えっ、じゃあ春の彼岸のときはなんていうの？」

「決まってるだろ、ぼたもちだ。牡丹だよ」

兄が言うには、米をついてまるめたものに餡やきなこを付けて作る食べ物には季節ごとに呼び名があり、夏は夜船、冬は北窓というそうだ。もっとも地方ごとにさまざまな呼び名があり、その数と同じくらい諸説があるのでどれが真実かはわからない。ただ、大昔から庶民のおやつとして定番であったことはたしかで、寺社とはとくに縁が深い食べ物だった。

「春と秋だけいまでも呼び方が残ってんのは、そりゃ彼岸のおかげだろ。彼岸のたびに檀家があつまって寄り合いで餅ついてたからだろーが。なのに今じゃ彼岸のなんたるかも教科書で教えねえ。おかげで寺はあがったりだ！」

ようするに寺の収入源が人々の認識不足によって断たれることを哲彦は嘆いているのである。

「や、いまの人が彼岸を知らないのはわかったけどさ。それと、俺が哲ちゃんの車を洗わされてんのとなんの関係があるわけ？」

「おおありだ！　今俺はむしゃくしゃしてんだよ！」

夏用スエットに首にタオルを巻き、ガレージから引いたホースの水を頭からかぶっている。坊主は便利だなと春馬は思った。

「盆だっていうのにこのヒマさはどーいうこった。ええ？　盆休みっったら坊主呼んで経文貰うもんじゃねーか。なのに今時のやつらは、ホイホイ海外だ温泉だと出かけていきやがって」

「そりゃみんな、せっかくの休みなんだから出かけるでしょ。日本で大手振って休めるのなんて年に二回しかないんだから」

「だったら彼岸も休みにしちまえ！　春と秋も長期の休みにして先祖供養させろ！」

「いまはゴールデンとシルバーウィークがそうなんじゃないのかなー」

「あるなら供養しろ。カネを積め、っていうか俺を呼べ。坊主が盆にヒマとかありえねーだろうが。だからこんな日に寄り合いがあるんだよ」

　哲彦が言っているのは、仏教関東青年会という、聞くだけでは十人中十人が暴走族と勘違いしてしまいそうな呼び名の集会のことだ。宗派関係なく関東の寺を預かる僧侶が定期的に集まり、現代日本で薄れつつある仏教界への関心問題をなんとかしようと知恵を出しあっている。春馬がいま哲彦のアルファロメオを洗わされているのも、今夜うちに十数人の客が来るからだ。

（どうせ客が来るのは夜なのに、だれも車なんて見ないよ）

　文句はあるが恐ろしくて口には出せない。春馬は扶養家族という名の居候だ。一円の稼ぎもなく寺の運営にたいした貢献もしていないどくされ穀何である。大学を卒業するまでひっそりと実家に扶養されるしか生きるすべはない。もしかしたらその先も……

(っていうか俺、大学どうしよっかなあ)

　司法試験に受かる頭があれば弁護士になって実家の仕事をする、もしくは公認会計士や税理士でもいい。哲彦や父親はそれを望んでいるらしいが、どう贔屓目にみても自分の頭がそこまでできがいいとは思えないのだった。かといって特に就きたい職業はない以上、社会でドロップアウトしたときのため、実家で働ける資格をもっていたほうがなにかとお得だというのはわかる。実家というのはいわゆる保険だ。このなにごとも自己責任を求められるキビシー世の中をうまいこと渡っていくための人生の保険。だからこの保険を使えない子供は不幸なのだ。チャンスをもらえる回数が生まれたときから一回、ないしは二回少ないというのは。

(親父の言うとおり、仏教系の大学に行って資格とったら、もしかしたらお金持ちの寺に逆玉婿養子とかあるかもしれないしなあ……)

　春馬の通う有栖川学院には付属の大学があるが、外部を目指す友人たちはすでに予備校に入ってセンター試験を視野にいれている。もっと就職に有利な大学の学部を求めて上から順に外へ出て行き、残ったおつむも情熱もないごくごく平均的な人間が付属へ進学する。このまま行けば春馬もそうなるだろう。

（そういえば、外場は進路、どうするんだろう）

いつも麻三斤館という昭和初期に建てられ運良く空襲を生き残った校内の古い建物で、たったひとり古文化研究会という名の趣味没頭会にいそしんでいる変わり者の友人のことを思った。

有栖川学院に通う学生は八割方が下からのエスカレーターだ。幼稚舎と中学受験のときに大半が入学し、そのまま高等部まで麻布の本校で過ごす。大学へ進むのはそのなかの半分ぐらいだが、ここ二年ほどは医療系の学部ができたおかげで、内部進学率も上がっていると聞いた。

秀才な上数少ない高等部からの編入組である外場薫が、たいして就職に有利な学歴にならない付属の大学へ進学するとも思えない。

（かといって、仏教系の大学に行くって雰囲気でもないんだよなあ）

いまごろ、外場はどこでなにをしているのだろう。そういえば大企業の役員や官僚、元財閥系など実家が特別裕福でないと通えないと言われているこの学院の中で、彼はごく普通の公営団地住まいで母親と二人暮らし。授業料も寄付も免除の特待生であるという。あの戒名や仏教文化に対する並はずれた知識の量も謎だが、いったいどういう成り行きで外場が有栖川に在籍しているのか、それが一番のミステリーなのかもしれなかった。

＊＊＊

寺の敷地内にやたらめったら豪華な家が建っていたら、それは書類上は寺務所として申告されている可能性が高い。基本的に寺の所有する土地の上に建つそれっぽい建築物であれば課税対象にはならないため、そのあたりは慣れている税理士とよく話しあってうまく建てたりする。また本堂とひと続きの建物にしてしまえば完全に非課税となる。本堂はたいていの場合は木造で建築も特殊なものであるから、通常の何十倍という建築費がかかっても不思議ではない。そんなふうにして宗教法人は優遇措置をうまく利用しながら、この仏教に無関心な現代を生き抜いている。

「そやかて、いくら優遇があるゆうても田舎の寺はどないもなりまへんわ。幼稚園やるにも子供がおらん。月極駐車場にしたって税金がかかる。人がおらんかったらスーパーもコンビニも建たへん」

ひときわ大きな声で関西弁をまくしたてるのは、去年上野の寺に派遣されてきた浄土宗の寺の住職だ。寺の本山は関西にあることが多いため、関西弁を話す僧侶は関東にもたくさんいる。

（そう、坊さんってホントは派遣社員なんだよな。しかもやたらめったら転勤が多

い）

本堂の真裏にある三十畳の大広間で、寄り合いだか宴会だかわからない謎の超宗派会が催されていた。普段はお寺で法要を行う際、檀家さんたち親類縁者が故人をしのぶために使う部屋だが、今は僧侶同士の俗にまみれた会話がばんばん飛び交っている。

「実際、真宗さん以外は明治まで妻帯できなかったんだから、あの時にどこに派遣されたかで坊主の運命は決まったようなもんだってうちの親父がぼやいてる。あの時、どうして俺のじいさんを銀座の寺に派遣してくれなかったんだって」

その場にいたハゲの集団がどっと笑った。

坊主が「明治の」と言ったら、それは廃仏毀釈（きしゃく）で沸いた明治の宗教改革法の一連を指すのだという。明治になるまで、日本では神も仏もいっしょに奉るのがごく普通であった。神社の隣に寺があるのも寺の境内においなりさんがあるのもよくあることで、もっと言えば宗派も今ほどはっきりとは決まっていなかった。

ただ、浄土真宗以外の宗派の妻帯は禁じられていたから、寺の住職は基本的には本山からの派遣で、頻繁にころころ入れ替わった。寺や寺領は宗派の財産であり個人のものではなかったのだ。それが、妻帯するようになって世襲が可能になった。今でも宗教法人として登録された寺や神社は、厳密には敷地も建物も宝物もすべて法人の財産であり、個人で勝手にどうこうすることはできない。寺の建物は檀家が管理するもので、住職はそこで働いているにすぎないからだ。しかし、それも世襲によって個人所有、もしくは一族所有の色合いが濃くなってきている。

　基本的には法人の幹部である僧侶たちがどこにだれを派遣するかを決めるのだが、息子に嗣がせたいというのをめったなことでははねつけたりしない。自分の子供に寺を譲りたいのはおたがいさまだからである。

　とはいえ、嗣ぎたい寺、譲り受けたい社務所や財産がある寺は幸いなのだ。日本にある寺社仏閣のうち、採算がとれるほどの在家信者や檀家を抱えているところは数えるほどで、多くは廃寺・廃社の危機を迎えている。檀家がいても息子が嗣いでくれなかったり、娘の結婚相手が婿養子を嫌がったりして、どこの寺も安泰とは無縁だ。

「うちの寺も、明治政府にとられるまでは徳川さんの安堵状があっていまの何十倍って土地を持ってた。あれがいまごろそのままあったら、葬式なんて一件もなくても外車を乗り回せたのに」

「最近では、東京大神宮がうまくやってますなあ。恋愛のパワースポットなんて。いったいだれがあそこを縁結びなんて言い出したのやら」

「えっ、あそこ、もともと縁結びの神様じゃないんです？」

「なに言ってんの飯島さん。あそこはもともとお伊勢さんでしょ。江戸時代に伊勢に行けない人の為に作ったんだよたしか」

「ちがうちがう。あそこができたのは明治になってからだよ。大隈重信の屋敷跡につくった伊勢神宮の事務所で、もともと日比谷大神宮っていったんだ。関東大震災で焼失して、今の飯田橋にうつったんだよ」

旅館の仲居のように、ビールを運んだりグラスをさげたりとこきつかわれている間に、坊さんたちのそんな話が耳にはいる。これはちょっとした雑学の時間だ。

「お蔭参りだけじゃなくても、昔からパワースポットめぐりはあったじゃない。浅草富士なんてそうでしょ。みんな夏の開いてる間に富士山に登れないから、近所に土を盛って富士に行った気になったっていう。ああいうアイデアでまるもうけって昔からあったのよ。だったら今もやらなきゃ」

そうだそうだと酔っぱらいの掛け声があがる。枕が長かったが、ようやく本題に入ったようだ。

「今の若い人は仏教になんてちっとも関心がない。それどころか墓すらいらないっていういい歳した大人も増えてきた。今のうちになんとか手を打たないと、どんどん檀家がいなくなってこっちが干上がっちまうよ」

「だけど、どうやってブームを作る?」

現実的な問いかけに、皆がいちようにうーんと首をひねった。

「いま地方じゃアニメのキャラクターなんかを使って聖地ブームで町おこしとかして

るじゃない。あれってどうやってるの？　だれか知らない？」

「あれ、うまい商売だよねえ。なにもしなくても勝手にアニメ作って全国で放送してくれるわけでしょ。いっそ寺がアニメになればいいのに」

「ほんとほんと」

「巫女さんがアニメになるのはもうやってるからなあ。こうなったら俺たちがイケメン化してアニメになるか！」

「五宗派戦隊、ボウズマン!!」

「おいおい、その五宗派ってなんだよ。禅宗に密教に浄土宗いれて、日蓮宗と真宗はどうするんだ」

「そりゃ、悪玉だろ」

「勘弁してくれよ。本山がこええよ」

いい歳した大人が（しかも坊主頭が）萌え絵のアニメについて熱弁するのは、はたから見ているとまるでコントだ。

当の兄はと言えば、だまって桃サワーと餃子を交互に口に運んでいるだけだ。先程から特に目立った発言はない。

（こういうときって決まって哲彦はずっと黙ってるんだよな。ガンガン煽って総長だったときみたいにリーダーシップ発揮してるのかと思ったらそうでもない）

「でもって、アニメはいいとしてさ。どうやったら寺アニメって作れるの？　観音様とか阿弥陀様とか擬人化したらさすがにまずいかなあ」

「テレビ局のプロデューサーを接待するとか、制作会社にちょっと握らせたりするとか」

「でも、ああいうのって小さい会社がやってるわけでしょう。ジブリとかならいざしらず、アニメの制作会社なんてほとんど零細だから、小銭握らせたぐらいで仏教アニメなんてアブナイ賭けに出たりしないんじゃないの。局のPも最近は冒険するようなヤツはいないって」

「そうかあ、戦隊もいいけど宗派美少女化なんていいんじゃないかなあと思ったんだけどね！　そうすると真宗さんは南無阿弥陀仏しか言わない女の子とかね！」

　爆笑が場を埋める。おいおいそんなことで笑っちゃっていいのかよ。ま、いいのか、坊さんだって人間だしな。

「まじめな話、なんとかしなきゃいけないのはホントだぜ。そのためにみんな、忙しい中こうして集まってもらってるんだしな」

　ようやく哲彦が口を開いた。するといままで軽口ばかりでそのへんの居酒屋のようだった場が、一瞬しんと静まり返る。

（なるほどなあ、哲彦がいままで会話に参加せずに黙ってたのはこのためか）

場が温まったところで本題を切り出した人間は、自ずとその場のリーダー格に見えてしまう。哲彦はこの場を仕切りたいのだ。なにか大きなことを仕掛けるために。

「かといってその辺の神社みたいに、パワースポットとして売り出すのも今更だ。延庄寺さんとこは百万かけて婚活みくじなんかを導入したらしいが、結果は紙くずの山を仕入れただけだったとか」

「……そう、らしいよなあ」

沈黙に重苦しさが上乗せされる。哲彦のこの場の仕切り感、プライスレス。

「九重寺さんところは巫女さん神楽に地元のアイドルを呼んだはいいが、ほとんど客が来なかった。梅心院の梅まつりもいまさら感満載で地元ローカルのニュースにすらならない。みんな失敗して檀家からは余計なことにカネを使うな、だれのカネだと思ってると非難囂々だ。かといってなにもしないままでは、待ってるのは寺の雨漏りとすきま風、それに葬式会社の読経アルバイトだ」

ああ、うう、といううめき声がコップと口の隙間から漏れ出ている。生々しい坊主あるあるが彼等の傷口に塩を塗り込んでいるのだ。痛々しい。

「どうしたらいい？」

「それを考えるんだ。そのための寄り合いだろう」

「だけど哲ちゃん、みくじも巫女も非課税だからもうけがあるんだ。こっちがカネを出して作ったアニメがこけたって税金はかかる。非課税の範疇での寺の商売なんてみんな考えてることはいっしょだ」

「そうだ、お守りだって非課税だからもうけがある」

「そろそろうちももうけで寺務所を建て替えたいんだ。だけど、檀家が建て直すのは本堂だけにしろってうるさくて」

「うちもついに檀家の月命日のお布施が一件もなくなった。近所にセレモニー会社までできてあがったりだ。守らなきゃならない本堂がないからあいつらは宗教法人じゃないのにもうけをだせる。このままじゃ遠くないうちにそこでバイトするハメになるって家族中が焦ってる」

　場がもり下がってお酒の追加もないので、春馬はそんな坊さんたちの嘆きを聞きながらSNSを流し見していた。もうけ、もうけとあまりにみんなが口を揃えるので、非課税が坊主の強みなんだということがこのたった三十分のうちに理解できた。

　なんとか現状を打破したい。しかしなかなかいい案は出ない。ここでこの会を完全に手中にすべく哲彦がとっておきの打開策を持ち出すのかと思ったが、他のメンバー同様に渋い顔のままだ。なるほど、昼間春馬にアルファロメオを洗わせてやつあたりをしていたのはそのせいかと納得した。やつあたりされたことには納得していないが。

（まあ、哲彦がイライラすんのも仕方ないけど、うちはほかと違って幼稚園も塾もや

って稽古事るし）

宗教法人の幼稚園の経営はおおまかに言えば非課税であり、それに準じるお稽古事もうまく選別すれば税金の優遇がある。隣接する敷地にビルを建てて、一ヵ所は医療ビル、もう一ヵ所は法律事務所等の堅い相手に貸すことで、一般人の地主稼業よりだいぶ利益が出やすいようになっているのだ。こういう情報は同じ宗派の本部が雇っている会計士がどこからかスキームを仕入れてきて宗派全体で共有されるようで、金満寺でも昔は寺の敷地だったところにいつのまにかビルが建っていた。

東京の都心にある寺はどこも似たような経営をしているというが、それでも場所がものを言う。多くの寺は本堂の瓦をふきかえることすらできず朽ちていくのを見守るしかない。

「実は、みんなに会ってもらいたい人がいる」

そう切り出したのは、哲彦とも仲の良い代々木の大師寺の副住職だった。

「なんだい青木さん、藪から棒に」

「我々のような門外漢がどれだけ頭をつきあわせても、いい企画なんて出てきやしない。だったらこういうことはプロにまかせたほうがいいんじゃないのか」

次の間で、体育座りでスマートフォンの画面を撫で撫でしていた春馬の目の前に、だれかが立った。

(あれ)

脚だ。それも、ふくらはぎのラインがくっきり出た細い女の脚だ。

ゆっくりと視線を上げる。美脚の持ち主と目があった。暗がりではっきりとは見えなかったが、それでも十分美人だった。

「あの、どちらさまで……」

会合の客かな、と思ったが、そもそも青年会に尼さんのメンバーはいない。それにこの女性の髪は見るからに豊かで、服装も流行のなんて言ったっけ……、ええとスキニーだ。あれとふんわりとした袖のトップスで、こういう雰囲気をマニッシュとかいうらしい。何故春馬がそんなことを知っているかというと、兄に内緒で週に二度ほど、小遣いほしさに渋谷のアパレルビルでアルバイトをしているからである。

「あら、失敬」

春馬の足をまたぐと、女性は宴会が行われている広間のふすまを開け放った。

「どうも、初めまして。こんばんは」

光の下に飛び出た彼女は、暗がりで見たときよりずっと美人だった。哲彦よりも年上なのは窺えたが、それをカバーする完璧なスタイル、ヘア、服装、アクセサリーと一分の隙もない。年齢があがるごとに違う雑誌の読者モデルをやっていますが何か、というようなルックスだ。

「ああ、この方だ。蓼科さん。ちょうどいまあなたのお話をしていたんですよ」

「ベストタイミングというわけですね」

美人を前に青木氏がへらへらと笑っている周囲で、哲彦をはじめとした青年会の面々はただただ度肝を抜かれているようで、一言もない。

「こちら、蓼科毬さん。いま一番僕らの業界で注目されてるコンサルティング会社の社長さん」

「〝蓼科プロモート〟と申します。どうぞお見知りおきください」

美人の華やかな微笑みと、差し出されるセンスのいい名刺に、硬直していた青年会の僧侶たちも徐々に表情が解けてきた。しかし、哲彦だけはなにがおもしろくないのか、総長時代の仏頂面のままだ。

「蓼科さんはもともとニューヨークで海外のミュージシャンやアーティストのコンサルをされてたそうなんだけど、帰国してご実家のプロデュースをきっかけに、寺社や日本文化のプロモーション活動をされてるんだ」

「地方公共団体の仕事もしてます。ときにみなさん、九頭竜市の『ドラゴン・エリート』ってご存じですか？」

思わずSNSの画面を流す指が止まった。ドラゴン・エリートなら春馬でも知っている。たしか九人のイケメンアイドルグループで、主に九頭竜市で活動していたのが楽曲の良さとルックスから火がつき、いまや武道館でコンサートをする規模になった、男性版地方アイドルの先駆けだ。

「あれは、全部この蓼科さんがプロデュースされたんだ。九頭竜市はドラゴンブームで若い女子が押しかけて大変らしいよ」

「あれは、九頭竜市の古い伝説や民謡なんかをベースにしたんです。元々は地下劇場アイドルっぽくはじめたんですけど、メンバーといっしょに九頭竜市を観光するバスツアーが思いの外当たって……」

蓼科女史がいかにもできる女の人が持っていそうなセリーヌのトートバッグから分厚いファイルを取り出した。〝ドラゴン・エリートと巡る九頭竜〟などとでかでかと書かれたバス旅行のチラシがビール瓶を押しのけてテーブルの上に敷き詰められる。

「おい、ここの空いたビール持って行ってくれ」

「はーい、ただいま」

なんで俺が仲居さんみたいな仕事しなきゃいけないんだよ、とは思うが今はドラゴン・エリート女史の企画プレゼンのほうが俄然興味がある。

「へええ、いっしょに九頭竜の観光地に行って、旅館に泊まって、九頭竜でコンサートするわけね。それで一億落ちるんだ」

「一億かあ」

「一億……」

酒が適度に回っているからか、みんなすでに一億という言葉の響きにうっとりとなっている。

「ほかにも蓼科さんはいろいろプロデュースなさっていてね。もともとはご実家のお寺を嗣ぐ人がだれもいなくなったことから始められたんだ」

「そうなんです。うちは嵐山の真宗の寺なんですけど、子供は私一人で。お堂もボロボロでまわりも竹藪だらけで観光客なんてだれもいなくてね。ある台風の夜に本堂の瓦が裏半分ごっそり落ちまして。でも直すお金なんてぜんぜんなくて」

「ああ……」

「わかる……」

身に覚えがあるのか、坊主たちが沈痛な表情を浮かべ始めた。

「久しぶりに息子を連れて実家に戻ってきたら、お堂が悲惨なことになっていて。こりゃだめだ、このままじゃ潰れちゃう、とアメリカの会社を退職しまして、今の会社を作りました」

「蓼科さんのご実家は嵐山の輪光寺さんといって、地元では封竹院と呼ばれている古刹ですよ」

「封竹院さん！　知ってますよ。みんなが竹もってお参りするところだ！」

芸人のような鼈甲眼鏡の僧侶が言った。

「えっ永原さん知ってるの？」

「関西じゃけっこう有名なんですよ。いやなことがあると、竹に封じてくれる神様がいるって。たしかお地蔵さんじゃなかったかな」

「そうなんです。それまでうちは地元によくあるただの地蔵院で、竹林の中に立ってた庵かなんかが由緒とか。ご本尊もふうちく地蔵さんって呼ばれていたんです。もとは全国にたくさんあるカッパ封じのお地蔵さんだったって言われています」

そのありふれたお地蔵さんが、いまや全国から観光客が押し寄せる名所となったのにはもちろん、巧妙な仕掛けがあった。

「ふうちく、というのも風竹の当て字なんですよね。でも昔は音さえあっていれば漢字は適当につけたらしくて、それで明治の寺号届け出のさいに封竹院としたそうなんです。その名前を利用して、厄を竹に封じ込めて災難から逃れるというところをアピールして仕掛けたんですよ。まあ、このとおりほんと竹しかない田舎なんですけど、この竹ひとつひとつに厄を封じていると思えばなかなか迫力があるでしょう？」

と、持ってきたタブレットで実家の景色を見せてくれる。哲彦以外の坊さんたちは、熱心にスライドショーに見入っている。

「で、どうやって売り出したんですか？」

「前職のコネを使って、ドラマのロケ地にしてもらいました。タダで貸すかわりに、お寺の由緒とかをシナリオに盛り込んでもらって。関西ローカルのドラマだったんですけど、そこからお客さんがぽつぽつ来はじめて……。番宣でも何回か来てもらって、その後偶然ドラマに出た芸人さんがブレイクしたのがタイミング良くて、嵐山にちょうど温泉ができたころでお参りの方もどっと増えました」

その後、素人さんへの説法が上手だった蓼科さんの父親のおかげもあって、皆がこの竹で作ったお守りを買い求めるようになった。竹の筆で竹製の札に願い事を書くスタイルも蓼科女史が考案した。徹底的に竹をコンセプトにして売り出したのだ。

「なにしろ、竹、安いですし」

言うと、その場がどっと沸いた。

「一番売れてるのがこの竹マットなんですよ。厄を踏みつぶすといいますか、竹の浄化作用で身も心も生まれ変わるといいますか、そんなイメージがついてネットですごく売れているんです。でもあまり商売気を出しすぎてもそっぽを向かれるので、アニメ絵などは一切使わず、竹と厄封じのイメージだけで見た目は素朴を貫きました。こういうのは田舎の温泉といっしょで、知る人ぞ知るというのがいいんですよ」

その後、ブームが一息ついたところで蓼科女史は次の手を打つ。なんとアメリカから連れて帰ってきた一人息子に寺を嗣がせたのである。

「あっ、この人知ってる。金髪の坊さんってテレビに何回も出てる！」

蓼科女史の広げたパンフレットに、さわやかな金髪の外人が袈裟(けさ)を着て竹マットを持って微笑んでいた。

「これ、うちの息子です」

「ええっ、息子さん⁉」

「ぜんぜん関係ない学科に通ってたんですけど、寺が繁盛するのを見て突然嗣ぎたいって言い出したので資格をとらせました。今は副住職として説法も代わりにつとめています」

さすがハーフで金髪の威力はすさまじかったのか、あっという間にブームが再燃して、今度はイケメン僧侶目当てにおばあちゃんの集団が押し寄せてくるようになったという。

「息子は本当は金髪じゃないんですけどね。赤毛なんです。でも、まあいいかって。おかげさまで寺も十分潤ってきたので、使っていなかったお堂を職人さんの竹細工や、竹を使った工芸品を展示するために改築しました。敷地だけはありますからね。それに文化への貢献を押し出せばイメージアップにもなるし、税務署も口出ししにくくなります」

次から次へと見せつけられる華麗な成功例に、哲彦以外の坊さんたちは完全に目がくらんでいた。こっそり盗み聞きしている春馬も感心しきりだった。仏教への無関心を打破するための会合なのに、さっきから飛び交う単語は、もっぱら非課税・もうけ・イケメンパワーである。

(俗っぽい、坊主なのに汚れてる!!)

しかし、きれい事ばかり言っていては寺の瓦が次の台風でふっとぶのはどこの寺も同じだ。

「蓼科さんはほかにも、いくつかの神社やお祭りのプロデュースもなさっていて、どれも成功しているんだ」

まるで自分の手柄のように青木氏が言い、みなが頷き、さっきから哲彦は蚊帳の外でどんどんと生ける仁王像と化している。恐い。これはみんなが帰った後の嵐が恐い。

(もしかして俺、こんなとこにいないでさっさと寝るに限るのでは……?)

いや、この場を逃げ出したところで、次の日の朝にはやつあたりされるのだから、肝心なのは嵐が過ぎ去るまで家から避難することだ。なのに、残念ながら春馬にはあてがない。

(ああ、こんなとき外場んちにでも逃げ込めたら!)

ダメもとで外場薫の携帯に緊急避難要請を送ってみたが、思った通り返事はない。もとより期待していなかった。

そんな春馬の決死の逡巡をよそに、広間では蓼科女史の華麗なるプロモーター実績がつぎつぎと披露されている。

「ドラゴン・エリートやうちの寺の成功例をひな形に、ほかの市からも同様の依頼が殺到したんですけど、ほとんどはお断りしました」

「えっ、どうしてですか」

「だってお客さん同士が競合したら、それは社の信用にかかわりますから。ですからお受けする前に、我が社としては十分に下調べをしております」

ホーウという感心の頷き。すっかり坊さんたちの心をつかんでしまっている。あれだけ実績を強調したのち、仕事の話に入る前にこれである。さすが売れっ子プロモーター。プレゼン能力も抜群だ。

「やっぱりこういうのはプロの方にお任せしたほうがいいと思うんだ。蓼科さんは実績もあるし業界にコネクションもお持ちだし」

「そうだなあ。やっぱり餅は餅屋だって言うしねえ」

いまやだれもがこのバリバリと仕事をこなすキャリアウーマン観音様に心酔しかかっていた。自然と依頼への流れになりかけたそのとき、

「待てよ」

ついに麻布の海坊主、いやさわが兄哲彦が立ちあがった。比喩的な意味ではなく、

本当にビールジョッキを置いて立ちあがったのだ。

(うわ、来る!)

思わず身構える。

「どこの遣り手だかなんだか知らないが、うさんくせえな。俺は納得できねえ」

いきなり蓼科女史に向かってケンカを売った。その堂々とした態度は敵意の押し売りだ。

「ちょ、ちょっと哲ちゃん」

「だいたい、いまさらアニメだ萌えだにのっかっても目立てねえから、そっちとは違う路線でなにか打開策を考えるって話じゃなかったのか。だからこうやって坊主ばっかでガン首揃えてんじゃねーか。なのに黙って聞いてりゃなんだ。やっぱりアイドルだかオタクだののみのプロモーションばっか、はっ、遣り手のプロモーターが聞いて呆れるぜ」

諸肌脱ぎそうな勢いで哲彦は啖呵をきった。誤解を恐れずに言うならばヤクザ映画に出てきそうな見事な口上であった。

「だけど哲ちゃん、俺らが集まったところでたいしていい案が出たわけじゃないじゃないか」

「うるせえ、青木も青木だ俺たちにことわりもなくこんな女連れてきやがって。お前嫁に隠れてその女とデキてんのか？　その女に金でも渡す代わりに仕事をやってるつもりか」

「し、し、失敬な。なんてことを言うんだ！」

哲彦のあまりの暴言に場が凍り付いたように冷える中、当の蓼科女史はといえば表情ひとつ変えずに微笑んでいる。難癖つけてくるヤクザ坊主と、少しも怯まないアラフォーキャリア女子。すごい。こういうのどこかで見たことある。ヤンキーのスタジャンの背中にある刺繍だ。虎と龍がお互いに威嚇しあってる図だ。

（これぞ龍虎相搏つ！）

感心している場合ではない。正直とても恐い。

しかし部屋を抜け出すタイミングを完璧に失った春馬はといえば、正座したままだじりじりとふすまのほうへ後ずさるしかなかった。きっと哲彦と蓼科女史以外はみな春馬と同じ考えだったに違いない。次の瞬間にはゴジラにやられるモブの顔をしている。

（たすけて、いますぐここから出たい！）

「では、具体的な企画をプレゼンすれば納得していただけます？」

テーブルの上に広げたチラシをゆっくりとクリアファイルに戻しながら、蓼科女史は哲彦のケンカを買った。長い爪には一分の隙間なく細かいアートが施されている。

いつだったかあれはおしゃれじゃない武装なんだと、幼なじみの善九寺尊都が力説していたっけ……

「まともな企画が出てくるとは思えねーけどな。どうせアイドルとオタクとグッズなんだろ?」

「では、公平にそちらはアイドルとオタクとグッズではないプランを提示してくださいね」

だん、とテーブルの上で音を立てて資料を揃える。ついに蓼科女史が哲彦のサーブを打ち返した。

「なんだと」

「自分たちでもできるとおっしゃったではありませんか。なら、プロである私をも納得させるプランを用意できるはずですよね」

「そん……」

「では、来週のこの時間、お互いのプランを持ち寄ってプレゼンをいたしましょう。その上で、みなさんに公平に評価していただくというのが妥当かと。ねえ、みなさんはそう思われませんか」

急に話を振られた周囲は、キャリア観音様の笑顔と部屋の空気の落差に戸惑いながら、

「そ、そうですね。それがいいかなあ」

「なにごとも公平がいいですな」

などと、あたりさわりのない返答をするのでせいいっぱいだ。一方思ってもいない返しをされた哲彦は、すっかり目がつり上がった仁王と化していた。

「おいアマ、それはこの俺にケンカ売ってると思っていいんだな」

麻布の海坊主と、アラフォー観音の戦い。

「ケンカなんてとんでもない。宣戦布告ですよ」

ここに、第一次哲彦蓼科戦争の火蓋は切られた。

＊＊＊

「それでさ、その蓼科さんってすんごい遣り手のキャリア女子って感じで、実際はもう四十超えてるママさん社長らしいんだけど、まかせときゃいいのに哲彦がケンカ売っちゃって」

代官山にある本屋なんだかおしゃれ雑貨カフェなんだかよくわからない建物の一角で、春馬はよくここにいるという外場薫を訪ねていた。正確には居場所をしつこく聞き出し勝手に押しかけたとも言う。

「それにしても、外場が代官山のこういうところにいるってなんか意外」

「そうですかね。僕はこういう広くて天井の高い建物が好きですよ」

「いやー、もっと和っぽい場所にいるのかと。寺とか神社とか、あと図書館」

「この季節に寺なんて冷房設備のないところに行ってどうするんですか。労力の無駄だ。本を読む環境はいいに越したことはない」

夏休み中とはいえ、外場は半袖の白シャツに黒の綿パンという、普段学校で会うときと変わらない格好だった。通学にも利用している登山メーカーのリュックにスニーカー。そして手には分厚い洋書。見るからに難解そうで、なんの本か尋ねる気も起こらない。

「で、休日に勝手に押しかけてきて一方的にしゃべる内容がそれですか」

「だって、哲彦命令には逆らえないんだもん。所詮俺、扶養家族の慕何だもん」

テーブルに手をついて勢いよく頭を下げる。

「お願いします！　来週の火曜までに蓼科さんを打ち負かすプランを考えないと、俺が小遣い減らされちゃうんだよ！」

「高校生にもなって実家から小遣いなんてもらってたんですか、君は」

眼鏡のフレーム越しに冷ややかな視線を注がれて、慌てて弁解する。

「違う！　自分でバイトだってしてます。ただ、海外に遊びにいくのに目標金額までどーしても貯まらなくて貸してもらうの」

「君個人の財布の話などどうでもいい」

「あっ、そんな冷たい。なんとか助けてよ。寺のことは外場の専門でしょ」

「寺の専門家になった覚えはありません」

「でも戒名とかめっちゃ詳しいじゃん。俺より」

外場は心底面倒くさそうに洋書をテーブルに置くと、

「エスプレッソ」

「はい、はい！　なんでも買ってきます。買わせていただきます」

「あと、クラブチキンサンドひとつ」

「がってん承知」

言われるがままにスタンドに買いにいく。いまは、いまだけは外場の財布でもいい。ちょうど腹が空いていたので自分の分のコーヒーとパンも買って席へ戻る。生きる昭和、もとい生きるアナログ学生だと思い込んでいた外場も、年相応にスマートフォンを持っていて、SNSでだれかとやりとりをしているようだ。自分もグループにいれてもらえないかと聞いたことがあるが、全員英語だと聞いて丁重に辞退した。なんでもいま世界中で遺跡を発掘している友人や仲間とツイッターなんかで情報のやりとりをしているらしい。

「蓼科毬氏の会社のことは知っています。蓼科プロモートといえば、君の業界では知らない人はいない有能な仕掛け人ですよ。最近では芸人のプロデュースもしています。『BUPPOUSOU』という……」

「ブッポウソウ!!　知ってる。あのお釈迦様の教えとか阿弥陀経とか、経典をメタルだかラップにして歌ってコントしてる二人組だよね」

いつもいかれた柄の袈裟を着て阿弥陀経ラップだの法華経(ほけきょう)メタルだのを歌って踊る二人組は、実際実家が浄土宗と日蓮宗の寺だという若手芸人コンビである。ネタはいつも決まって仏教あるあるネタだが、たまに「だれでもいいから嫁に来てくれ」という臨場感溢(あふ)れるバラードなんかも歌ってお茶の間を沸かせている。

「都内のダーツチェーンと組んで、破魔矢ダーツを売り出したのも蓼科プロモートですね。今では婚活業界にも進出していたり、地方の由緒ある寺社を守るためのお賽銭(さいせん)クラウドファンディングなどの企画も成功させていたりして、芸能界からも飲食業界からも一目置かれています」

「そんな凄(すご)い人だったんだ……。たしかに高そうなバッグ持ってたけど。なんで外場はそんなこと知ってるの？」

「君は寺の人間で俗欲にまみれているくせに、なんでそんなことも知らないんです？」

まみれている俗欲の種類が違うんじゃないか。ま、所詮蓼何なんですけど。

「蓼科女史がやってくれるというのに、なにを反対する必要があるのか僕にはわかりませんね。まかせておいたらいいんですよ。餅は餅屋に」

「でも哲彦が啖呵きっちゃった以上、なにかプランを出さないと体裁が悪いんだよぉお」

春馬は自分のショルダーバッグの中から封筒を取り出した。

「なんです」

「パラオ行きの往復航空券、の引き換えチケット。ほら、外場この前行きたいって言ってたじゃん。哲彦に相談したら袖の下渡してでもひきずってこいって」

「なるほど、必死なわけだ」

そりゃもう哲彦のプライドの問題ですから。あれだけ派手に宣言した以上、それなりのアイデアを出せなかったら今後青年会に顔も出せなくなる。すなわち俺が死ぬ。まるで時代劇で悪代官が小判をすっと着物のたもとにいれるような仕草で、外場はチケットの入った封筒を受け取った。意外とそういうのも似合う。

「しかし、僕はご存じの通りただの高校生。たいしたことができるとは思えませんが」

「聞いて、判断してくれるだけでいいんだよ。実は俺もさ、なにかできないかと思ってプランを練ってみたんだ。寺の売り出しプラン。それには外場の協力がぜったいに必要なんだよ」

「僕の？」

「じゃじゃーん、名付けてセルフ戒名アプリ・プラン」

彼が黙ってクラブチキンサンドを咀嚼し始めたので、その間に昨日寝ないで考えた案をぶつけてみる。

「生前戒名っていま流行ってるじゃん。寺に何百万も払うのがいやだって人や、お墓を持たない人。つまり、関心がないわけじゃなくて、そこに金をかけるのがいやだって人が多いってことなんだと思う」

「ふむ」

外場からのリアクションはそれだけ。春馬は続けた。

「そ・こ・で。在家得度すれば開運するし生前戒名もおまけについてくる。でも修行すんのはめんどくさい人たちに、気軽に戒名をつけてもらうためのアプリを作るんだ。占いみたいに『今日の戒名』とか『今月の戒名』みたいなのでもいい。とにかく戒名に興味をもってもらって、気軽に在家！　気軽に得度！　アプリで修行した気分！　自分が運が悪いと思ってる人や、これから人生の大勝負に出る人、はたまた受験を控えた学生にもお釈迦様のバックアップサポート！」

思わず力説してしまった。代官山のこんなおしゃれカフェで昼間っから戒名を連呼するものではないということは自分でもよくわかっている。

「…………」

外場は春馬の熱量をおびた視線の十分の一くらいの、つまりいつもの冷めたまなざしでエスプレッソを飲んでいた。やがて、品よく音をたてずにカップを皿に戻すと、

「君にしては、だいぶ頭をつかって考えたとみえる」

まるでいつもは頭をつかっていないかのような言いぐさだったが、外場に言われても不思議と腹はたたない。それよりも今は彼の的確なアドヴァイスが欲しかった。

「でしょでしょ、けっこういけそうでしょ⁉」

「君のプランの場合、実装に向けて問題が三つほどあります」

「三つ⁉　三つもあるの⁉」

「ひとつはアプリの開発料。ようするにその開発費に見合うだけの収入をどこからもってくるんだ、ということです。アプリは星の数ほどある、その中でわざわざそれを見つけ出しインストールしてもらうまで、つまりアプリの存在を知ってもらうための宣伝費もばかにならない」

「あー、そりゃそうだ」

まっとうな指摘を受けて、春馬はがっくりと肩を落とした。

「ふたつめの問題は、戒名というものは死んでからつけると考えている人がほとんどだということです。生前に戒名をつけるのは死に支度だという印象を払拭しなければ、とてもではないがアプリの開発料さえ回収できないでしょう」

「うーん、もっともすぎる」

「そしてみっつめ。戒名に興味をもっている年齢層、つまり団塊の世代がまだアプリというものに順応していません。長期間かけてじっくり浸透させていき費用を回収する企画、たとえば僧侶用の戒名作成ソフトならともかく、一般人にいきなり戒名はハードルが高い」

「そうかー！　やっぱそうか……ダメかあ」

へなへなとテーブルに突っぷす。やはり自分ごとき一介の高校生がどう頭をひねったところで、百戦錬磨のプロモーターに対抗できるはずがないのだ。

「戒名アプリ、おもしろいと思ったんだけどなあ」

外場と知り合ってからこのかた、やれ江戸時代の武士の戒名だ町民の墓だと日本の風俗に触れてきたせいか、自分でも驚くほど実家の稼業への興味が出ていたのだ。それをいまこそ活かせればと安易に考えていた。

「だめかあああ。あー、どうしよ……。なんにも考えてないんじゃ、家に帰れない」

「龍円師に、企画書を持ち帰るまで敷居をまたぐなとでも言われてるんですか？」

「それに近い……かな……。戒名アプリだったら、外場に監修してもらえばいっかなーなんて思ってたし」

「ふむ」

彼は口元を紙ナプキンでぬぐった。

「つまり、龍円師がまとめ役を務める青年会の寺で、なにか非課税か優遇枠を利用して手っ取り早く金儲けができればいい、ということですね。他の寺社がやっているような変わったおみくじや霊感商法、パワースポット商法はいまさら真似たくはないが、アイドルやアニメオタクに媚びるのはいやだと」

「すごく正直に言うと、俗っぽいけどそういうことです……」

個人的には蓼科女史のプロデュースしてきたドラゴン・エリートもBUPPOUSOUも成功しているのだし、素直に彼女に任せてしまったほうがいいのでは、と思う。しかし問題はそこではない。哲彦のプライドだ。もしあの場がまとまってしまえば、手柄はすべて彼女をつれてきた青木氏にもっていかれてしまう。青年会のまとめ役として頭角を現し、そろそろ本部の役員に推挙されたい哲彦にとって、輝かしい経歴を持つ蓼科女史の存在はひたすら邪魔なのだ。

「プロに敵うわけないのになあ」

「僕もそう思います。最終的には蓼科氏に任せるのが無難でしょう。ここで重要なのは龍円師の案に一理あり、プロ中のプロである蓼科氏がその案を捨てるには惜しいと判断すればいい」

エスプレッソを飲み干すと、外場は椅子から立ちあがった。

「また連絡します」

「えっえっ、連絡ってどういうこと。いい案を思いついて家でゆっくり練りたいってこと？　それとも今はぜんぜん思いつかないから帰るってこと？　どっちにしてもなにか持ち帰らないと俺今晩寝るところないんですけど。っていうか外場、袖の下受け取ったよね。パラオ行きの航空券、それ、プレゼントじゃないんだ。報酬なんだよわかってる⁉」

春馬の状況に興味はないといわんばかりに、外場は無言で読んでいた洋書をリュックに入れ、肩にぶらさげた。そして、

「では」

「ではって、ちょっと待って、外場！」

その夜、無策の春馬は家の敷居をまたぐ勇気を出せず、泣く泣く兄のアルファロメオ……ではなく車庫で寝た。

＊＊＊

春馬の唯一のブレーンである外場薫から、対抗案を思いついたと連絡が来たのは明くる日の夜だった。

「えっ、マジで!?　神様仏様外場様。なになになんなの教えて！」

『詳しいことはまた、別の機会に』

「別の機会っていつだよ。俺が哲彦に説明できなきゃ、自分の部屋で安眠できないいんだよおおお。ただちに説明して、もれなくして、いますぐして！」

必死でスマートフォンに訴えたが、顔の脂が画面にべったりついただけで返事はない。

その後も毎日毎日、昼となく夜となく外場に電話をかけたものの、彼が出てくれたためしはなかった。返事といえば『会合には出ます』という短いメールが来ただけで、彼が思いついた最強のプランの内容はわからないままだ。

（どうしよう！　これで外場にブッチされたら確実に俺はお盆でやってきた先祖といっしょにあの世に送られる！）

実際にはすでにお盆は過ぎているのだったが、そんなことは差し迫った命の危険を前にどうでもいい。

俺に恥を掻かせたら殺してやるといわんばかりの哲彦をなんとかなだめすかして、春馬は週明けの会合の日を迎えた。その日は念入りにアルファロメオを洗浄し、ビールも多めに注文して哲彦の肩まで揉み、住み込みの家政夫の万里生さんをたいそう驚かせた。なんと思われてもよかった。海外に行きたい。どうせ大学に入ってもすぐに就活が始まり、決まったと思ったらあっという間に社畜人生のわが身なのだから、せめてまだ体力的に余裕のあるうちに外国を旅してまわりたい。わずかでもいいから見聞を広めたい。

(いや、そんな偉そうなことじゃないな。なにかに出会いたいんだ、俺は)

周囲の友人達がどんどんと将来を見据えて突き進んでいく中、いまだにこれぞといった目標が持てないでいる自身に焦っていることは確かだった。バックパッカー旅行をしたいと哲彦に打ち明けたら、ついにおまえにも自分探しのシーズンが来たのかとひっくりかえって笑われた。自分探し、そうたしかにこれは自分探しだ。それでいい。セオリー通り一人旅でなにかを見つけるか、哲彦のようにSMソープで見つけるかに大差はないだろう。

そのための資金を半年かけて貯めてきた。あとはクレジットカードを作るために哲彦か親父のサインがいるのだ。そのためにならアルファロメオぐらい毎日洗ってやる。

(俺にできることは外場を信じることだけだ。他力本願上等。仏教用語便利!!)

　やがて日が暮れ落ち、広尾の金満寺交差点がいつものように渋滞しはじめ、停車中の車がウィンカーを点滅させる横を、つとめを終えた人々の群れが駅へとつながっていく。その中を縫うようにして、金満寺の客用駐車場に僧侶を乗せたエコカーが入ってくる。一週間前に集まった超宗派関東青年会の面子(メンツ)がぽつりぽつりと集まってきたのだ。

「こんばんは。連日御世話になりますなあ」

　まるで物見遊山に来たように足取りは軽い。みな、逆襲の哲彦とキャリア観音の対決を心待ちにしていたのだろう。当然酒を飲むつもりの住職達は、そのまま車を帰してしまう。

(ああ俺だって俺だって、ただの部外者だったらこんなに楽しそうなバトルマッチはそうそうなかったのに)

　次々にやってくる車を誘導しながら、春馬は外場の来訪をいまかいまかと待ちかねていた。すると黄金色に染まった西のほうから真っ赤なスポーツカーが一台排気音も猛々(たけだけ)しく猛然と交差点につっこんでくるではないか。

　キキッとブレーキが響いたかと思うと、バンッとドアを閉める小気味良い音。真っ赤なアキュラから颯爽(さっそう)と降り立ったのは寺社界のスーパーキャリア観音こと、蓼科毬女史。

（アキュラだ……、初めて見た……）

ここでフェラーリとかポルシェでやってこないところに、蓼科女史のこだわりというかプライドを感じてしまう。真っ赤なアキュラは助手席にいた人間を運転席に乗せて、あっという間に首都高のほうへ走り去ってしまった。彼女も飲む気だ。

「あら、こんばんは。この前はどうも」

真っ白くて巨大なつばのある帽子の下に小さい顔があった。この見た目で春馬より年上の子供がいるというのだから驚きだ。

「お兄さんはお元気？」

「一週間やそこらで死ぬタマじゃないです」

言うと、意外なほど大きな声をあげて笑った。

「お兄さんのプレゼン、楽しみにしてるわね」

夏の暮れの匂いに観音様の付けている柑橘系のコロンの香りが混ざり込む。もう八月の末だというのに夏がいっそう濃くなった気がする。

「それにしても外場はいったいなにしてるんだよ……」

待ち人来たらず、来る気配すらなし。

そうして、ついに恐るべきタイガーアンドドラゴンの宴は始まってしまったのだった。

＊＊＊

「さて、場も温まってきたことだし」

メールで何度も戻ってこいと呼びつけられてしぶしぶ広間に行くと、ほどよくビールが回って赤らんだ顔の青木氏がちょうど本題に入るところだった。

「今日はそもそも、哲ちゃんと蓼科さん、双方のプランを聞かせてもらうために集まったんだったよな」

まだ仕事が終わっていないとばかりに蓼科女史のグラスにはウーロン茶が、そして珍しく哲彦はオレンジジュースを飲んでいる。本気だ。

（本気で観音様をぶっつぶすつもりだ……）

しかしその哲彦とて、外場の持ってくるだろうプランを当てにしての強気なのである。はたしてその賭けは吉と出るか凶と出るか。

（早く、早く来てくれ外場。俺が彼岸へ送られる前に!!）

「では、私から先にプレゼンさせていただきましょうか」

蓼科女史はおもむろに前持ってきたのとは違うバッグから、大きめのタブレットを取り出した。ジェルで武装した指でついっと画面を明るくする。

「こちらが我が社がご提案させていただく、『十二神将　擬人化プラン』です」

「擬人化プラン⁉」

驚きの声が重なる。

「十二神将を？　って、お薬師さんのまわりのアレを？」

「そうです。みなさま当然十二神将はよくご存じですよね」

酔いの回った顔でコクコク頷く。

十二神将は薬師如来を守る十二神で、いわゆる如来様を守る護衛の将軍である。薬師如来は東方に住む瑠璃光浄土に住む如来様で、反対側の西方極楽浄土に住むのが阿弥陀如来だ。浄土宗や浄土真宗はこの阿弥陀様を奉り経典に阿弥陀経を用いる。

仏教にまったく興味をもたないまま生きていると、近所の寺になにが奉ってあるのかすらよく知らないままであることが多い。実は仏様の世界にはいわゆるヒエラルキーのようなものがあり、如来様がいちばん上である。薬師如来や阿弥陀如来のほかに、大日如来や釈迦如来などがいて、釈迦如来とはむろんあのお釈迦様のことである。よく見る観音様は菩薩といって、如来になるために修行をしている仏のことを言う。弥勒菩薩はお釈迦様が亡くなった後五十六億七千万年後にこの世に現れて人々を助けてくれると言われているありがたい存在だが、実はこの方もまだ修行中の身らしい。

薬師如来は密教系、つまり真言宗や天台宗などの寺に、そして阿弥陀如来は浄土教系の寺のご本尊であることが多いが、ではわが実家である金満寺をはじめとする禅宗はいったいなにを奉っているのかというと、

（なんでもある）

そう、なんでもあるのだ。うちのご本尊は薬師さんではないが十二神将はいるし、薬師さんの両脇にひかえていることが多い日光・月光菩薩も奉られている。もともと禅宗は羅漢といって修行者の最高位である仏の弟子十六人、十六羅漢を重要視している、と言われている。大仏さんと呼ばれている仏様でも、如来もいれば菩薩もいて、信仰の対象はけっこう時代時代で変わっている。信仰にも流行があったのだ。だからいろんな寺にいろんな仏様がいるし、寺が潰れて仏像だけが移動したり、受け継がれたりしていることも珍しくない。

以上、檀家さんへの哲彦のありがたい御説法を側で聞いているうちにいつのまにか頭の中に入っていたなけなしの仏教あるあるでした。

「なんでここで十二神将が出てくるんだよ。少なくともうちには揃ってねえぞ」

哲彦の言うとおりで、十二神将は十二神もいるから、いろんな事情で何体か欠けていたりもする。うちはたしか二体足りなくて、青木氏の寺には五体ぐらいしかいず、ほかの寺にも日光と月光、薬師がいるというふうにてんでばらばらなのである。

「なくてもいいんですよ。そのほうが都合がいいんです」

「どういうことだ」

「だから、ここにいらっしゃる十四寺がそれぞれ一体ずつ、十二神将と日光月光のアイテムを売るんです。十二枚、もしくは十四枚揃ったら埋まるような御朱印帳を作って、それぞれの寺を回るスタンプラリーを設ける。ちょうど戦国武将のおもてなし隊のように見目のいい役者に神将のコスプレをしてもらい、週末には能舞台でパフォーマンスをしてもらう」

「能舞台！」

大師寺に能舞台があるのは、明治の廃仏毀釈までは神社と同居していた名残である。

「たしかにうちにある。たいして使ってない能舞台……」

「みなさん東京のお寺さんですから、オーディションすればイケメン十四人くらいすぐに集まりますよ。いまは発信するのにもネットからであまりお金はかかりませんし、非課税内で活動するならCDは微妙なラインですから、むしろライブのほうがリピーターを狙えます」

蓼科女史がスワイプするたび、擬人化されたイケメンの十二神将たちがタブレットに映し出され、おおと声があがる。もともと十二神将はそれぞれ守護する方角があり、日付や時間も決まっているから、個人のプロフィールに合わせて信仰すべき神将をあらかじめ選んであげることも可能だ。

　イケメンのコスプレブロマイドにお守り、お札、なぜか千社札とグッズ化は枚挙に暇がない。九頭竜市のドラゴン・エリートと違うところは、こちらはギリギリ信仰の範囲内、つまり非課税を期待できるということだ。

「すごい……。これが実現できたらほんとうにすごいことになるんじゃないか」

「つまり、うちの仏様がイケメンになるってことだろ。それで十二人揃ったら、日曜日の朝にうちの子が見てる戦隊ものみたいになるんだ」

「それで、一億……」

　あまりの大風呂敷具合に住職達は呆然としている。むろん、端で聞いている春馬もだ。

(哲彦もたいがい俗っぽいと思ってたけど、彼女はその比じゃない)

　いかにも金の匂いがしてきそうな説得力のある壮大なプランと、蓼科観音様の慈愛に満ちた微笑み。そして非課税という甘いささやき。寺を預かる者として、果たしてこれ以上の誘惑があるだろうか。

「ちょっと待った！」

　盛り上がる場に冷や水をぶっかけたのはやはり哲彦だった。

「結局、イケメンアイドル担ぎ出すしか能がないのかよ」

「なんとでも。そのほうがプランとして説得力がありますから」

「なにが十二神将イケメン化だ。黙って聞いてりゃ。だいたいお薬師関係ない寺はどうすんだよ。アンタんちみたいに地蔵奉ってる寺だってあるんだぞ」

　言われて、一億に盛り上がっていたほかの住職たちもはっとした顔つきになる。

「そうだ。うち十二神将いないよ。文殊菩薩さんだもん」

「うちもいない。うちは観音さんだ」

「さすがにいないものをでっちあげても……。そういうのは由緒があってこそのものだし、それこそ税務署がなんて言うか……」

　次々に躊躇の声が出始めると、鬼が鬼の首をとったような顔つきで哲彦はにやりと笑い、

「どうだ、アンタのプランなんか所詮間に合わせなんだよ。なんの由緒も由来もないのに客なんて来るもんか」

「それはどうかしら」

　驚いたことにキャリア観音の余裕の微笑みはいまだ崩れない。

「ご住職などというわりに不勉強きわまりないわね。修行が足りないのでは？」

「どういう意味だ」

「天豊寺さんのご本尊はたしかに文殊菩薩さま。江戸時代後期のものでしたよね」

「そうだ、十二神将とはなんの関係もない」

「あります」

「なに」

「文殊菩薩は十二神将のひとり、波夷羅大将の本地とされているんですよ」

　春馬はまったく知らなかったが、蓼科女史によると十二神将にはそれぞれ本地といわれるもともとの姿があり、菩薩や如来などの仏様が方角を守護するために姿を変えているのだという。

「地蔵菩薩様はいわゆる帝釈天、十二神将でいうと因達羅大将ということになります。観音様の化身ももちろんいらっしゃる。わたくしどもの調べによると、この場にお集まりになった十四寺所有の仏像が十二神将の本地ということで当てはまります」

　この展開になることを完全に読んでいたのか、蓼科女史はそれぞれの寺のご本尊とその由緒、そして当てはまる十二神将の詳細が列記されたカラーのプリントを配った。これにはさすがの哲彦も言葉をなくし、ただただ気色ばんでいる。

「ほんとうだ……。うちのご本尊ってそうなんだ。親父から聞かされたご由緒だけを鵜呑みにしてたよ」

「金剛手も勢至菩薩までそうなんや。全然知らへんかったわ」

　皆己の寺のご本尊がイケメン神将になったカットを見てしみじみとしているようだ。

春馬も思わず差し出されたプリントに目を落とした。なんと我が寺にいらっしゃる弥勒菩薩までそうだったとは。大昔法相宗(ほっそうしゅう)の寺から流れ流れて我が家にたどり着いたとされるとても古い重要文化財の菩薩様が、キラッキラのウエンツ瑛士(えいじ)風のイケメンになっている。金毘羅童子(こんぴらどうじ)というらしい。

(まあ、うちは金満寺だからちょうどゴールドカラーでいいのかも)

すでにその場はコンペではなく、決まった企画の詳細プレゼンの場と化していた。だれもがキャリア観音様の説得力にのまれていたし、それ以上にこれから始まるであろうプロジェクトを心待ちにさえしているようだった。ただし哲彦を除いて。

「おい、春馬。ちょっと顔かせ」

哲彦がプリントを踏んで立ちあがった。異論を述べるヒマもなく耳を引っ張られて次の間に引きずり込まれる。

「お前……、あの戒名探偵はどうした」

「ど、どうしたって。来るって言ってたよ。プランもあるって」

「じゃあなんで、いまここにいねーんだよ!」

ポロシャツの衿(えり)ごと首を絞め上げられて、釣り上げられた魚状態になる。

「し、しらない……」

「もし外場が来なかったら、そのときはお前一生車庫で寝起きだからな」

「あ、そんな」

「あんな女に本部の金巻き上げられて、チャラチャラしたアイドルに寺を占拠されるんだぞ。わかってんのか！」

「わかってるけど、でも……」

哲彦の懸念はわかる。けれど、もともと哲彦が目指していた方向性は蓼科女史と同じはずだ。兄はただそれが自分発案でないことだけが気にくわないのだ。理由はとてつもない見栄っ張りの俗物だから。

同じ俗物でもただの狭量な俗物と、生産性のある俗物とならだれもが迷わず後者を選ぶだろう。春馬だってことあるごとにパワハラをしてくるような兄より、見目麗しい観音様にほいほいされながら得度したい。

「でも、兄貴だってほんとは蓼科さんのプランがベターだってわかってるんだろ。だってあんなに詳細にデータを集めて、役者まで決めて、それぞれの仏様の由来に沿ったコンセプトどおりの衣装とかグッズとかおみくじとかお守りとか……。こんな短期間であれだけの資料揃えて来てくれたんだよ？　なのに兄貴はなにしてた？　ただ俺にやつあたりして、袖の下握らせて外場に他力本願してただけじゃないか！」

思わぬ図星攻撃を喰らったからか、哲彦は春馬の首を絞め上げるのをやめて手を離した。春馬はかるく咳き込みながらふすまにぶつかった。その衝撃で広間の人間が一瞬話をやめる。

「どうした、次男坊」

「い、いいえ、なんでもありません」

哲彦はそのままどこかへ行ってしまったようだ。トイレかもしれないし、ばつが悪くて逃げ出したのかもしれない。

(くそ、言ってしまった)

慕何な扶養家族らしく、せめて旅に出るまでは従順な弟でいようと思っていたのに、なんということでしょう。

(それもこれも外場が来ないのが悪い。俺のクレジットカード計画が。袖の下のパラオ行きのチケット受けとったくせにまさかばっくれるなんて!)

せめて目の前の豪華な寿司をいまのうちに腹に収めておこうと箸を伸ばした。

「ところで、金満寺さんとこには三男いたっけ」

「えっ、兄弟は僕だけですけど」

「じゃあ、彼は?」

指さした先に、青木氏の隣でもくもくと千枚漬けを口に運んでいる白シャツの学生……

「あああ――、外場ー!!」

思わず大声をあげて抱きついた。

「いつの間に来てたんだようううう」

「さっきですよ。君が龍円師と言い争っている真横を通ったんですけどね。っていうか、離してください暑い」

言われてもこれぞ地獄に仏、我が家に外場さん。天の助けというほかはない。

「ね、ね、それでどうなったの。アイドルでもアニメでも萌えでもないプランを考えてきてくれたんだよね！」

春馬の言葉にいち早く反応したのは蓼科女史だった。

「へえ。君が金満さんの代理ってわけ。さっそく拝聴しましょうか」

さすが、ほとんど勝ちは見えていたはずなのにいまだ勝負は決まっていないとばかりにウーロン茶をかかげる。

「おい、おい、だれだ」

「うちのブレーンです」

「ブレーンたって、まだ学生だろ。起業でもしてんのか。それともそういう学部の授業でも？」

「外場は僕と同じ有栖川の学生です。でも、兄の代理でもあるんで……」

ほろよい顔が一斉に外場に注目する。本人はギリギリまで千枚漬けを品よく咀嚼していたが、しかたがないと観念して箸を置いた。

「たしかに、僕が龍円師の代理でプラン立案を頼まれました」

「それで？」

「先に蓼科さんのプランを拝聴しましたが、とてもいいと思います。勝負に出たいのなら寺もこれくらいは仕掛けるべきだ」

思いもかけない絶賛後押しに驚いたのは蓼科女史だけではなかった。

「お前さん、別企画をもってきたんだろ。なのに褒めてどうする」

「そりゃプランBになってないぞ、坊主」

「たんにアイドル案にのっかってるだけじゃないか」

「そうだそうだ」

青木氏をはじめとする青年会の住職たちは、いまやすっかり彼女のシンパと化している。

「待って、聞きましょ。金満さんを納得させられないプランをゴリ押しするのも後味が悪い。相手が企業でないのなら、選べるのはAかBかどちらかではないのだから」

「そうですね。僕は会社組織の人間ではありませんので、プランを売り込みたいわけではない。だからこそ大人の事情など知らないふりをして、無神経なことも口にできる。例えばこの場合、プランがAかBかではない。青年会こそがプランBだったのだ、とかいうことなども」

思わせぶりな外場の口調に、だれもが顔をしかめる。外場の言っている意味がよくわからないのだ。しかし春馬はそんなオーディエンスの中でただひとり、蓼科女史だけが表情を凍らせていることに気づいた。

(か、観音様の微笑みが消えてる)

ご本尊と同じく、いつもいつも微笑んでいた観世音菩薩から慈悲の笑みが消えたとしたら、それはもう違和感しか残らない。

なぜ、いったいどうして。外場の言うプランB発言がそんなに彼女にとってまずいことだったのか。

「ど、どういうことだ。プランBって」

「たしかに蓼科さんのプランは完璧だ。ご本尊を十二神将にこじつけてイケメンアイドル化し布施と賽銭を投げてもらう『護神戦隊シンショー・トゥエルブ(仮)』『12人いる!? (仮)』『ハートキャッチ☆神将12 (仮)』」

外場のクールで棒読みに近い調子で読み上げられると、なにかいけないものを聞いてしまった感がものすごい。

「……このさいタイトルはなんでもよろしい。それぞれの神将のビジュアルからコンセプトアートまできっちり揃っている。これはもうプランの域を超えていると言ってもいい」

「このために準備してきたんじゃない。もともとある企画だった。そうですよね、蓼科さん」

外場は黒縁眼鏡の鼻当てをおしぼりで拭きながらゆったりと言った。

「えっ、もとからある企画？　蓼科さんが前にどこかでやったことがあるってこと？　でもそれはしない方針だってこの前……」

「やったことがあるではなく、この企画はもともと京都の寺社仏閣のために立てられたものなんですよ。ここと同じように寺社の未来を憂えた人たちがいて、話を蓼科さんにもちこんだ。計画は順調に行っていた。某局のBS部門と関わりのある芸能事務所が一枚も二枚も嚙んで、事務所の新人の売り出しをする予定だった。だからここまでなにもかも決まっているんです」

綺麗になった眼鏡を元通り鼻にひっかけると、外場は心底面倒くさそうに水を飲んだ。

「だが、残念なことに横やりが入った。京都は古い土地だ。もともと蓼科さんたちのやり方を快く思っていなかった方面から圧力がかかった。Aという寺社がブームになったからといってほかの参拝客が増えるわけじゃない。それどころか仏様をアイドル化するなんていくらなんでもばちあたりだと反対する人も多かった。残念なことに京都でのプランはペンディングになった。しかし無理を言ってとりつけた芸能事務所との約束がある。BS局とのコネクションのためにもこのまま頭を下げて終わるわけにはいかない。——そこで、場所を変えて同じ企画をやることを考えた」

「あっ」

春馬はまじまじと蓼科女史の笑みの消えた顔を見た。

「そうか、だから企画書からなにからなにまで用意されてるんだ！」

「活動の場所が東京になるのなら、芸能事務所にとってもプラスになる。テレビ局も同様。その上東京の寺は京都ほどうるさくはない。なにを発信するにせよ東京は便利な場所ですからね」

「…………」

「まったくもってそのとおり」

そのとき、スパーンと音がしてふすまが開かれた。まるで待っていましたといわんばかりの哲彦の登場だった。

「うさんくせえと思って調べさせたら案の定だ。おい、お前らあのままその女の口車に乗ってたら、いまごろ本部の金でその女の尻ぬぐいさせられるところだったんだぞ」

「龍円師が表立って動くと波風が立ちますからね。かわりに僕がひとっぱしり行ってきました。京都まで行って帰ってくるのは時間も手間もかかりましたが思った通りの成り行きだった。地元では封竹院さんの評判はさまざまで、みなさん鬼の首でもとったようにペンディングの件を話してくれましたよ」

言って、ふたたびしゃくしゃくと千枚漬けを食べ始める。

「外場、あのチケット、パラオ行きじゃなかったの!?」

「パラオ行きですよ。その後ろに京都までの新幹線の往復切符が入っていたの、気づかなかったんですか」

「気づかなかった……」

哲彦から渡された紙の封筒を、中身を確認せずちらっと見てそのまま渡しただけだった。兄にそんな意図があるとは思わず。

(なるほど、哲彦が金はたいてまで確かめたかったはずだ。妙に旨すぎる話だと気づいていたんだ。だれもそんなこと疑いもしなかったのに、恐るべき哲彦の俗物の勘!!)

しゃく、しゃくという外場が千枚漬けを食べる音だけが響く。だれもが蓼科女史の弁明を待っている間だった。

「ええ、違うっつうならなんとか言ったらどうなんだ。遣り手の社長さんよ」

皆の視線が哲彦から蓼科女史に集中する。

「おっしゃるとおりよ。この企画はもともと京都でペンディングしたものとほぼ同じ。それを東京に持ってきて再起をはかったの。いろいろ計画していたのにこのまま潰してしまうのはもったいなかったから」

さすが観音様、崖っぷちに追いつめられていても顔が優雅だ。

「そんな！」

青木氏がすっかりアルコールの抜けきった顔で、

「じゃあ、哲ちゃんが言うとおり、あんたは俺たちの金で事業の尻ぬぐいをしようとしてたのか。うちに電話してきたのも、飲みの席で思いついたようにプランの話をしたのも、ぜんぶ仕込みか！」

彼の言い分が本当なら、青木氏はていよくダシに使われたということになる。子持ちとはいえ美人と向かい合って飲めてさぞかし良い気分だっただろう。それを利用されたのだ。

場の雰囲気は数分前とまったく変わってしまっていた。一億だアイドルだと景気の良い言葉に沸いていた青年会の住職たちも、いまや冷ややかなまなざしで蓼科女史を見ている。そして、それを傍目で見ながらビールを美味そうに飲み干す哲彦。

しかし、その雰囲気を打ち破ったのもまた外場だった。

「とはいえ、蓼科さんのプランになにか穴があってペンディングになったわけではない。東京で企画を立て直してもいいんじゃないですかね。むしろ集客力も檀家力もない寺にとってはありがたい話では？」

まさか、たったいま彼女の計画を潰した本人が、企画を後押しするような発言をするとは思わなかったのだろう。住職達がぽかんとした顔をした。

「なに言ってるんだ、あんたは」

「僕は事実を述べただけで、一度も企画の内容そのものが悪いとは言っていませんよ」

「だ、だけどな……」

「どこかでペンディングした企画が使いまわされることなんてどこにでもある話です。まあ、営業相手にバレたら心証はよくないですけれど。ここで敢えて金銭面で手を打って恩を売ってもいいのでは、と僕なら思いますね」

「しかし……」

皆の視線がすでに手酌でビール二本目の哲彦に注がれる。

「ああ、俺は妙に旨すぎる話には裏があるって知ってるからよ。慎重に進めたかっただけだ。そっちが殊勝になって仕切り直すってんなら反対はしねえよ。まあ、俺は代表でも幹事でもなんでもねえから、みんなの意見にまかせるけどよ」

哲彦にしては殊勝なものいいだ。ここで彼女を必要以上に責めるより、寛容さを見せることのほうがリーダーシップにつながるとわかっているのだろう。

(関東の暴走族三千人を率いてた元ヤンだからな)

「ところで、このままだと話が振り出しにもどっちゃうんだが、哲ちゃんはプランとやらはないの」

哲彦がその場を完全に掌握したところで、青木氏が思わぬボールを投げつけてきた。

「そこの高校生は、蓼科さんのことを暴露しにきただけ？」

「僕は十二神将アイドル化はおもしろい案だと思います。それなりにお金もかかりそうですけれど、若い人に仏教を知ってもらうとっかかりとしては悪くない。ただ、僕ならもっとうまくやりますけどね」

胃が満足したのか、外場はスマートフォンを取り出しなにかを探し始めた。

「もっとうまくって？」

「みなさんの寺にあるもの、ないものをはっきりさせればいろいろ考える道はありますよ。たとえば寺にあるものといえば敷地だ。境内の宗教関連施設なら非課税あつかいになる」

「そうだ。だが、駐車場や幼稚園も限界がある」

「では、宿泊施設にするのは？」

「宿泊施設？　ホテルにするってことか？　だが、客はどこから来る。みんながみんな善光寺の宿坊みたいにできるわけじゃないんだぞ」

「まずは少人数でいいんですよ。受け入れるのは修行者ですから」

「わざわざ寺なんかに泊まるもんか」

「泊まりますよ。はるばる中国から来るんですから」

みんながコップを置いて異口同音に叫んだ。

「中国!?」

「みなさんご存じかどうかわかりませんが、現在中国は空前の仏教ブームです。共産党体制に将来の希望をもてない若者から、成功はしたが激しい競争社会に精神が摩耗した経営者まで、仏教に救いを求める人々が急激に増えている。あまりのことにとう\u3068う国家主席が国をあげて仏教を支援するありさまです。しかしながら中国は文化大革命のときに大半の寺は壊されている。まあ、日本も廃仏毀釈なんてものがありましたからどこの国でもやっていたことですが、幸いなことにいま中国にないものが日本にあるのです。それが、寺」

外場が示したスマートフォンには、仏教セミナーに通う人々や仏教に関心を持つ若者の書き込みが多く見られた。中国語も堪能らしい外場の翻訳によると、いま爆買いではなく仏教的に日本に興味を持つ中国人が増えているというのだ。

「いまこそ、寺は彼等のために宿坊を整え、修行旅行を誘致すべきだと思いますね。その先遣隊は蓼科さんがおやりになればいい。ただ誘致にいくのではなく、日本で培ったアイドルプランを中国にも売り込んでやればいいのです。寺の復興に国が金を出してくれるんですし、そもそも誘致しようとしているのは中国の企業家達。中には蓼科さんのアイドルプランに興味を持って出資してくれる投資家だっていないとはかぎらない」

「おもしろいわ……」

今までばつが悪かったのか表情を固めていた蓼科女史の視線が、吸い込まれるように外場のスマートフォンに注がれていた。

「その企画、すごくいいわ。こっちから誘致するついでに、日本のノウハウを売り込みにいけばいいってことでしょう。お客さんは修行に来てもいいし、視察でもいい。表向きは修行ということで来てもらえば宿坊に泊まってもそれは非課税あつかいになる。出す食事も、移動のバスも。余裕があればきちんとしたホテルにしてもいいわ」

「そうか、オリンピックだ！」

現在都内は増え続ける外国人観光客で慢性的にホテルが足りていない状態にある。そこに土地だけはある寺社が小さな宿坊ホテルを建てれば、今後オリンピックまで続くであろうホテルブームのおかげで損にはならない。オリンピックまでにはペイできるし、その後も宿坊として使い続けることが可能だ。

「ぐずぐずしてるとタイとの誘致合戦になるわ」

「大乗仏教VS上座部仏教の戦争ですね」

「誘致するなら日本だろ！　もともと禅宗は中国の文化なんだから、これから絶対流行るはずだ!!」

まるで水を得た魚のように蓼科女史はその後も生き生きと外場のアイデアにのっかったプランを語り続け、体裁を保った哲彦は一人で五本大ビンを空けていた。

春馬は、外場がトイレにいくフリをして立ちあがったところを後をついていった。

このまま座敷には戻らず帰宅するだろうと思ったのだ。

「外場」

りーんりーんと鈴にも似た虫の声。都会のど真ん中で聞こえてくるのは珍しいが、これも寺の音だ。草いきれに鳥の声。人間と違ってアスファルトに住めないものたちがセメントの国のオアシスに集まってくる。

「外場、今日はどうもありがとう。来てくれて助かったよ」

彼はスニーカーのヒモを丁寧に解し、黙って足をさしいれた。

「しっかし、蓼科さんのプランが使い回しだなんてよく見抜いたよなあ。その上でそのプランを中国に持っていけだなんて、宿坊ホテルにしても中国アイドルにしても計画が壮大すぎるよ！　外場、本気でそういうの起業してみてもいいんじゃない」

　言うと、外場がいつもの顔でぬるっと笑った。くっきりとした輪郭の月の下、外場の着ている白いシャツがおぼろげに夜に浮いているように見える。

「あれで兄貴の面子は爆上がりだし、蓼科さんをつれてきた青木さんの顔に泥を塗らないですんだし、側に墓地があってマンションにも幼稚園にもできない敷地をもてあましてた寺にも光が差したし、みんないいことずくめだったよなあ。あれがウインウインってやつなんだな」

「君にしては、熱心に耳を傾けていましたね」

「うん。俺さ。外場に戒名のことを教えてもらうようになってから、ちょっと考えることがあったんだよね」

　彼を追いかけて外へ出た。相変わらず夜だというのに蒸し暑いが、それでも盆をすぎたからか夜風にわずかに季節の変わり目を感じる。

「考えること？」

「そ。あのさ、戒名って死んだあとにつけるものじゃない？　生前戒名とかはおいといて。哲彦なんかも檀家さんが亡くなったってことになったら、真っ先に戒名の準備をするわけ。それでどういう人だったかを身内さんに聞く。長く生きた人ならいいよ。いろんなエピソードがあるからさ。でも若い人なんかだとさ、まだなにかする前だったりするわけで。つまりなんにもしないまま、生きた証拠……、みたいなものをこの世に残せないままだったりする。それでふっと思ったんだ。もし俺が明日死んだら、俺の戒名ってどんなふうになるのかなって。まだなんにもしてないし、俺はこんな人間ですって胸張って言える人生エピソード、話したって一分ももたないのに」

大学の推薦試験やアルバイトにも面接や論文がある。その時決まって春馬が悩むのが自分をアピールすることだった。自分に自信がないのにアピールすることはできない。しかしこの関門をなんとか突破できなければ、人生の一段上へ登ることはかなわない。

「だから、俺がどんな人間かはやく知りたいって思うようになったわけ。戒名探しの旅っていうのかな。このままだと慕何春馬信士になっちゃいそうだから」

外場は黙って、春馬の言葉を聞いているような聞いていないような、いつものぼんやりとした風情で夜風にあたっていた。そういえば外場は自分の戒名なんて考えたことがあるのだろうか。あれだけ知識もアイデアも豊富なら、死ぬときは院号がついてだれからもすばらしい人でしたと称えられるような人生を送るのだろうか……

それとも、案外世捨て人のように生きていくのかもしれない。アスファルトで埋め尽くされようとしている東京に、ぽつんと残っているわずかな緑の墓地のように。

「俺はずっと、外場はそのうち得度してえらい坊さんになるのかと思ってたけど、案外ＭＢＡとかとってバリバリアメリカで働くのもあってるかもしれないなー」

「なにを珍しく殊勝な顔をしているのかと思えば」

外場はため息と同時に肩を落とした。

「僕はＭＢＡなんかに興味はありませんし、龍円師にたのまれたのも別件で確かめたいことがあったから、そのついでで動いたまでですよ。ついでに言うと自分の死後のことにも興味はありません。戒名などどうでもよろしい」

「えっ、でも、いつもＳＮＳで世界中の友だちとやりとりしてるんだろ。てっきり大学は外国に行くとか、日本の文化を世界に広めるようなクールジャパン活動をしたいのかと……」

「ばかばかしい。日本のなにがクールだっていうんです」

「えっ、えっ……」

「僕が中国の現状をたまたま把握していたのは、やりとりをしている友人にスタートアップのアイデアを求められたからです。それで蓼科女史の活動を知った。十二神将のネタが頓挫(とんざ)したことはすぐにわかりましたから、僕が別の企画として先方に売りつけました。もちろんまったく別の切り口で」

「売りつけたって、別のって……、えっ……」

いきなりの企画パクリ横流し爆弾発言である。

「そうそう、君の言っていた戒名のアイデア、あれはあのままではとても企画にはならないですが、ひとつだけ活かせる方法があります。中国で流行らせるんです」

「何を？」

「戒名を」

「中国で？」

「中国で。もともと戒名なんてものは日本独自の文化で、儒教の先祖崇拝と位牌(いはい)文化が混ざって流れ込んできたに過ぎません。ところがいまでは死後仏様になってブッディストネームをあたえられればだれでも極楽浄土へいけるということになっている。ほとんどの宗派が規律といただいている経典もすべて釈迦の入滅後に書かれたもので、彼の考えそのものではないのです。そこには戒名なんて当然存在しない」

いつもの立て板に水とばかりのすばらしいご高説。

「何百年も前に時の権力者が権威づけのために輸入した戒名なのですから、いま貧乏な日本の寺がもったいぶってかの国に売りつけてあげればいいのですよ。そのためのブッディストネームブームを起こそうと思っていました。君のプランはそのままでは使えないが、場所を中国に移せば可能になる。なにしろ中国人は戒名を知らない。死に支度などと思いもしない。――というわけで、死んで戒名なしの状態からスタートし、さまざまな修行を経て戒名がレベルアップし、西方十万億土の彼方(かなた)にある国へ菩薩を目指す死後RPGを企画しました」

「し、死後RPG!!」

字面だけでもすごいインパクトである。

「この数年で小銭を荒稼ぎしたいのなら宿坊ホテルで十分。アイドルもいいでしょう。しかし肝心なのは十年かけて富裕層の子供に仏教を植え付け、日本的仏教ワールドに好奇心と好感をもってもらうことです。まあそこは大丈夫でしょう。彼等は日本米も日本酒もジャパニーズアニメも大好きですから」

「十ヵ年仏教洗脳計画！」

「まあ実行するのは僕ではなく中国の同志です。現代版西遊記だと思えば無理な企画ではないと思いますけどね。もともと娯楽とは、修行の結果到達した心の安らぎのことをいいます。よからぬ意味で使われる快楽すら仏教ではケラクと読み、宗教的な満足感を指すのです。僕はただただ、娯楽を極め快楽を得ようとしているだけですよ」

とはいえ、まさか戒名そのものを中国に輸出するのが外場の最終プランだとは思いもよらず、春馬はただただ山門をくぐって帰っていく彼の背中を呆然と見送るだけだった。

（十二神将アイドルとか、宿坊ホテルとかだけでも十分人間離れしてると思ったのに、まさか中国人十億人に、日本で人気のなくなった戒名文化を売りつけようとしていたとは……）

慕何なる身にはとてもじゃないが、西方十万億土の彼方にある外場の思考回路は理解できない。

「あくどい！　なにが宗教的快楽だ。俗悪だ！　お前が一番俗物だよ外場!!」

だけどこの世のすべては俗に属する。だからこそ、如来も菩薩も存在するわけで……

（こりゃあ、だれも勝てないわ）

——やっぱり、今回もおさすがです。

戒名探偵、卒塔婆くん。

いまだ冬を見ず

〝面倒くさい〟は人を殺す——どこの意識高い系の人が言った言葉だっただろうか。

「だがしかし、面倒くさいものは面倒くさい」

金満春馬は寺務所という名の自宅の、リビングに鎮座まします革製のソファに、腕の悪い彫り師の手で作られた涅槃仏のように転がっていた。

東京、麻布。代々某藩家老を務めた一族の菩提寺として江戸時代より続く臨済宗妙徳寺派、金満寺。その敷地内にある寺務所兼住居の十四ＬＤＫの我が家は、寺を入れるとすでに築何年だかわからないレベルの骨董品である。

すっかり季節は暑い盛りを過ぎて、コンクリートとガラスで覆われたこの大都会にも秋らしい、そして街らしい風情が戻ってきた。真夏の東京などまともな人間の住むところではない。ひたすら暑い、日陰でも暑い。ビル風は熱風、社会人や学生としてこうあるべきというよくわからない倫理観に基づいた服装は、暑さに参っている人々の体力をさらに奪う。広尾の駅から金満寺の交差点まで徒歩十分の距離ですら、春馬はいつもアスファルトの上で力尽きてひからびているトカゲやカエルを連想するのだ。

「もう俺はムリです」

　やっと身体に優しい季節がやってきて、エアコンのスイッチがオフになると、身体がエアコンの風に慣れすぎていたのか、急にだるさが襲ってきた。考えたくはないが人ではないものを一匹二匹背負っているような感覚である。

「だるーい。なにもする気が起きない」

「暑いといってはだるい、寒いといってはだるい。ハルぼっちゃんはいつでもそうなんですから、いいかげんそこをどいて少しは動きなさったらどうですかね」

　ぴりりと辛い山椒（さんしょう）のようなセリフをはく家政夫の灰原万里生さんは、十五年前、つまり春馬がまだ小さいころ、ベビーシッターとして我が家にやってきた。それ以来、我々の母のように伯母（おば）のように、そして頼れる人生のセンパイとして、女手のない我が家をきりもりしてくれている金満寺の縁の下の力持ち、ブレーン、そして絶対権力者である。歴（れっき）とした男だが。

「まったく、ちょっと私が家を空けてたらこのざまなんですから。哲ぼっちゃんもハルぼっちゃんもはやくお嫁さんだかお婿さんだかをもらって私を楽にしてくださいよ」

　万里生さんが都会の家にしてはまあまあ広い我が家のリビングと廊下、そしてお堂のほうまで清掃ドローンのように素早く掃除している間も、春馬はだらだらとソファの上から動かずにいた。

「哲ぼっちゃんがいないからって、羽のばしすぎですよ。そんなんだからお小遣いとめられたり、家を追い出されて車庫で寝起きするハメになるんです」

「いいじゃん、普段は伸ばす羽もないくらい哲彦にむしりとられてるんだからさー」

「なにクリスマス前に皮を剝がされる七面鳥みたいなこと言ってるんですか。朝からずっとそこいなさるでしょ、グーグルマップの青い点もびっくりの動かなさですよ」

「万里生さんを定点観測中ー」

「ああ、くっだらない」

自分でも今日の己が特別自堕落なのはわかっている。もし、俺をGPSで監視している人間がいたら、完全にソファの上にスマートフォンを忘れていると思うだろう。

「いいのいいの。やっと中間試験が終わったんだもん、ちょっとはだらだらさせてよ」

「社会人になるとね、そのちょっともできないもんなんですよ」

「だからさー。そんな社会人になるのが目に見えてるから、いまのうちにだらだらしておくんじゃない」

春馬が座標を変えずその場で寝返りをうっている間に、万里生さんははやお堂の掃除を終えて、キッチンで夕飯の仕込みにとりかかった。

「そうやって、財産がある人だけが持てるゆとりを、いまのうちにどうぞ味わいくださいな。ぼっちゃんが五年後に放り出されるのは、自分のやれることをそこそこの金に換える錬金術を身につけておかないと、あっという間にひからびる餓鬼道の世界ですからね」

万里生さんが言うと重みのある言葉だ。なにを隠そう、彼はもともと専門の会社から派遣されたベビーシッターでも家政夫でもなんでもなかった。わが寺の所有する墓地に勝手に住み着いて寝泊まりしていたホームレスだったのである。

時はバブル時代、調子にのってサラリーマンを辞め、若くして念願の自分の店を持った万里生さん。ミュージシャンらが出入りするその店は渋谷の道玄坂にあり、客には景気のいいテレビ局のプロデューサーたちがいて、気前よく金を落としたためたいそうにぎわったという。

ところがバブルがはじけるとあっという間に常連も寄りつかなくなった。みな会社の金で飲みにきている連中ばかりだったから、領収書がきれなくなると足が遠のいたのだ。万里生さんが店を維持できなくなり、妻子に見捨てられホームレスになるまで三年とかからなかった。

「まあね、ぼっちゃんみたいな人間は少ないより多い方がいいですよ。そうやって岩山の上でゆーっくり岩を撫でてればいいです」

「どういう意味？」

「おや、ご存じないんですか。億劫(おっこう)ってことです。劫(カルパ)っていうのはインドの言葉で、すごく長い時間の単位なんですよ」

いわく、一劫は天女が岩山に下りてきて座りながら、岩を袖(そで)でさわりさわりと撫で、岩山がついに削れて無くなるまでの時間を表すそうだ。それが億重なるのだから、気の遠くなるような長い時間という意味になるらしい。

「物知りだよねえ、万里生さんは」

万里生さんを拾ってきたのは、春馬の父だ。この寺の住職であり、現在京都にある本山で出世レース真っ最中である父こと金満櫂児(かいじ)は、ある時、金満寺が管理している浅草の墓地で万里生さんを見つけた。そこはもともと同じ宗派の寺だったが、本堂が焼けた後は再建されず、住職もいなくなったため墓地だけが残った。管理といっても浅草はここからはそこそこ遠いため、春馬の父が月に何回かチラリと見に行く程度のずさんな状態だった。

その長らく使っていなかった十畳二間ほどの元寺務所に、万里生さんは住み着いた。父は少しして気づいたが、ボロ屋をあまりにも綺麗(きれい)に修繕して使っているので感心し、放っておいた。

すると、万里生さんは墓地の電線から自力で電気をひいて、さらに人間らしい生活を始めた。もともと水道はあるので水には困らない。さらに自力で家の中まで水道管を引き、簡単な台所にシャワールームまで作ってしまった。

「見つかるとは思ってなかったの？」

「思ってましたよ。いつだったかな、あ、バレてるなとは思ってましたね」

父がそれでも放っておいたのは、万里生さんが墓地を毎日綺麗に掃除していたからである。近所の人も、あまりにも堂々と住んでいるので新しい管理人さんが来たのかと思っていたという。

ホームレスといっても、万里生さんは朝早くから昼間にかけて自転車でアメ横の魚屋に仕事に行き、一食ぶんの食事をもらって墓地に帰宅、寺務所で食事をしたり墓地の掃除をしたり、敷地内に生えている花や榊(さかき)を無縁仏に供えたり、きっちり墓地管理の仕事を終えて夕刊の配達のアルバイトに出る。父はそれを横目で見て知らぬふりをする。そんな生活がなんと六年も続いた。

万里生さんの運命が変わったのは、春馬の母の死だ。母の家の墓がこの浅草の墓地にあった。父は母が亡くなって以降、それまでおざなりにしか管理していなかった墓地へ毎日毎日現れては母の墓の前でお経をあげた。あまりにもおいおいと父が泣くので、おもわず万里生さんはお悔やみを言うため声をかけてしまったのだという。

『お前、勝手にそこに住み着いてるやつだろう』

涙目で父は万里生さんにつめより、彼はとうとう無断定住を白状した。すぐに出ていくと謝る彼に、父は驚くべきことを提案する。

『うちにきて、息子の世話をしてくれないか』

そういうわけで、万里生さんは縁もゆかりもない金満の家の家政夫となったのである。

「ご住職もモノ好きだなあとは思いましたけどね。私もあそこに住み着いて六年、すっかり屋根のある暮らしになれちまって、ひ弱な宿無しになっちまってましたしね」

「ホームレスにも強いとか弱いとかあるの」

「ありますよ。弱いやつは場所取りで負けるんです。段ボールの家なんてあっという間に壊されますからね。勝手きままに見えて、娑婆(しゃば)よりも厳しいルールがありましたよ」

「へえ、どんな?」

「たとえばいない間に泥棒が入らないように互いに見張る協定を結んだり、新入りは、どこから来たのか仲間内で身辺調査をしたりね」

「身辺調査……」

「ムショガエリのやつも多いんで、そいつが娑婆でなにをしでかしたんだとかね。窃盗犯は許されても、やっぱりコロシはダメとかね。そういうやつがイエを作りはじめたら全員で徹底的に壊すんです。イエを作られると水とかぜんぶそいつに分けないといけなくなっちゃいますからね。容赦ないですよ。そのうち諦めて出ていきますね」

「マッドマックスみたいな世界なんだね」

厳しい、どこの世も生きるには厳しすぎる。

そんな風にナチュラルアウトローな生活に馴染んでいた万里生さんだが、長年住み着いていたとある河川敷を追い出されてしまう。なぜ追い出されたのかはいまもって謎で、あの兄哲彦をしても口を割らせられない。

「生きてるといろいろあるもんなんですよ。三島由紀夫だって言ってるでしょ。まことに人生はままならないもので、生きている人間は多かれ少なかれ喜劇的であるって」

「いやー、知らないわ。ごめんね不勉強で」

「いいんですよ。勉強しなくったってわかるようになってしまうのが世間ってもんですからね」

春馬に言わせれば、三島由紀夫とかいう偉い人よりよっぽど万里生さんのほうがいいことを言っている。

「さて、今日は秋シャケのあらを焼いてシャケごはんにしましょうね。おかずは豚バラのミルフィーユカツでいいですね」

「いいでーす！」

ホームレスになってからもアメ横の魚屋で働いていた万里生さんは料理が上手だ。自分の店でもおつまみからカクテルまでなんでも作っていたらしい。料理だけじゃなく、手先が器用でちょっとしたものなら自分で直してしまうので、寺のように木造物の多い家ではありがたい存在である。十五年前に万里生さんをスカウトしてきた父の目は確かだった。宗派内でめきめき出世するのもうなずける。

ゆっくりとキッチンから漂ってくる空気にごはんの匂いが混じり始める。なおもソファの上でひっくり返される焼き鳥の串のようにゴロゴロしていると、スマートフォンがピロリンと着信を知らせた。

珍しいクラスメイトからのメールである。

『明日、麻三斤館に来ますか』

麻三斤館というのは、我が有栖川学院高等部の一角にある、昭和初期に建てられた旧図書館のことである。昭和レトロな白亜の洋館で、都の指定文化財にもなっている。

そのありがたいんだかボロいんだかわからない旧校舎の片隅で、『古文化研究会』などというよくわからない同好会をひとりでぶちあげて泰然としているのが、このメールの送り主、外場薫だった。

「外場がメールしてくるなんて珍しいなあ」

いちおう陸上部に籍があるものの、なんとなく気が向かない日に春馬が練習をサボってフラフラと向かう先は、たいてい麻三斤館だった。古文化などには欠片ほども興味はないが、ビンテージのティーカップで二百グラム一万円以上の緑茶を飲み、カリモクの椅子に沈んで洋書を読んでいるクラスメイトのことは妙に気に入っていた。彼と話すと九分九厘馬鹿にされるのに、それでも足がそこへ向かうことは多いし、彼の飲んでいるお茶は本当に美味しかった。

最近ではあそこの居心地の良さを知った、同学年の善九寺尊都まで居着いている。彼女は突然納屋同然だった向かいの部屋を片づけ、そこで友人たちとネットストアをはじめたらしい。なんでも、友人たちの母親のいらなくなったブランド品を出品する代行サービスなのだという。有栖川学院に在籍する学生たちのほとんどはいわゆるセレブだから、目の付け所は悪くない。

それにしても、いつも麻三斤館にやってきた自分を見てあからさまに迷惑そうな顔を隠さない外場薫が、自分から来てほしいと言いだすとは。

「なにかおもしろい事件でもあったのかな」

普段から解脱した者のごとくセルフ阿頼耶識に身を沈める彼が、このけしからん俗世に関心を寄せる出来事があったのだろうか。そう思うと、楽しみで春馬はソファの上でまたくるりと半転した。

秋の夜長の心地よき。結局朝までそこにいたのは言うまでもない。

＊＊＊

昭和レトロな部屋の天井には回らないファン、カリモクのKチェアの背景にはいつからそこにあったのかわからない古い本で屏風が作られている。その谷間に沈んで、時の流れなど気にしたこともないように本を読んでいる外場薫にカメラを向ければそこそこ絵になるのではないか、と春馬は思っている。

「意識高い系ナチュラリストの雑誌に出てきそうだよね、この部屋って」

部屋の主は春馬にまったく目もくれず、相変わらず高そうなティーカップで緑茶を飲んでいる。同じソファの上にいるのに、昨日の自分との風情の差はどうだろう。

（ま、いいんです。俺は俺だし）

今までは自分に自信がなく妙に焦ってばかりいたが、この夏の終わりに海外一人旅、つまり目出たく自分さがしの儀式を終えた。常に意識は低く、志も低く、腰も低い自分のことが今ではそんなに嫌いではない春馬である。

「珍しいね、外場のほうから俺に来いって言うなんて。どうしたの」

お盆のころに檀家が減って立ちゆかなくなった寺を活気づかせるための再生プロジェクトの話がもちあがり、結局兄哲彦の肝いりで二つの案が採用されることになった。

いまごろプロモーターの遣り手女史が、『十二神将擬人化アイドル計画』および外場のでっちあげた戒名押し売り作戦、『西方十万億土の彼方にある国へ菩薩を目指す死後RPG』などなど、ガンガン売り込んでいるはずである。

それ以来外場と会うこともなく、新学期を迎えてもつるむ用事もなくひと月が過ぎていた。

「もしかして、俺の手伝いが必要になったとか」

「君に特に用はありません」

思いもかけない返しがきて、ティーポットに湯を足そうとしていた手が止まる。

「えっ、どういうこと」

「君には用はありません」

「じゃあ、なんで俺を呼んだの」

外場は分厚い黒縁眼鏡の向こうの目を、ようやく春馬のほうへ向けた。

「依頼主の指定で、しかたなく」

「依頼主!?」

よくよく考えればだいぶ失礼なことを言われているのだが、それよりも俄然ほかのことが気になる。

「依頼主ってことはやっぱり会社でも起こしたんだ。カッケー、外場っていわゆるアレ？　アレっていうかああいうやつ？」

「その歳でもう指示語を多用するとは、老化が始まったんですか」

「つまり高校生ベンチャーってことだよ」

「そうではなく」

「それとも中国に戒名文化を浸透させてお布施を巻き上げ続ける十ヵ年仏教洗脳計画がついに動き出したとか？　いやー、まったくあのときはお互い哲彦にひどい目にあったよね。兄貴とはいえなんで実の弟を夏のさなかに追い出したりするかねえ。どんなに修行を積んだって、家族をしいたげるような僧侶はぜったい地獄におちるって。あっ、それとも最近隣で派手にやってる善九寺の中古ブランド品ネットストアがらみ？　いやー、善九寺のやつ医者になるとかいっといて、他人の物売りさばいてめちゃくちゃ儲けてるらしいよ。うらやましい。俺も商才欲しーい」

「まったく、君の脳内は三毒に満ちあふれていますよね」

「三毒って？」

聞き慣れない言葉を幼児のように質問するのも、今に始まったことではない。

「貪・瞋・癡」

「とん・じん・ち？」

「貪は必要以上になにかを求め、むさぼるさまを言います。君にはそこまで金銭は必要ないのに興味を示すのは金の話だ」

「でへへ」

「瞋は怒りのこと」

しゃべるウィキペディアのごとく、外場の口からは絶えず知識の水があふれ出る。

「君は龍円師に怒り、ことあるごとに非道だとこきおろしますが、君が慕何の中でももっともたちの悪い慕何、すなわち危機感のない慕何であることは明らかです。多少は師に同情しますね」

「はーい、慕何なる不用家族でーす！」

「違った。君の場合は慕何とポジティブシンキングを取り違えているどうしようもない慕何だ」

「うっわ、ポジティブ慕何ってすごいパワーワード！」

なんと言われようとスルーできる耳を持って生まれたことを神に感謝するしかない。

「で、癡っていうのはなんなの？」

「無知ゆえの愚かさです」

「俺じゃん」

「君です」

「えっ、俺ってもしかして罪深いの？　いまこの状態ですでに？　なにもしてないのに？」

知らなかった。いままで平凡に生きてきた己が、三毒という大変な罪にまみれていようとは。

「ほんとうに外場って物知りだよね。うちの家に万里生さんっていう家政夫さんがいてさ。ずーっと住み込みで働いてて、この前は離婚して奥さん側に引き取られてた娘さんの結婚式でたまたま家にいなかったんだけどね。万里生さんも外場と同じこと言うんだよ」

「僕やその家政夫さんが特に見識があるというわけではなく、単に君がどうしようもないだけだと思いますがね」

外場は読みかけの本を置き、旅館においてあるような古めかしい茶簞笥の中からティーカップをもう一セット取り出した。春馬に入れてくれるわけではないことは、ミスタードーナツの粗品であるマグカップをつきつけられてわかった。

（いいんだ。ミスド大好きだもん。景品も大好き）

外場の行動から察するに、いまからここに客が来るらしい。そしてその客は春馬の同席を指定したのだ。だから外場は春馬をあらかじめ呼び出しておく必要があった。

彼をしてそこまで気を遣わせる相手。クラスメイトや同学年の学生であるはずがない。

「もしかして、先生のだれかが来るとか？」

「ほう」

コポポポポ、と急須にお湯を注いだあとは、さっと綿の入った帽子をかぶせる。これが年代物の防空頭巾で、ティーコゼーのかわりだと春馬は少し前に知った。

「君にしては聡いことをいいますね」

「エッ、本当に依頼人、うちの先生なんだ」

とか言っている間に部屋のドアがノックされた。いったいどうやって外場は来客のタイミングを知ったのだろう。

「はい、どうぞ」

キイ、というドアの蝶番が擦れる音とともに、長身のシルエットが現れる。

「里村先生！」

ドアをくぐるようにして現れたのは、高校二年の日本史担当の里村謙太だった。外場や春馬の担任でもある。

「おっ、揃ってるな」

里村は、この学校の教師のくせに物珍しそうに部屋内を見ながら、そろそろと外場の対面に腰を下ろした。たしか年齢は四十前くらいで既婚、小学生の子供が二人。背は高いがほかにとりたてて外見的特徴はない。不細工ではないがイケメンでもない。

芸能人のだれかに似てもいない。太ってはいないが健康的でもなく、学校の先生と言われていかにも「あー、ハイハイ」と納得しそうな、ごく平凡な存在感しか持ち合わせていない。

(平凡が服を着て歩くとこうなる、みたいな見本だけど、それきっと俺もそうなんだよなあ)

他人への辛口な評価はいくらでもできるが、それがすべて我が身に跳ね返るブーメランになる、と既に気づいてしまっているお年頃である。汝、安易に他者を貶めることなかれ。

「有栖川に勤めて十年になるが、こんな場所があったなんて知らなかったよ。てっきり資料館にでもなってるのかと」

「この椅子とか、そっちのタンスとかはもともとあったものらしいですよ。俺も外場がここを巣みたいにしてるころからしか知らないですけど」

「じゃあ、この本は全部外場のものなのか」

めったに使われることのない、もう一客のティーカップにほんのりと黄色に色づいた日本茶が注がれる。外場が手ずからだれかにお茶を入れるところを初めて見た。

「全部じゃありません。ここに巣材を持ち込んだというより、ここに本があったから居座ったというほうが近い」

「居座ってることは認めるんだ」

「同好会のために部屋の使用許可はとってあります」

その同好会も、外場がここに居座るためだけに作り、おそらくは外場の卒業をもって消え去るだろう。全て世はこともなし。字足らず。

「それで、わざわざ金満くんまで同席させて、一介の生徒である僕になんの相談です？」

「先生が外場に俺にいてくれるように指名したって聞いたよ」

「うん、それなんだが」

ビンテージのエルメスのカップに口をつけ、うちの檀家さんからのお中元の横流し品である一級茶に舌鼓をうちながら里村は言った。

「実は、二人に鎌倉に来て欲しいんだ」

「鎌倉！」

突然の遠出のお誘いである。こうなると理由が早く知りたい。

「先生の実家が鎌倉なんですか？」

「うーん、実家というか。本家、というか」

（出た。本家。ミステリードラマに多用される御用達パワーワード！）

鎌倉という場所、本家という意味深なワード、金田一耕助的事件の匂いしかしない。

「先生の実家って、鎌倉のお屋敷なんですか。まさかそこで殺人事件があったとか！」

「はは。残念ながら、殺人事件は起こってないなあ」

「へへへ。まあ、ですよね。そんなことがあったら、暢気に僕らに鎌倉に来てくれとか言わないか」

外場は黙って、春馬たちの会話に混ざる風もなく、相づちを打つこともなく、カリモクのチェアと完全に一体化している。

「でも、わざわざ外場に話ってことはつまり」

「そう、戒名の話なんだ」

そこで初めて、外場が顔をあげて発言した。

「どこから僕の話を？」

「あっ、それはたぶん俺」

ギロッ、とメガネレンズ越しに外場の視線が飛んでくる。また君は口が軽い、と咎めるような。

「なんでそんなこと、他人に話すんです」

「なんでって言われても、その場のノリで。たしか学校説明会とかの会場設営を善九寺とやらされてて、そのときだったかなあ」

愛校心の欠片もなく、勉学への熱意はもちろん青春っぽい部活動への参加意欲も持ち合わせていない春馬ではあったが、頼まれれば（内申書のために）手伝いくらいはするのである。

「あと、家に帰りたくない微妙なお年頃のなせるわざっていうか」

「なるほど、君の学力ではとても外の大学にはいけそうにないので、内申点を少しでもかせぐべく学校運営に貢献しているというわけですね。合点がいきました」

「まったくもってそのとおりで、特に異論はありませーん」

里村は忙しなく視線をいったりきたりさせて二人のやりとりを眺めていたが、

「ははは、お前たちはおもしろいな。友だちなのにいつもそんな会話をしてるのか」

外場があからさまに顔から表情を消したのは、友だちと言われたせいだろうか。だとしたらちょっと傷ついた。

「金満に外場の能力の話を聞いて、そのときは日本史の教師としておもしろいなあというか、さすが外場だなあと思っただけだったんだ。だけどちょっと事情が変わってね。身内の恥的な話というか……、そうその鎌倉の話だ。僕の曾祖父にあたる人がいるんだが、その人が生前戒名をつけてもらいたがっている」

「生前戒名」

「そう、まあ死ぬ前にってことだよ。つまり曾祖父はもう長くはないんだ。末期の大腸癌で、延命治療を拒否して鎌倉の実家に引きこもってる」

「死に支度というわけですか」

「大雑把に言うとそういうこと」

　里村から告げられた曾祖父の名は、世間のニュースに疎い春馬でも一度ならず耳にしたことのある大物だった。

「えっ、伏間史郎!? 伏間って、あのオータム・ヴィレッジの創始者ですよね！ マリッジ77とか美浦ユーゴとか、いまYouTubeで大ブレイク中のエア漫才やってるネガティブシンキングとかが所属してる……」

「くわしいな。金満。さすが現役の若者」

　オータム・ヴィレッジはいまや世界的映画制作配給会社にまで発展した巨大コンテンツメーカーだ。バブル時代の波に乗って映画産業に進出し、外国の老舗映画会社を次々に買収。五〇年代から続くスパイもののロングヒットシリーズや、魔女たちの学園ものシリーズの興行権も手に入れ一躍世界に名をとどろかせた。今では映画配給以外にもタレントを多く抱える事務所として、保険会社、証券会社としても知られている。

　その巨大なコングロマリットももとは会長である伏間史郎が、戦後焼け野原の渋谷で一坪のレコード店をはじめ、やがて輸入レコードの会社を起こしたことに端を発する。

日本中のだれもが知っているサクセスストーリー。伏間史郎は日本人の成功者の鑑、代名詞なのだ。

いつもぱっとしないとばかり思っていた自分の担任が、その超有名人のひ孫だとは思ってもみなかった。突然のわくわくする展開に自然と椅子から身を乗り出してしまう。

「里村なんてふつうの名前だから、全然気づかなかったけど、先生超セレブなんじゃん」

「そんなわけないだろ。セレブだったらそもそもこんなめんどくさい学校で働いてないよ。給料も低いし」

ド正論で返されて、真顔でそうですねと言わざるを得ない。

「伏間家はいまでこそ有名だけれど、曾祖父が事業で成功するまでは、単なる静岡あたりの元士族、田舎地主だったそうだよ。鎌倉には曾祖父が建てた御殿があるけど、それはあくまで近年の話。地元は焼津の山奥」

「その伏間家の当主が、どうして僕などに用があるのです？　代々続いた地主の家なら菩提寺があるでしょうに」

外場の問いに、里村は背広の内ポケットから白い封筒を取り出した。

「先週こんなものが届いたんだ」

里村がテーブルの上に差し出したのは一通の手紙だった。厚めのしっかりとした紙でできたそれは、一見すると結婚式の招待状のようにも見える。そう言うと彼は、

「実際招待状なんだ。曾祖父の名で代理人が成人している六親等内の親族全員に送付したらしい」

「中身は」

「相続の話だよ。曾祖父は自分の気に入る戒名をつけてくれた者に所有するオータムの株のほとんどを譲ると言っているんだ」

「オータムの株……」

それがどれくらいの価値のあるものなのか、悲しいかな、ただの高校生の春馬にはピンとこなかった。しかし、人生を狂わすほどの財産であることは里村の表情からもわかる。

「里村先生は、そのオータムの会長であるひいおじいさんと仲良かったんですか」

「いや、実は一度も会ったことがない」

「えっ、一度も？」

「だって、僕が物心ついたときには、もうとっくに曾祖父は大企業の会長だったし、曾祖父というのも呼び名のようなもので、実際は血縁関係はないみたいなんだ。僕の

母方の祖母が、曾祖父の妹の養女なんだよ」

　ものすごくややこしいから、書いてきた、と里村は一枚のコピー用紙を広げた。そこには伏間家と里村家をつなぐ家系図が書かれてあった。

「この奥園（おくぞの）家っていうのは？」

「曾祖父の妹の嫁ぎ先。伏間の家はもともとこの地方の豪族で、うんと遡（さかのぼ）れば徳川家康（いえやす）に仕えたり、その前は今川義元（いまがわよしもと）に仕えたりしていたらしい。といってもご先祖は槍（やり）を持って戦うより、城ばっかり造っていたらしくて、伏間っていう名字も、伏せる間、つまり隠し部屋を作るのがうまいからお殿様に頂戴（ちょうだい）した名字だったとか、母に聞いたことがあるよ」

「普請奉行だったということですね」

　ぼそりと外場が言った。

「ふしん？　ふしんってなに？」

「ものすごく大雑把に言うと、公共事業です。安普請、という言葉があるでしょう」

「聞いたことある」

「里村先生のご先祖は、藩主の命令を受けて道を造ったり城を造ったりするお役目を担っていたということでしょう。奉行は長官のこと」

「へー」

「その伏間の家の分家で、明治になってから代々菩提寺を経営しているのが奥園家。経営って言っていいのかわからないけど」

分家が寺を継ぐのは珍しくないので、そこはなんとなく理解できる。つまり伏間の家が本家で、奥園が分家だった。では里村家はまったく関係ないのだろうか。

「祖父が里村の人間で祖母が奥園家に養女に入った人間っていうことくらいしかわからない。なにせ戸籍も戦後作り直したらしくて、だいたいのことは口伝えなんだよ。その奥園から嫁にきた養女の祖母が、元はいったいどこの家の人間だったかは、奥園の曾祖母、つまり伏間史郎の妹しか知らない。当時は戦後の混乱期で親のない子供なんて山ほどいたらしいんだ」

「じゃあ、本当に先生はオータムと血縁関係はないけど、ちょっとだけ関係がある人間なんだね」

「そうそう」

その、ほとんど関係のない人間の下にもきっちり相続関係の書類が届くあたり、なにかミステリー小説めいている。いや弁護士がしっかりしているというだけか。

「先生、本気でそんな遠い親戚の財産を狙ってるの?」

ずばり切り込んだ。里村はばつの悪そうな顔をした。

「う……」

「だって、話を聞く限り、先生に勝ち目なんてほとんどないと思うけど。いくら外場がスーパー戒名探偵だからって、それは戒名があって、そこから死んだ人物を推理するんだよ。だけど今回はつける側ってことでしょ」

　戒名をつけるのは、すなわちその人の人生をどれだけ理解しているか、ということに尽きる。家柄や財産の有無だけではなく、どのように、どれくらい生きたか、仏の教えに帰依していたか、社会貢献をしたか。生き方そのものをあの短い中に入れ込まなければならない。春馬の浅い付け焼き刃的戒名あるある知識でもって考えても、まったく伏間家と接点のない外場の作った戒名が、菩提寺の住職や有名な寺の高位僧をさしおいて世界的大企業のオーナー直々に選ばれる可能性はほとんどないとわかる。

「いくら超有名人でも、外場も俺も先生のひいおじいさんのプライベートなんてわからないですよ。性格とか癖とか趣味とか。そもそも先生は知ってるの？」

「いや、知らない」

「じゃあ、どだい無理な話ですよー。戒名なんて」

　ネエ外場、と同意を求めて彼の方を向いた。彼は関節の目立つ長い指をカップの耳にからめたまま熟考している。

（えっ、もしかしてやる気なの？）

　うそでしょ、とばかりに里村を見た。

「先生、マジでそんな縁の薄いひいおじいさんの戒名を外場につけさせるつもりなんですか？」

「こんなこと、生徒に頼めることじゃないことはわかってる。だが！」

椅子から立ちあがり、がばっとその場で土下座を始めた。

「うわっ、ちょっと先生！　ないよそれ」

「すまん外場。招待状を受け取った全員が鎌倉に呼ばれるわけじゃない。まずは戒名だけを送付して、気に入ったものを送った親族だけが鎌倉に呼ばれるんだ。だから、もし力を貸してもらえるなら、まずは戒名だけでいい！」

自分以外がだれかに土下座しているところを、春馬は生まれて初めて見た。ちなみに、自分自身は土下座経験だけは子供のころから人並み以上に積んでいる。

「戒名だけでいいんだ、だから協力してくれ外場。ダメもとで！」

「お金のためにそんなに必死になるなんて、先生も案外ふつうの人間なんだなあ」

もちろんオータムの筆頭株主になるなんてミラクルドリームが目の前に転がり込んできたら、自分だってなにをもってしてもしがみつこうとするだろう。人間ならしかたがない。

「お金、大事ですもんね」

「本当にすまない。恥ずかしながら、今度子供が生まれることになって」

「あらま、おめでたいことじゃないですか」

「双子だったんだ」

「……おめでたい、ことで……」

いまのご時世、ごく普通のサラリーマンが四人の子持ちになるのはなかなかにしんどい。てんで縁のない親戚の遺産が入ってくるかもしれないチャンスを逃す手はないのだろう。

「話はわかりました」

いつのまにか外場はカップを皿の上に置いていた。

「十日ほど時間をいただけますか。すこし調べたいこともあるので」

「もちろん」

「では、準備ができ次第こちらから連絡します」

その目がすでにふうっと遠くを見つめ、土下座する里村を見ていないことに春馬は気づいた。外場がこんな悩む目をするなんて珍しい。いつも一瞬だって考えるそぶりを見せず、世の中のありよう全てに理由を見つけてしまっているような顔をしているのに。

（なんだかすごいことがはじまる予感がする！）

ふと外野感を覚えて、春馬は立ちあがって部屋を出ていこうとする里村に呼びかけた。

「そういえば、先生なんで俺をここに呼んだんですか？」

戒名を頼む話なら外場にだけ会えばよかったはずだ。それとも、もし外場のつけた戒名が選ばれなかったときのために金満寺にも依頼しようというのだろうか。

「もし、うちの兄に戒名を頼むならめっちゃくちゃ金とられますからやめといたほうがいいですよ。金の亡者っていうか、リアルに家に帰ったら存在してて亡者ですらないのがうちの兄の恐ろしいところで」

哲彦が知ろうものなら、腕を振りながら一枚噛もうとしてくるに違いないのだ。先生の命があやうい。そして自分の身の平穏も。

「そんな大企業の偉い人の戒名なんて、先生の年収軽く飛ぶくらい請求してきますよ。禅宗は檀家外の戒名料高いんで」

「いや、そういうわけじゃないんだ」

里村は言いにくそうに身を小さくして、もごもご言った。

「実はここへ来るのが恐かったんだ。ほかの教員から、その、幽霊が出るって聞いてたから」

「はあ。それで、なんで俺？」

春馬は里村と外場を見比べ、はっとした。

「あー、なるほど、そういう……」

　外場の場合、どっちかというと人間より幽霊サイドの住人に見える。それはわからないではない。

（たしかに大の大人が、担任している生徒と二人きりで会うのが恐いなんて言えないよなあ）

　にしても、ただ黙っているだけで大人をも威圧するなんて、外場、お前はいったい何者なんだ。

（住んでるところは近所の区営住宅だし、親は公務員らしい。中学までは地元の公立でとりたてて注目すべき点はなし。兄弟なし、友人、なし）

　知り合って一年以上が経過しようとしているのに、春馬はいまだ彼が存外俗物であるという以外まったく正体がつかめないでいる。

（まあ、実際のところ外場がだれでもいいんだけどね）

　重要なのは今日がそれなりに平穏かどうか、そして明日がおもしろくなりそうかどうかだ。

　春馬が興味があるのは、いつだって非日常的な事象の先にいる外場薫のことなのだった。

たとえ依頼主が緩衝材のかわりに自分を呼んだにせよ、天下のオータム・ヴィレッジグループの会長の戒名などというおもしろそうな話に関われることは、春馬にとっては大変喜ばしい。

「末期癌って聞いていたからちょっとびびったけど、実際に伏間史郎氏は余命半年宣告を受けてからもう三年も生きてるらしいし、こんな遊びを思いつくくらいなんだからまだまだ大丈夫そうだよね」

＊＊＊

その週の土曜日、春馬は外場について千代田区永田町にある国立国会図書館に来ていた。六階建ての、ちょうどクッキーを分厚いクリームで四枚挟んだようなクラシックな外観で、最高裁判所と国会議事堂に囲まれているせいか、図書館というよりはどこかの省庁の建物めいて見える。

今時東京都心で、見上げれば高層ビルに視界が遮られることもない空間は、一部のグリーンエリアを除けば霞が関くらいではないだろうか。なんとも贅沢な眺めだ。

「国会図書館てこんな感じなんだ。はじめて来た」

外場が言うには、国内発行の雑誌および新聞の閲覧にはここが一番勝手がいいとかで、きょろきょろとおのぼりさん気分で後を付いてきた春馬を振り切り、さっさと閲覧室へ逃げてしまった。

(当たり前なんだけど、人がいるわりに静かだ。独り言も言えない)

早々に放置されたのは想定内。春馬は、自分なりに伏間史郎についての調査にとりかかることにした。

資本金八千億、総売上八兆円にものぼるオータムグループの創始者のことを知ろうとするのは容易(たやす)い。関連本、インタビュー本などが何十冊と出ているからだ。『伏間史郎の手腕』『オータム帝国のすべて』。中でも東日本テレビの有名キャスターが五年間にわたって密着し上梓(じょうし)した『秋が世界を包み込む』は、たしか春馬が小学生のころに大ベストセラーになっていた覚えがある。

外場のことだから、有名な本はすでに電子書籍で読破済みなはず。わざわざ国会図書館に来た理由は、ネットでも手に入らないレアな資料を閲覧するためだ。

基礎知識に乏しい春馬は、手始めに検索コーナーのパソコンでサーチをかけ、有名どころの本から目を通すことにした。

(伏間史郎。九十六歳、大正十年、静岡県焼津生まれ。焼津尋常高等小学校を卒業後、地元の自動車の部品工場で営業職に就く。なんだ。案外普通の仕事してたんだな)

昭和十七年十一月、召集によって中部第二部隊に入隊。直後、ガダルカナルから撤退した歩兵第二二八連隊に組み込まれ、南洋へ配置された。終戦間際に働き盛りの年頃なら召集されて当然という時代だったのだ。

　伏間史郎は、数々の修羅場を潜り抜け、ニューブリテン島ラバウルで終戦を迎える。その後復員したが、二人いた兄は戦死しており、生き残った史郎が老いた親や親戚たちを支えねばならなかった。

　史郎はすぐに東京へ向かった。焼け野原となっていた渋谷の闇市で、近くにあった陸軍の倉庫からの横流し品を売り、またその後接収され米軍の宿舎となったワシントンハイツの住民から、今度はアメリカ製の文房具などを仕入れ、闇市で高値で売りさばいた。そうこうしているうちに進駐軍の兵士から大量のレコードを譲り受け、渋谷に中古レコードを売る一坪ほどの店を構える。

　その後も、彼は混迷する戦後の東京でがむしゃらに働いた。焼津にいる家族に送金するためだ。物資を譲ってくれるツテを探して、アメリカ兵のために見よう見まねでピザを焼き、それが評判になってレコード店の二階にバーができた。

　史郎の有名な言葉がある。「五年ぶりの秋だった」。復員して数年、闇市で働く日本人は季節など感じる暇もなかった。それに、渋谷に秋はなかった。戦前は最先端のファッションを描いたポスターが所狭しと掲げられ、資生堂などの洒落た店が百軒ならんで文化の中心地だったが、空襲によって樹木や鎮守の森をはじめ、街のなにもかもが燃えてしまったのである。焼き尽くされ、その後は闇市に占拠された渋谷に木が生え、その葉が紅葉し季節らしい季節が戻るのには何年も要した。

そして五年後、やっと街に秋がやってきた。伏間史郎は渋谷で店をかまえようとしていた。開店の準備を終え、ふと見たら終戦後に芽吹いた木々の葉が赤茶に色づいていた。ふいに出た言葉が「五年ぶりの秋」、というわけなのである。

オータム・ヴィレッジはこうして新生渋谷で産声をあげた。

(その後、伏間史郎はレコード店からメーカーへとオータムを大きくし、カセットテープや携帯型音楽再生端末の開発で一気に世界へ……か、なんかプロジェクトなんとか！　って感じ満載の、絵に描いたようなサクセスストーリーだなあ)

長い間独身を貫いていた伏間史郎だったが、四十二歳のときにようやく結婚する。相手は某財閥系の大手石油関連会社のオーナー一族で、ついに成り上がりの伏間が名門の仲間入りをしたと当時の新聞は書き立てた。

(子供は二人、いずれも娘で大企業の創業者一族と結婚している。でもこういう話ってたいてい愛人に息子とかいて揉めるよな)

妄想を膨らませながら資料を読み進めていく。史郎は八十八歳まで現役で会長職を続け、癌で倒れるまでオータムグループの最前線で戦い続けた。バブル崩壊で会社が巨額の損失を出したときも、不動産やパソコン事業から撤退して帝国の落日と言われたときも、不思議とオータム・ヴィレッジは〝秋〟でふんばりつづけた。帝国に冬は来なかったのだ。

（いまだ冬を見ず、ってかっこいいなー。やっぱり月並みだけど、裸一貫からのし上がった人間の人生ってドラマみたいだ）

多くの財団を作り社会的貢献を果たした功績がたたえられ、昭和の終わりにはすでに旭日大綬章を、さらに日本だけではなくさまざまな国から勲章を授与されている。

しかし巨万の富を手に入れても、その人生があふれるほどの地位と名声に彩られても、伏間史郎は特に変わらなかった。華美な生活を好まず、目黒の本社近くにある築六十年の古い日本家屋に住み続けた。病を得て寝たきりになり、さすがにいまの家で暮らし続けるのは困難になって、鎌倉の別邸に居を移した。妻にも先立たれ、娘たちも孫がいるような歳になって、ここ数年は表舞台はおろか身内の前にも姿を現してはいない。

もともと、伏間史郎という人間は社交的だが妙に偏屈なところがあると言われていて、徹底して身内に会社の重要なポジションを与えなかった。それでも、史郎が実家に送り続けた金で伏間の家は立派に復興し、彼の甥は県会議員、姪の夫も焼津の市長を三期務めたのだ。

（さて、伏間史郎がどういう人間かは、上っ面くらいはわかったつもりだけど）

試しに本とは別に、オータム・ヴィレッジに関連する記事が載っている新聞の検索をかけると、これがまあ出るわ出るわ。世界的上場企業なのだから、ちょっとしたことでもニュースになるのはしかたがない。いちばん日付の近い記事を読んでみた。なんとこれがたった一週間前の日付である。

「へー、オータムグループって来年で創立七十周年なんだ」

その偉業を祝うために、グループはこの一年をかけてオーディションを行いアーティストの発掘にいそしんできたという記事だった。

来年の元旦、オータムグループ創立七十周年を祝う一大イベントに向けて、大々的に広告がうってある。音楽の種類は問わず、各国の国内予選を勝ち上がってきた新人アーティストたちを集め、海外で本選を兼ねたライブを行う。そのライブで審査員らの目にとまればオータムグループ内外でのCD・ドラマ・映画・出版デビューが確約される。そしてもっとも注目を浴びたのが、最終オーディションで認められたアーティストには、奨学金や生活費としてオータムのまとまった数の株が譲渡されることだ。

「すげー、本選に残ったらオータムの株主になれるかもしれないのか。それってオータムが盤石なら一生働かなくてもいいってことじゃん」

記事は末尾をこんなふうに締めくくっていた。

『伏間史郎が戦後の焼け野原から身一つで成り上がったことを知らないものはいない。

その生きる伝説も老い、ここ数年は苦しい闘病生活にあるという。その伏間が最後に手掛けるのが、世界的な規模で行う一大オーディション、新世代の才能の発掘である。もしこのイベントが成功すれば、オータムは正真正銘、永遠に冬を知らない企業、すなわち帝国となるだろう』

手放しの賛辞である。

(その英雄に、外場はいったいどんな戒名を提案するつもりなんだろう)

しばらくの間外場は放課後になると国会図書館に通っていたが、ある日を境にふいっとやめ、いつもどおり麻三斤館のカリモクチェアの上に定点観測できるようになった。

「あれっ、調べものはもういいの？　締め切りってもうすぐだったんじゃない」

麻三斤館を訪れた春馬は、珍しくテーブルの上には宇宙語で書かれた本や資料ではなく、新聞の束が積みあがっていることに気づいた。外場が休日のお父さんのように新聞を広げて読んでいるのをはじめて見た。

「出しました」

「えっ」

「里村先生の用事は提出しました」

「提出って、出したってこと？　伏間史郎の戒名を？」

「君の耳には、それ以外のどういう意味に聞こえるのですか？」

「えっ、うそ、すごい。もう！」

　里村の襲撃ならぬ依頼を受けて、たった一週間かそこいらである。

「教えて！」

　ショルダーバッグを放り投げ、外場に駆け寄った。新聞の谷間をくしゃりと摑んで彼が読むのを妨害した。

「どんな戒名にしたの？　院号は？　まず院号がいるよね。あれだけの人物なんだから」

　外場がくるっと椅子の上で向きを変えたので、春馬はわざわざソファをまわりこんで彼の前に立った。

「そもそも、伏間家の菩提寺ってどこだっけ、あの家なに宗だっけ。奥さんが先に亡くなってるなら、奥さんといっしょなのかな。それとも勲章をもらうような人間は特別なの？　とにかくなんて戒名にしたの、そこんとこ教えてよ、外場！」

「ああうるさい」

　彼は新聞を閉じると、春馬を眼鏡越しに睨みつけた。

「君に教えない理由はあっても、教える理由はなにひとつありません」

「なんで！」

「ひとつ、ここで戒名だけを教えたら、なぜそうなったのかを、君に長々と説明しなくてはならなくなるから」

「してよ。すればいいじゃない」

「ふたつ、時間の無駄だ」

　吐き捨てるように言われ、ポジティブ慕何の春馬でもちょっと悲しくなった。

「だって、万が一外場の戒名が伏間史郎に気に入られて最終候補になって、鎌倉の大邸宅に呼ばれることになっても、俺は呼ばれないもん」

「だから？」

「このままだと永久に知らないままかも」

「問題ないでしょう。そもそもいまのいままで、君の慕何的十七年の人生と伏間氏との間にどのような接点があったというのです」

「それはバタフライエフェクト的な宿命とか、運命とか」

「ハリウッド映画でももっとましなキャッチをつけますよ。全世界の蝶に謝ってください」

　人間なのに、虫に対して謝罪を要求されるとは思わなかった。

「横暴！　変人！　冷血漢！　いいじゃないか、里村先生はわざわざ俺を呼んでから依頼したんだし、俺たちはコンビだろ。戒名探偵コンビ。シャーロック・ホームズとワトソン！」

「コンビ」

「かっこよくいうとバディっていうか」

「バディ」

「いちいち鼻で笑いながら繰り返さないでくれる？　返答に困るから」

外場は仏頂面を隠そうともせずに春馬を睨め付けると、再び新聞を手に取った。何を読んでいるのかと中を覗き込む。

「へー、オータム・ヴィレッジが復刻した蓄音機が世界で一万台も売れたってニュースかあ」

全国紙の三面だが、半ページ数段ぶち抜きでオータムの記事が載っている。

「いまのご時世にレコードなんてって思うけど、結局お金持ってるのってじいさんばあさんだし、若者は今時CDプレイヤーもスピーカーも買わないし、意外とカセットテープレコーダーが売れてるっていうし、電気製品なのに便利かどうか、新しいか否か以外の需要があるっておもしろいよなあ。外場としては、この企画がここに書かれてるように伏間史郎の肝いりだったとしたら、伏間史郎の会社がレコード店から始まったことを重要視していたかが大きなポイントになるかもしれない。その辺を加味するかどうかが気になるんじゃない？」

どうだ、とばかりに顔を覗き込む。

「ね、ね、どう？　俺の推理もいい線いってる？」

「目の前を無駄にウロウロしないで下さい、うっとうしい」

「そう、そのウロウロも仏教用語なんだってね。有漏有漏、つまり漏れがある。漏れっていうのは——煩悩のこと」

煩悩がありすぎて落ち着かない、という意味らしい。そんなトリビアも外場と知り合ってからすらすらと口から出てくるようになった。

「俺思ってたの。謝礼金目当て。外場にしては今回やけにすんなり引き受けたなーって。ずばり金だろ。この間の十二神将擬人化プロジェクトの件といい、外場って案外俗物っていうか金に弱いところあるよね。もちろん俺もお金は大好きだから、外場だけを俗物王みたいに言うつもりはなくて、つまり俺も外場も有漏仲間だってこと」

「だから？」

「俺たち有漏バディ」

「呼び方などどうでもよろしい」

「いいから、どんな戒名を提出したのか教えてよー！」

我ながらスーパーのお菓子売り場でてこでも動かないとごねる子供のようだ。そんな春馬に心底呆（あき）れたのか、外場はテーブルの上にあった白い封筒をべしっと春馬の顔に押しつけた。

「いたたっ、なにこれ」

「招待状です」

「見ればわかるよ、この前先生が持ってきたやつだろ」

「消印は昨日です。日本の普通郵便は優秀ですね。たった八十二円なのに鎌倉から都内まで一日で届くようですよ」

えーっと叫んで封筒に飛びついた。既に封が開けてある。中から分厚いカードを引っ張り出した。

送り主は伏間史郎の代理人の名で、文字はワープロソフト打ち。

「えと、なになに。ご足労をお掛けいたしますが、なにとぞよろしく……？　ってことは鎌倉行き決定!?　つまり、外場の考えた戒名が、最終候補に残ったってこと!?」

「君の目には、それ以外のどういうふうに見えるのですか」

「うわー、さっすが外場！」

いよっ、戒名探偵！　と手を叩（たた）く。

「別にまだ、僕の案で本決まりというわけではありません。ほかにも数名、戒名案を携えていらっしゃるようですよ」

「それって、どっかのすごいお寺のすごい坊さんとか、すごい宗教のすごい教主とか、すごい神主とか、教授とか？」

「君と話していると、語彙という観念が宇宙の彼方に飛び去りそうになります」

「いいじゃん、宇宙の彼方ってなんか仏教っぽい。それに、外場案が選ばれれば報酬をもらえるんじゃない。きっとすごい額だよ、札束だよ」

「やめてください、縁起でもない」

自分の言葉に、外場は珍しくはっとしたように目を見開いた。

「なに？　どうしたの」

「べつになにも。……ただ縁起、という言葉の意味を思い出しただけです」

「縁起。すごい仏教用語っぽいけど、きっとそうなんでしょ？」

「………」

外場がポットに水を入れるために部屋を出ていってしまったので、縁起というワードを検索してみた。いわく、縁起とは因縁生起の略であり、意味はこの世のありとあらゆるものは原因があって遠かろうが近かろうがつまりはつながっている、ということらしい。

「ほら、バタフライエフェクトってことじゃん！」

世界中の蝶に向けて謝らずに済んだ。

＊＊＊

さらに一週間ほど経ったのち、春馬と外場は担任の里村に連れられて、鎌倉の伏間邸へ向かった。

鎌倉へは小学校の遠足以来で、ものすごく遠いかと思ったら品川から横須賀線久里浜行きで四十八分。距離にして四十七キロという。春馬が思っていたよりずっと近い。

電車を降りると、駅前に黒塗りのセダンが止まっていて、まるで春馬をよく見知っているかのようにすぐに運転手が降りてきてドアを開けた。

「すっげー車。センセー、いつもこんなふうにお迎えしてもらってるの？」

「だから来るのははじめてだって。いままで親戚だと認められてなかったし」

若干居心地悪そうに里村が言う。

当の伏間邸は鎌倉山にあると言われている。はっきりしていないのは、門が複数あってどの門から入るかはセキュリティの関係上毎日異なるので、駅からの道がいつも違うからだ。あらゆる情報を集めて事前に伏間邸の位置を探ってみたが、グーグルマップで見てもただの巨大な森にしか見えなかった。

外場と言えば、スマートフォンからひっぱったイヤホンを耳に押し込み、目を瞑って何か聴いている。音楽を聴くのかと不思議に思ったが、きっと彼のことだ、落語か読経CD（この世に名手と呼ばれる僧侶による読経CDが多数存在することは実家の商売柄知っている）にちがいない。

やがてセダンは道路渋滞を巧みにかわして細い路地に進み、ゆっくりと山を登りはじめた。うっすらグレーの色味の入った窓はあからさまな防弾防音仕様で、そこから外を覗いても木々しか見えない。

紅葉をむかえた鎌倉の山は木の葉が降るほどではなかったが、都会ではなかなか味わうことができないほど深い森の一本道を進むのは、非日常の中へ溶け込んでいくような不思議な感覚がする。一歩アスファルトの車道からそれれば二度と戻っては来られないほどの樹海。ふと見れば車道脇の街灯まで、洒落たアールデコ調のデザインであることに驚いた。

（もしかして、この道も伏間家が造ったのかな。だって、一つの家にたどり着くために複数の道があって門があってって、そんな都合のいいことないもんな）

屋敷を見るまでもなく、財力に圧倒されてしまう。そんな家の財産を一部でも相続できるかもしれないのだから、里村が教え子に頭を下げてまでかじりつくのもわからないでもない。

やがて、三つ目だか四つ目だかの門をくぐり（その鉄の門も高速のETCゲートのごとくロスタイムなしで開いた）しばらく走ると、ようやく建物が見えてきた。こんもりとした緑の林をバックに横たわるのは、青い釉薬が目に鮮やかな瓦をのせた二階建てのクラシックなお屋敷だった。全体的にそれほど華美ではなく、漆喰の白と柱の焦げ茶色、それに青い瓦で統一されている。

「ああ、本当にここに移築したんだ」

見上げていた里村が感嘆の息を吐いた。

「移築？」

「伏間の屋敷は、逗子にあった古い洋館を鎌倉に移築したものだと聞いていたんだ。昔は宮様の別荘だった邸宅で、親族も絶えて保存するのも難しくなっていたものを曾祖父がひきとったって。それだけでも普通に建てるより数倍お金がかかる。維持だって相当難しい」

「スパニッシュ様式ですね」

と外場が言った。

「当時流行した中でも特別凝った建物のようです。内部には大小百枚のステンドグラスが使われているはずです」

「へー」

春馬は、外場がそういう分野についても詳しいことに驚きながら中に入る。玄関ホールはびっしりと赤煉瓦に四方を囲まれていて、まるで大きなピザ窯の中にほうりこまれたような気分だ。

正面にはどっしりとした大きな暖炉があり、煉瓦をモザイクのように組み合わせて巧みに模様を作り出してある。喜寿と書いてあるのを見つけたときは、細かいところまで凝ってるなあと感心した。

「ようこそいらっしゃいました。里村様、外場様、金満様。わたくしは長谷部と申します。どうぞこちらに」

今時珍しい使用人らしき人が出迎えてくれ、奥へと案内された。

春馬たちが通されたのはやたら明るい部屋で山荘のロッジのように天井が高く斜めになっていた。巨大なテラスのような広間である。床はブルーモスク風のアラビックモザイクで彩られ、東側が全面開いていて中庭が見える。庭を隔ててその向こうにもおなじくらい大きな広間があるのがわかった。

「お飲み物をお持ちいたします。なにがよろしいですか」

「じゃあ、コーヒーをお願いします」

「あっ、俺はウーロン茶」

「水で」

めいめいの注文にも長谷部さんはいやな顔ひとつせず、そしてメモりもせずに部屋を出て行った。

　改めて庭を見ると、そこは完全に屋外ではなく天井がガラスになっている。さんさんと降り注ぐ陽光の下で、個人宅の室内にあるにはちょっと規格外の植物が青々と茂っていた。つやのある大きな葉をつけたゴムの木やソテツ、家にあるオーガスタが間違って巨大化したような木々にびっしりと絡まった蔦(つた)。庭というより、まるで大きな熱帯植物園だった。

「で、我々は待機？」

「ここはとりあえず外部から来た客を通す部屋でしょう。棚に酒もないようですし、長く待たせるところではありません」

「詳しいね、外場」

　里村が驚いたような顔で彼を見る。そういえば部屋内にアンティークのサイドボードはあるものの、中にはなにもない。外場が言うには、こういう屋敷には男性が使うスモークルームや、女性用の応接間があって、アルコールが置いてあるか（あるいは昔は置いてあっただろう形跡があるか）、化粧室があるかないかで男女どちら用かがわかるらしい。

　大きな暖炉には、外国の映画でしか見たことがないような本物の薪(まき)がくべてあった。ぱちぱちと火がはぜて離れていても十分に暖かい。春馬の寺の仏間もだいぶ広くて寒いが、これくらいの暖炉があれば、法事のときに檀家さんたちに寒い思いをさせなくてもすむのになあと、ぼんやり考えた。

（お堂って、いくらでっかいエアコン入れてもなかなかあったまらないんだよな。天井が高すぎて）

それに、このアンティークハウスはすべてがすべて古いままというわけではないらしい。部屋や玄関ホールを隔てていくつかある客間部分は同じような作りだが（トイレにいくふりをして少々探検した結果判明）、中庭を隔てた向こう側は資材が幾分新しいように見える。

「鎌倉の別荘地に山ごと二千坪の敷地面積。宮様の洋館を移築して、当時とほぼ同じ資材を使って増築。総延べ床面積二百坪。いろんな意味でとんでもないお屋敷ってわけか」

飲み物の準備ができた、と言われてまたひとつ奥の部屋へ。

それからもう一度飲み物が出て、別の部屋へ。

理由をつけて、一歩一歩奥に案内されているのがわかる。そういうシステムになっているのか、それとも映画のようにどれかの部屋がまるごと金属探知機にでもなっているのか、なんだかんだで一時間ほど待たされた。しかしその間も手入れされた庭や室内の装飾を見ていると、まるで大きな美術館にいるようで時間は気にならなかった。

「大変長らくお待たせいたしました。奥で皆様がお待ちでございます」

時計を見ると午後一時ちょうど五分前だった。

「ほかのお客さんももういるんですか？」

「それは、乃(の)り子(こ)様からご紹介があると思いますので」

「乃り子様……」

「御招待主であられる伏間史郎様の妹さまです。旦那(だんな)様がご不自由されるようになってからは、このお屋敷を実質とりしきっておられます」

なんと金田一よろしく、すでにほかの親族たちはこの屋敷に集結済みらしい。しかもお約束通り親族のゴッドマザーがいて、これからいわくありげな親族の紹介があるというわけだ。

（スゲー、わくわくする展開！）

完全なる他人事(ひとごと)とはかくも心地よいものか。春馬にとってもはやこの状況は体験型アトラクション〝犬神家(いぬがみけ)の一族〟でしかない。

最後に三人が案内されたのは、クラシックな洋館とは少し異なるダンスホールのような広々とした空間だった。てっきり雰囲気のある純和室の広間に通されるとばかり思っていたので、そこはやっぱり映画とは違うんだ、と妙なところで感心する。

大きくて細長いテーブルが中央にどん、と存在感を放っており、その両側にスーツを着た中年男性が二名、同じく中年女性が二名、あとは袈裟を着けた僧侶が二名椅子に座っていた。みな、春馬たちが案内されるとあからさまに驚き、ついで表情を曇らせた。

「だれ」

「見たこともない顔だぞ、あんな親戚がいたか？」

ヒソヒソと交わされる耳打ち話。セオリー通りの反応。いいぞ、いいぞ、いかにもな雰囲気になってきた。

「まあ、ご無沙汰しておりますこと。謙太さん」

高そうな着物を着た大柄な中年女性がわざとらしく椅子を引いてたちあがり、里村に話しかけた。

「まさか、あなたも呼ばれていたなんて」

「ご無沙汰しております。可な子おばさま」

里村に続いて二人が案内された席は細長いテーブルの端、いわゆる末席で、里村が親族の中でどういう存在だと認識されているかを端的に物語っていた。

「ご存じない方もおられるようですし、私のほうからご紹介させていただきますね。こちら里村謙太さん。乃り子おばさまのひい孫さんでいらっしゃいますのよ」

里村が形ばかりの会釈をする。

「里村、というとあの元小作の家のこと？」

「あそこの家はまだあったのか。たしか、長男は南方で戦死したと聞いたが」

「伏間の家と血縁などなかったはずですが」

「いったいなんのつもりで、あんな家の人間が伏間家の相続問題に首をつっこんでくるんだ」

「どうせ、財産目当てでしょ」

先客たちが、隠そうともしない声で話し出す。

（いやいや、財産目当てってそりゃ、あんたらもそうですから）

この場にいる全員が財産目当てのごうつくばりの親族である。正当な身内にはきちんと法律に則った相続の権利があるはずだから、なにもこんな戒名レースに参加しなくてもいい。それを、わざわざ偉そうな坊さんを引き連れてこの場にやってくる時点で、里村となにも変わらない。

上から目線のヒソヒソ話が進むにつれ、里村は徐々にうつむく角度を深くする。外場と言えば、依頼主の里村が居心地悪そうにしていることなどまったく意に介さず、相変わらずどこを見ているかわからない視線を虚空に向けている。

（カオス！　この状況まさにカオス！）

これからどのように展開するのだろうと心の耳も全開で成り行きに注目していると、

奥の部屋へと続く観音扉が開いた。いよいよ伏間史郎本人のおでましかと思ったが、車椅子に座って現れたのは、地味だがきっとめんたま飛び出るほど高い和服を着た老婦人だった。

「乃り子おばさま」

あの恰幅（かっぷく）のいい中年女性が慌てて立ちあがった。その場にいた全員が続こうとするのを、女性は制し、

「ああ、そのままでいいわ。今日は私はほとんどしゃべりません。志乃夫（しのぶ）に任せてあるから、その通りに進めて頂戴よ」

「志乃夫さんに？」

志乃夫というのは、車椅子を押している若い男性のことらしい。ラフなタートルネックのトップスにジャケット、細身のパンツというシンプルな姿が、だぶついたダブルの古くさいスーツを着込んだ男たちや、二十年前の参観日のような格好の女たちとは世代の違いを感じさせる。一見すると三十代半ばすぎといったところだろうか。

「おばあさまから任せられましたので、今日の進行は私がいたします。皆様、よろしいですね」

ぱっきりと竹を割ったような声。よく通る。

「では、さっそく私のほうから自己紹介をさせていただきますね。私は奥園志乃夫。

いまは足を悪くした祖母に代わって、仕事の傍ら焼津の伏間家を管理しております。ここにいる奥園乃り子は私の祖母にあたります。皆さまご存じのとおり、乃り子おばあさまは、今回皆様をここに集められた招待主である伏間史郎の妹で、分家の奥園家に嫁がれました。ですが、子供がないまま夫は他界。その後、戦争で身よりのなくなった奥里村(おくざとむら)の子供を四人ひきとられ、実子として養育されました。私の父はそのうちの一人です。よって、私自身は伏間家の血を引いてはおりません」

「そこにいる里村の人間もな」

だれかが悪意を込めて名前を出すと、里村の頭がびくっと上下する。志乃夫さんはおだやかに見つめ、

「お久しぶりですね、謙太さん。結婚のご報告をいただいて以来でしょうか」

「そ、そうですね。ご無沙汰しています」

「嶺倉(みねくら)のおじさまのおっしゃるとおり、謙太さんのおばあさまは私の父の姉。つまり、祖母がひきとった血のつながりのない子供の一人です。伏間家とはやはり血縁はないと言ってもいいでしょう」

「なんでそんな遠縁にまで、史郎おじさんは招待状を出したんだ。里村なんて、もともと伏間家がもってた奥里村の小作人じゃないか」

「まあまあ、史郎おじいさまのお考えですから」

改めまして、と志乃夫さんは顔をあげ、はっきりと外場と春馬に視線をくれた。

「ご紹介します。こちらが史郎おじいさまの娘にあたる可な子様と満ツ様、それから史郎おじいさまの古いご友人の西東旭さん。史郎おじいさまの姪、旬子おばさまのご主人で、元焼津市長嶺倉様。奥園の分家から現在寺を継がれている浄圓寺ご住職の奥園律圭師」

説明を聞くと、自分たち以外の五人は伏間史郎と非常に近しい関係があるようで、思わず、

(ここに、突然現れる愛人の子！　とかいう展開希望)

などと、実に不謹慎な考え事をしてしまう。

「最後に里村の謙太さんと、戒名アドバイザーのおふたかた。そちらはたしか麻布のお寺の方だったかな」

「いえ、僕は里村先生の教え子です」

「えーっと、僕は教え子なんですけど、麻布の寺は実家です。でも、実家の父も兄も特にこの一件とは関わっていません」

「じゃあ、いったいなにしに来たんだ」

「それは……」

チラ、と里村を見る。こういう質問は予期していただろうに、当の里村は目を白黒

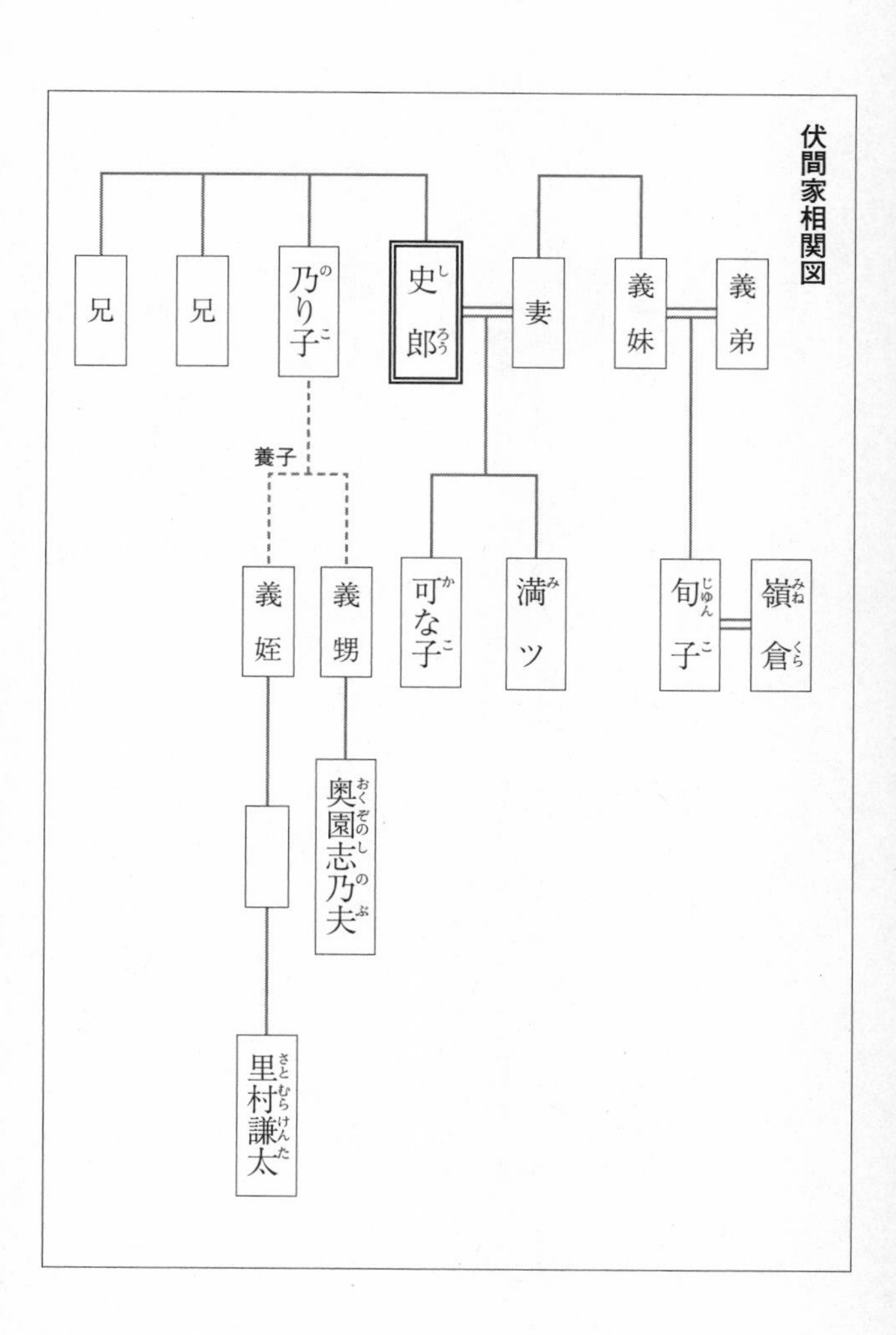
伏間家相関図
兄
兄
乃り子
史郎
妻
義妹
義弟
養子
義姪
義甥
可な子
満ツ
旬子
嶺倉
奥園志乃夫
里村謙太

させたまま言葉もない様子で、

「あの、それはですね。僕はあいにく戒名とかに疎くて……」

複数の視線が、里村を射るように注がれる。

（ちょっと、先生しっかりしてよ）

「それで、自分の生徒につけてもらったっていうのか？　かりにも教師だろう」

「あの、でもですね。彼は……」

「なんの関係もないただの学生に、偉大な伏間史郎の戒名をつけさせたのか、君は！」

その場が里村を咎めるような雰囲気になったところで、いたたまれずに春馬は口を挟んだ。

「でも、事前に戒名候補は提出してるわけで、それがいいってチョイスしたのは伏間史郎さんご本人でしょ」

我ながらあっけらかんとした声だ、と春馬は思った。しん、とその場が静まり返った。

「だれがつけようが関係ないってルールなんだから、血縁がどうとか学生がどうとか関係ないじゃん」

「か、金満……」

「それに、ここにいる外場薫は、日本、いや世界唯一にして無二の戒名探偵なんで！」

ずばっと言い切った直後、テーブルを囲んでいたご親戚の方々が一様に目を丸くする。

「戒名、探偵、だと……」

「そう。どんな古い墓も、どんなに情報の少ない過去帳からでも、戒名さえわかれば死亡した年代、季節、年齢、身分、だいたいの人生まで把握してしまう恐るべき頭脳。その知識をもっと別のことに使えばいいのにと、彼のことを知る人間からはたいがい思われている残念な秀才。彼がなぜこんなにも戒名に詳しいのか、だれも知らない。僕も知らない。だけどいままでその無駄トリビアで解決した事件は数知れず、いまではわが金満寺の陰のブレーンとも言われている、人呼んで麻三斤館の戒名探偵！」

莫迦（ばか）な、といううめきが漏れるのを心地よく聞いた。そうそう、みんな最初はそうおっしゃるんですよ。

「しかし、そんな得体の知れない探偵は……」

「おもしろそうだな」

次に口を挟んだのは、ただ一人この場でにこにこしながら春馬の口上を聞いていた志乃夫さんだった。

「みなさんご存じかと思いますが、今回の代理人の選定は僕の勤務する弁護士事務所は噛んでいません。したがって、管財人である乃り子おばあさまと僕はこの件に関与しない。現に僕も乃り子おばあさまも戒名案は提出していません」

そして、使用人が押してきたキッチンワゴンから、コーヒーカップをテーブルに運ぶ手伝いを始めた。

「今回、史郎おじいさまが選ばれた戒名の最終案は四つです」

「たった四つ……!?」

「そちらにおられる嶺倉さんが提出された案がひとつ」

嶺倉氏が咳払いして、隣に座っている袈裟姿の僧侶を紹介した。

「まっとうな選択だ。なにしろうちは、オータム・ヴィレッジを一代にして築き上げた成功者として相応しい戒名を、大輪山寺のご住職につけていただいたんだから」

「嶺倉さんは、焼津市長を三期務められ、現在は数々の地元企業の名誉顧問を務めておられます」

主に、嶺倉氏のことを知らない我々三人のための解説だった。

（このおっちゃんが、元焼津市長か）

こっそりテーブルの下でスマートフォンを操作し、名前を検索する。志乃夫さんの紹介通り嶺倉氏は焼津の市長を三期も務めて、近年地盤を息子に譲りいまは地元企業の名誉顧問をしているらしい。その息子は県会議員二期目。来年はいよいよ市長選にうってでるかという勢いなんだとか。ネットで拾った情報だが、信憑性はまあまあありそうだ。

（企業の名誉顧問なんて名ばかり給料泥棒をしてても、息子の選挙戦のためにはもっとお金がいる。そりゃあ、ちょっとくらい経費がかかっても、えらい坊さんに戒名をつけてもらってオータムの大株主になりたいよなあ）

そんな嶺倉元市長が提出した戒名は、大成院殿楽寿史翁大居士、というらしい。

（大成院殿、楽寿、史翁、大居士）

さすがに天皇陛下から勲章までもらっている人物としては、院殿号ぐらい当然というわけだ。

（楽寿の楽は、オータムグループが音楽関連からスタートしたことを、寿はその仕事によって多大な名誉を得たことを表している。史翁の史はもちろん名前からとったもの。仏教では長生きすることが重要な功徳のひとつだから、翁という文字が入っているということは長生きして徳を積んだことを意味する。大居士はまあ、伏間史郎クラスならごく当然ってことか）

「伏間家の当主として、焼津が誇る名士としてこれ以上の戒名はないと考えております」

側に控えていた僧侶が自信たっぷりに言った。

嶺倉氏のブレーンであるその僧侶は、慕何な春馬でも名前は知っているほど有名な寺の住職だった。金満寺と同じ宗派なので、春馬の父親や兄の哲彦とは知り合いかもしれない。

その偉い坊さんも、だいたい春馬が思っていたことと同じような内容を説明し自信たっぷりに二度頷いた。その視線は、大胆にも同じ僧侶である奥園家の住職に注がれている。戒名のプロとして、当然意識せざるを得ない相手なのだろう。

(大成院殿楽寿史翁大居士)

一見すると完璧で非の打ち所のない戒名に思える。が、

(外場はどう思ったんだろう)

相変わらず、彼は春馬がこれ以上ないくらい大げさにほめあげているときも、そうでない今も表情は同じ、世界征服に飽きた魔王のようなたたずまいだ。

(ノーリアクション、か)

ノーリアクションといえば、志乃夫さんの隣でじっとしたまま一言も言葉を発しないゴッドマザー乃り子もそうだった。本当にこの場は彼にまかせっきりらしい。

己の案の正しさを披露し終わった嶺倉元市長とそのサポーターは、満足げに戒名の書かれた半紙をテーブルの上に並べた。

（さて、これ以外に伏間史郎が選んだ戒名案は、どんなアプローチでくるんだろう）

外場がどんな戒名を伏間史郎のために作ったのか春馬は楽しみにしていた。いままでどんなにせがんでも教えてくれなかったが、今日この場でいよいよ明らかになるのだ。

「さて、嶺倉さん案のご披露が終わったところで、次の案のプレゼンに参りましょう。ちなみにこの場の様子は、別室で伏間のおじいさまもご覧になっておられます」

「なっ、なに！」

志乃夫さんの言葉に、一同の顔色がわかりやすく変わった。

「なにかあれば、僕のこのタブレットにメールが飛んできます。メールはボイス入力です。まったく動けない、手も動かないというわけではなく、会長のご趣味で」

なんと。九十六歳のじいさんが介護生活に Siri のボイス機能をフル活用していることに驚きを隠せない。とんだハイテク時代のご老公である。

「さて、時間も惜しいですし、どんどんまいりましょうか。次は、奥園のご住職、よろしいですか」

名を呼ばれた浄圓寺住職の奥園律圭師がすっと顔をあげた。

「はい」

「ご住職はご自身が伏間会長のいとこの子、奥様が会長の姪というご縁から奥園家にご養子に入られました。当然、浄圓寺としては代々伏間家の菩提寺としての歴史があり、また以前より伏間家の葬儀をとりしきってきた寺としての矜持がおありでしょう。ご住職のほうから忌憚のないご意見をお聞かせ願います」

促されて、奥園氏は咳払いをし、ぐるりと周りを見た。

「さて、わが浄圓寺は今川来の徳川家直臣である伏間家の菩提を弔うために、天正十一年に焼津に建てられ、代々お祀りしてまいりました。住職は伏間家の本家、および親族がつとめ、明治に入り、徳川家より賜った寄進地のひとつであった奥園を名字として分家を名乗りました。奥園は八代目、住職は安土桃山時代末期より三十六代を数えます」

それから十分ぐらいは、いかに奥園家が伏間家の本家と近しいか、代々仏事をとりしきってきたかを説明された。主に、これは我々のような部外者、およびやや遠縁でもある嶺倉氏とそのブレーンの住職相手のデモンストレーションであったと思われる。

「長くなりましたが、そのような経緯もございますので、僭越ながら拙僧から、伏間家のご当主であられる史郎氏の戒名をご提案させていただきます」

奥園氏が取り出した半紙には、大変けっこうなお手前でこう書いてあった。

〝浄興庵善誉史清禅定門〟

おお、と声があがった。

「ね、あれって誉号だよね。浄土宗の戒名でたまに見るやつ」

こそっと外場に耳打ちした。

「じゃあ、伏間史郎は在家出家してたってことなの？」

「その辺は、いまからあのお坊様が丁寧にご説明くださるはずですよ」

彼の言ったとおり、そこからは奥園氏によるドヤ顔解説仏教的説法つきオンステージとなった。

「伏間史郎氏は早くから仏教の教えに深く帰依され、四十六歳にして我が寺で五重相伝を受けられました。誉号というのはその証しであります。在家出家されたのは五十二歳の時。それ以来、浄圓寺の復興に力を注がれ、十二年前には江戸時代初期にあったと言われる観音堂の再建を果たされています。このほかにも――」

伏間史郎がいかに寺に貢いできたか、その歴史をことこまかに説明することおよそ三十分。この坊さん、ほんとうに話が長い。

「浄興庵は江戸時代は寺領であった土地を買い取り、ご自身の修行所として建てられた堂。本来院殿号は建築物を表すためのものであり、古くより貴人をお名で直接呼ぶことを不敬とし、お住まいになっている御所や屋敷名で呼ぶ慣習があったことによる。であるならば、ここは院号より会長ご自身で建てられた庵の名とするのが適当であると思われる」

てきた。
院殿号を用いた嶺倉サポーターと激しい火花を散らす奥園氏。いいぞ、盛りあがっ
「善誉は言わずもがな、史清はお名前から。これだけ仏教に寄り添い深く帰依されて
きた方ですから、ここは禅定門とするのがよろしい。いかな成功者といえども、仏門
に入られたのちは等しく仏の弟子。あまり大仰な戒名はかえって相応しくありますま
い」

長々と続いた奥園氏による解説がようやく終わった。だれからともなく、ほっとし
た雰囲気が漂う。先に出した戒名案を全否定されたも同然の嶺倉氏は当然おもしろく
なさそうな顔だったが、それでも表だって文句をつけることはなかった。
(まあ、御大にみっともないところは見せられないよな)
そろそろと視線を動かしてカメラらしきものを探したが、あからさまなものはない。
刑事ドラマのようにマジックミラーになっているのかな、などと暢気にかまえていた。
(ああ、他人事ってなんて気が楽なんだろ！)
出されたコーヒーもさっさと飲み干し、おかわりすること二回。茶菓子のショート
ケーキが死ぬほどうまい。さすが天下の伏間家で出された茶菓子である。
(って、完全に遠足気分だけど、よくよく見てみれば二つともよくできた戒名ではあ
るんだよな。さすが偉いぼーさんと、本人をよく知る身内がつけただけあって、説明

も理に適ってる）

　はたして、外場はこれを上回るほどの戒名を用意出来たのだろうか。外場や自分は他人だが、依頼主の里村にとっては娘たちの教育費その他もろもろの家族計画のために、是が非でも、一円でも多く遺産をもぎ取りたいところだろう。

　そんなハイエナどもの気配を察し、本当ならば黙っていても莫大な伏間家の遺産の一部を受け取れる身分でありながら、この戦いに参戦してきた猛者がいる。

　車椅子の乃り子さんと志乃夫さんをのぞいて、このテーブルでも一番いい席に座っている、伏間史郎の娘、可な子と満ツの姉妹だ。

（赤の他人にはビタイチくれてやるもんかって顔だよなあ。普通だったらこういう姉妹は遺産を巡って対立するのが横溝正史のお約束なのに……）

　どう見ても、この姉妹は結束している。最終候補に残ったのは四つ。ふたりはそろってひとつの戒名を推してきたということになる。

「ご住職、ありがとうございました。ともに会長自らお選びになった戒名候補、十分相応しい理由があるようですね。私のような素人にもとてもよくわかるお話でした」

　場を和ませようとする志乃夫さんのお追従に、妹の満ツさんが、いかにも残念だといわんばかりのため息をついて言った。

「相応しい？　そうでしょうか」

とたんにぴりっとした緊張感が走り、すでに戒名を披露し終えた二人が二人とも、新たに配られたお茶をもつ手を一瞬止めた。

「思った通り、やっぱりこういうことになってしまいましたわね。ねえお姉様」

「まったく」

いかにも意味深な切り出しかただ。春馬の期待感が煽られる。頭の中のBGMは火曜サスペンス劇場、意味もなく追いつめられる断崖絶壁と打ち付ける白い波。そして温泉とグルメシーン。

（いいぞ、いいぞ。すごくいい！　出るか愛人の子！　それとも志乃夫さんが実は、とかいうお約束の展開なのか）

そんな春馬の勝手な妄想など知る由もない姉妹は顔を見合わせ、姉がしぶしぶといった感じでバッグから袱紗を取り出した。

「このような場にわざわざ出なくても、わたくしたち姉妹は伏間家の正統な後継者です。姉の夫はオーロラ・オイル・グループの会長、わたくしの主人は常島エージェンシーの代表取締役社長。すでに自社株の多くは息子や娘たちに生前贈与されており、資産処理はとっくに済んでおります。いわばこの場は、父のちょっとした気まぐれにすぎません。けれど、父がそう望んでいるのならば……、と黙ってまいりました。なによりこの家は父が苦労して一代で立て直したようなもの。何百人、いや何万人という人間が父の功績の恩恵にあずかっているのです。父の好きなようにすればいい、父の築いたものだから。わたくしたちはずっとそう思っておりました」

　しかし、と一度姉の顔色を窺うように見たあと、妹はこう続けた。

「だからこそ、父の築いたものを父のことをよく知らない輩にかすめとられるのだけは我慢ならない、と思っております」

「わ、わたしは史郎おじさんのことをよく知っている！　焼津の市長時代からそれこそ二人三脚でやってきたんだ！」

　よほど焦っていたのか、こんな部外者も聞いている場所だというのに、嶺倉センセイは自分と伏間史郎との絆についてまくしたてはじめた。

「伏間家を名実ともに立て直すためには、何百年も代官を務めた郷土に貢献するしかないとおじさんはおっしゃっていた。そのために私がいたんだ。十二年も焼津のために粉骨砕身してきた。おじさんの思いは理解している。戒名にはその思いが込められているんだ。わたしは心身ともに伏間の家の人間だ！」

　ここまで啖呵を切られては、奥園律圭師も黙ってはいられなかったのだろう。嶺倉センセイよりはだいぶ落ち着いたトーンで、粛々と話し出した。

「奥園家と浄圓寺の関係については、いまさら申し上げるまでもない。史郎氏はわが寺で修行を受けられていたのだ。同じ仏弟子となり、行をともにする。人間性を理解するしない以前の問題だ」

そして、両者とも、彼らに比べれば明らかに部外者である里村と外場、ついで春馬のほうに非難めいた目を向ける。

妹の満ツさんはどうします、といわんばかりに困ったように姉のほうを見た。すると、袱紗の中の半紙に、姉の可な子さんが手をかけた。

「なにもわかっていらっしゃらないのは、失礼ながらどちらさまも同じではないかしらね」

場を制することに慣れた面持ちで、そう可な子さんは言った。決して大きな声ではないのに、テーブルをはさんで対面している男たちが瞬時に異論を飲み込むのがわかった。

さすが伏間史郎の長女、涅槃仏もかくやという堂々たる貫禄（かんろく）である。

「父がなぜ、小さな小さな渋谷の中古レコード店に、オータム・ヴィレッジという名をつけたのか、ここにいる方々はご存じないのかしら」

「そ、それは……。当時渋谷には秋がなかったからだと」

春馬がちょいちょいっと自伝やインタビューで見聞きできる情報など、彼らもとっくにリサーチ済みなのだろう。

（当然か、戒名をつけるにあたって、今時坊さんでもネットの記事くらい見るだろう

し）

しかし、姉妹はそろって失望感ありありのため息をついた。

「しょせん、その程度、と」

そして、袱紗の中からとりだした半紙を、我々の前で広げてみせた。

〝南光院殿海誠郎覚大居士〟

まず、はっと息をのんでその戒名に反応したのは、さすがプロの僧侶二人だった。

（今までのとぜんぜん違うアプローチっぽいけど、実際どうなんだろコレ）

外場を覗き見ても、なにを考えているのかまったく表情に出ないのは相変わらず、すでに三回目の茶菓子として出された羊羹をもりもり食べている。

「ねえ、外場。あれってどうなの」

「あれとは」

「あの戒名、なんこういんなんたらってやつ」

外場はよほどその羊羹が気に入ったのか、いつもは半開きの目をやや大きく見開いて、

「これはいい」

「えっ、なにが。あの戒名が？」

「羊羹です。千駄木の名店、和菓子薫風の日本酒羊羹ですよ。一棹四千円はする超高

級品で、並んでもめったに手に入らない。僕も口にしたのは人生でこれが二度目です」

「人生でって」

いままさに部外者財産泥棒扱いされているというのに、羊羹にそこまで感動的でいられる外場がよくわからない。

(ま、部外者のくせに財産をかすめとろうとしているのは間違いないんだけど)

そこは里村とて引く気はないから、こうしてのこのこ鎌倉くんだりまでやってきているのだ。面の皮の厚さでは里村の勝ちである。

(お父ちゃんは強いというか、嫁が恐いのか)

どちらにせよ、いまの敵は部外者を全否定している招待主の娘姉妹だ。

「羊羹はいいから、あの戒名の謎を教えてよ。なんなの、あの南光院って」

「典型的な後期戦没者の院号ですね。第二次世界大戦で南洋に派兵された兵士の戒名というべきか」

「兵士⁉」

思わず、ヒソヒソ声にしてはやや大きめに言ってしまった。それが耳に入ったのか、可な子さんのほうがこちらをチラリと見る。

「その通り、私たちの父はラバウルにて終戦を迎えました。その後、渋谷の一坪レコード店からオータムを始めたのはだれでも知っていますが、父が財産の多くを南洋に散った英霊たちの遺骨引き上げ事業に寄付し、活動にもかかわっていたことを知る人は多くありません。しかし、実際ニューブリテンやサイパンで亡くなり、そのまま祖国へ帰ることのできなかった遺骨の多くは、父の援助で再び日本の地を踏むことができました」

「実はオータムというのは、父が長くラバウルにいたため、秋を感じることがなかったことから来ているのです。父は終戦後もすぐに復員できず、常夏の島で敗戦兵として帰国を待ちました。日本に帰ってきたことと、秋があることは父にとってなににも代え難い喜びそのものであったのです」

息のあった姉妹が、かわるがわる説明する。

「この戒名は、当時ラバウルで父の後輩として同じ隊に所属し、父と同じ南洋会（なんようかい）という戦友会で遺骨引き上げ事業を立ち上げた方につけていただきました。南光院殿海誠郎覚大居士。父は自分が成功できたのは、かわりに死んでいった多くの同胞がいたからこそだということを、遺骨の引き上げ、戦友会への援助等で示してきました。で、あるならば父の戒名は、オータムグループの総師としてではなく、在家出家した者でもなく、あの悲惨な戦争を生き延びた歴史の一証人として、相応しいものにすべきだと、我々は思っているのです」

その言葉に、いままで一度も発言せず、ただの数合わせのようにその場にいた西東旭さんも頷いた。なんだ、この人寝てたんじゃなかったのか。

（っていうか、ラバウルってどこだよ）

さっきからみんなが息を吸うようにラバウルラバウルいうので、春馬はそっとテーブル下でスマホをいじった。へえ、ラバウルってパプアニューギニアって国の都市なのか。んでもって戦前は日本の植民地だった、と……

「ねえ、そのラバウルがどうとか遺骨の引き上げって本当なの？」

「伏間史郎氏が、ラバウルからの生還兵であることは有名な事実ですよ。戦友会の会長職こそ引き受けなかったが、それ以上の支援をしています」

「へー、そういやそんな記事、国会図書館で見たかも」

「史郎先輩はずっと、同胞たちを内地に連れ帰るために働いているんだと言っていました。間違いないですよ」

西東さんが春馬たちの会話にさらっと割り込んできた。見た目からももうだいぶおじいさんのはずだが、話し方もたたずまいも矍鑠としている。

「私も史郎先輩も、万に一つのめぐりあわせであの南洋の小さな島ペリリューで出会ったのです。私は当時まだ二十歳で、臨時召集を受けて右も左もわからぬままにくじを引かされ、気が付けば狭苦しい船倉に蚕の繭のようなハンモックに横になっており

地が狙われ玉砕したのだということ。ラバウルの森の中で、マラリアと飢えで死んだ仲間を埋葬中に玉音放送を聞いたこと。敵機の無線から広島と長崎に新型爆弾が落ちることは知っていたのに、制空権のない部隊ではどうしようもなく、ただただ故郷の家族を案じながら、いつ負けるか、いつ負けたことを発表するのか、みな口に出さずともその時期だけを気にしていたこと。

「史郎先輩は、我々ニューブリテンに配属になった兵士が死んだとき、煙で敵に察知されるため火葬できなかったことを知っている。だけど故郷に骨をもって帰ってやりたいから、手の指を切り落として、椰子(やし)の油で指だけ焼いて骨にするんです。遺体は埋める。そうやって持って帰ってきた小指の骨がいくつもあります。粉になっても故郷に届けてやりたかったから、みんな内地に戻ってきたときは懐いっぱいに他人の小指の骨を抱えていました。あれを知っているから、史郎先輩は遺骨の引き上げには特別熱心でいらした。オータムが大きくなるたびに、南洋会に多額のご寄付をくださいました。それでようやく帰って来られた者も大勢いる」

生々しい昔語りは、権力欲の権化のような元市長や、浮世離れした僧侶の論をあっさりと圧倒した。その場はすでにその九十四歳の老人がいかようにもできる空気となっており、春馬はなるほど、これが戦争を知らない世代に強力に作用する魔法の言葉か、と感心した。

(まあその魔法も、俺たちみたいな平成人にはいまいち通用しないわけなんだけど)

あまりにかけ離れすぎていて、戦争を実感しろ！　と言われても無理がある。知識としてはあるし、日本の過去の政策に対してそれなりに意見ももってはいるが、上の世代に「どう思え」「どう感じろ」と強要されることにやや辟易(へきえき)としている世代なのである。

西東さんはその場を掌握すると、思い出話を続けたりはせず、さっさと主導権を姉妹に譲り渡した。

「このように、父の半生をきちんと理解した方がつけられた戒名がほかにあるならば、わたくしたちがこのように出てくることもなかったでしょう。しかし、ここに揃った戒名は、きらびやかな父の上っ面をなぞったものばかり。非常に落胆いたしました。わたくしたちの思いがお分かりいただけましたでしょうか」

「………」

今まで勢いづいていた元市長も住職も複雑な顔をしている。それとこれとは問題が違うのでは、という表情である。ただ、だれも反論しないのは明らかにこの元兵士のじいさんの語る戦中体験の迫力に呑(の)まれてしまっているからだ。

(場の流れはこれで完全に娘姉妹の推す戒名になったわけだけど、実際にこの状況を別室で見ているはずの伏間史郎本人はどうなんだろう)

テーブルの上に、三枚の半紙が並ぶ。
大成院殿楽寿史翁大居士
浄興庵善誉史清禅定門
南光院殿海誠郎覚大居士
いくら旧友が、親戚が、家族があーだこーだとテーブルの上で持論をこねくりまわしたところで、決めるのは伏間史郎本人である。
（もしかしたら、この集まりは、伏間史郎をいかに理解しているか、伏間史郎の人生をどのように評価したか、あるいはしなかったかを関係各所に語らせ、本人がそれを確認するための場ってことかな？）
だとしたら、伏間史郎はまだ、だれにどれだけ財産を譲るか決めていないのかもしれない。戒名を選ぶなどと口実を作って親戚を集め、何を考えているのかを洗いざらい語らせる、敵味方を判別するためのテストなのではないだろうか？
いかにもミステリームービーでありそうな展開でわくわくしたが、すぐにその可能性は低いことを悟った。もし、伏間史郎がはなからそのつもりなら、なにも冒頭で「別室で見ています」などと説明したりしないだろう。親戚同士が遺産の配分を巡って血で血を洗う言い争いをしているのを、黙って（イメージ的には人工呼吸器につながれながら）モニターを見ているほうがずっと絵になると思う。

（絵になるとか以前に、これは映画でもドラマでもないわけだけど）

「さて、いろいろご意見はありましたが、ここまで四つの戒名のうち三つが出たわけです。残るはあとひとつ」

もったいぶった司会者のように志乃夫さんは言って、茶菓子を味わう以外は特になにもしていない春馬たちに向き直った。彼らの視線とともにいままでぎくしゃくしてよどんでいた場の空気が、一気にこちらへ向かってくるのがわかった。

（うっ、矛先がこっちに）

急に十数本の視線の矢を受けて春馬も里村もたじろいだが、そこは外場のこと、顔色どころかなにも気にする様子もなく、

「なにか、説明が必要ですか？」

いつものそっけなさで平然と口を開いた。

「必要か、ですって。そのためにあなたがたはここに呼ばれているんでしょう。単なる赤の他人が」

嫌悪感をあらわに、姉妹の妹満ツさんが言う。

「どうせ子供の浅知恵、いままでに出た戒名に見劣りするのはしかたがない。が、史郎おじさんのお選びになった案だ。聞くだけ聞くのが礼儀ってもんだ」

みなさん、よろしいな、と元市長が言った。いつのまにかまた彼がこの場を仕切っ

ている。

「早くその戒名案とやらを見せなさい。ここにはプロの方々が揃っておられるのだし、すぐに至らないところは指摘してもらえるだろう。君の後学のためになるはずだ」

「説明するのはかまいませんが、その前に」

外場はふいっと視線を志乃夫さんの方へ、正確にはその胸ポケットのあたりへと向けた。

「本当にこの場で、すべて話してしまってもいいのかどうか確認したいのですが」

志乃夫さんのジャケットの胸ポケットには、ひっそりとスマートフォンがささっていた。よく見るとカメラのレンズ部分がポケットに収まりきらないように、不自然な状態であることがわかる。

（あれが実況カメラか）

てっきりこの奥の部屋か、部屋の四隅あたりに監視カメラがあるのだとばかり思っていたが、いまのご時世わざわざそんなロートルな機械に頼らなくてもスマホ一台で事足りるのである。

もちろん外場はとっくに気づいていて、あえて指摘もせず意識もせずに無視していたに違いない。外場はいまカメラの向こうにいる伏間史郎本人に尋ねているのだ。

ピロン、と電子音がした。すると志乃夫さんはポケットではなくテーブルの上に伏せてあったタブレットを手にする。おお、ハイテクご老公さすが返事が早い。

「外場さん、あなたがどのようなことをお気遣いくださっているのかはわかっているつもりです。すべて承知しておりますので、この場で忌憚のない意見をお聞かせください、と史郎氏はおっしゃっておられます」

「それは確かですか」

「確かです。とはいえ、私にはこのメッセージ画面を見せることしかできないのですが」

志乃夫さんがタブレットの画面をこちらに向ける。すると、すぐに別のメッセージを受信した。リアルタイムでやりとりできるツールへのリンクが張られていた。

（おお、対応まで早い。ハイパー九十六歳）

画面にノイズ入りで映り込んでいたのは、ベッドに横たわり、イヤホンマイクを耳にひっかけてこちらを見ている皺だらけの老人の顔だった。一瞬だれだかわからなかったが、それが伏間史郎氏本人であることは、春馬たち以外の親族の反応で明らかになった。

「おじさん！」

「お父さま！」

「ずいぶんとお痩せになって……」

『声を出すのは存外疲れるので、これで納得してもらいたい』

春馬が見たことのある伏間史郎は、もうずいぶん前のものらしい。同じ老人でももっと血色も肉付きもよい顔だった。あれはNHKのインタビューだったか、好き嫌いはなくどんなものでも食べるが、未熟な椰子の実だけはラバウルで一生分食べたので二度と食べたくないと、キャスター相手に話していた。別人のように痩せてしまっているが、声が同じだ。

「わかりました」

外場の言葉とほぼ同時に通信は切られ、タブレット画面は史郎氏からのテキストを受信するウインドウに戻った。

「では、なるたけ手短に」

彼はジャケットの内ポケットから折りたたんだB5のコピー用紙を取り出した。明らかにマジックだとわかるペンで、戒名らしき文字列が書いてある。彼の字だ。

問題は、そこに書かれていた戒名の内容だった。

〝釋星夜(しゃくせいや)〟

(たった三文字……)

戒名は、長ければ長いほどいいと思われがちである。それは院号が高いとか、歴史上の有名人ほどびっくりするほど戒名が長いイメージが先行しているからだが、実際長いほど喜ばれるのは確かだ。だが昔ほど院号を出す出さないは厳格ではないし、そもそも戒名にこだわらない人も多い。もしかしたら、伏間史郎氏も仰々しい戒名を忌避して、こうして生前戒名を用意させたのかもしれない。

だが、それにしても外場の案はいままで出たものとはあまりにも違いすぎる。

「こ、これは、浄土真宗の戒名じゃないか」

血相を変えて異議を申し立てたのは奥園住職だった。

「伏間家は代々、浄土宗なんだぞ！」

「宗派の問題だけではない。なんだ、この凡百あるような戒名は。院号もつけないなんて、そのへんにいる人間と天下の伏間史郎を一緒にするつもりなのか！」

「意味がわからない」

外場の戒名案を一刀両断したのは娘姉妹だった。

「この戒名のどこをどう理解すれば、お父さまに相応しいと思えるのか。いままで私たちが説明してきた伏間史郎の歴史と生き様を否定しているようにしか思えません」

「まさに素人のつけたようなもの」

「いや、実際彼は素人なうえ高校生だ」

「これが子供の限界だったということだよ。里村くんもいらぬ恥をかいたね」

急に水を向けられた里村は、完全に縮こまってしまっている。これには春馬もなんとかこの場を挽回しなければと焦った。

「ねえ、外場。親族のみなさんもこうおっしゃっておられるし、なんでこんなに短いのか、そもそもどうして浄土真宗の戒名なのか、星夜ってどこから来たのか、それを教えてよ」

　悲しいかな、敵意を向けられることには慣れているが、それがこんなにも一方的サンドバッグ状態なのはさすがに春馬でも心地いいものではない。

（なんか、ずばっとかっこよく言い返してくれよ、外場）

　まがりなりにも外場薫のつけた戒名なんだから、それが短かろうが宗派が違おうが、理路整然とした理由があるはずだ。でなければ、春馬が見込んだ戒名探偵卒塔婆くんではない。

　そして、彼はこちらの思惑以上の威力で、居並ぶ伏間家の人々に向かって一トン爆弾を投げつけたのである。

「僕が思うに、オータムグループの会長である伏間史郎氏は、伏間家の人間ではありません」

　しん、とその場が静まり返った。それはその場にいるだれもが、彼の言葉に聞き入ったからではなかった。だれも理解できていなかった。彼の真意、そして彼の掲げた短い三文字の戒名に隠された意味を。

「え、それって、どういう」

「なにを、言っているの、あなた」

最初に困惑を口に出したのは、史郎氏の娘姉妹だった。反応が早い。元市長チームと檀那寺チームはまだ目を白黒させている。

「お父さまが伏間家の人間でないなんて、なにをバカなことを」

「厳密に言うと、今まで伏間史郎と呼ばれていた人物は、実際は伏間史郎ではなく、長い間伏間史郎の名を騙ってきた人物ということになります。したがって、伏間家の菩提寺にも宗派にもとらわれる必要はない」

「ま、待て。言っていることがよくわからん。伏間史郎が伏間史郎じゃないなんて、じゃあいったいどこのだれだというんだ」

「里村吾郎」

彼の答えに、姉妹も元市長もそれぞれのブレーンたちも怪訝そうに顔をしかめたのみだった。

「だ、だれだ里村吾郎って」

「先ほどまで何度も繰り返し口にしておいでだったのでは。伏間家の持っている田んぼの小作人、伏間家の使用人で厳密には血族ではない、と」

その場にいたほぼ全員の視線が、発言を許されなかった里村に注がれる。

（そういえば、里村って先生の苗字だよね）

「その里村吾郎って、もしかして先生のおじいさんの名前？」

「それも、いまから説明しますので」

外場がつい、と視線で合図をすると、里村が膝の上に載せっぱなしだったショルダーバッグからクリアファイルに挟まれた書類を取り出した。

「先生のほうから、ご説明を」

「あ、こ、これは私の祖父の兄にあたる里村吾郎の軍歴証明書です」

「軍歴証明書？」

まだ怪訝そうな元市長に答えたのは里村ではなく、南洋会の西東さんだった。

「旧軍人軍属の軍歴証明書は、親族であることを証明できれば厚生労働省や都道府県庁から写しを取り寄せることができる」

「プロのご説明ありがとうございます。というわけで、里村吾郎氏の所属部隊や転属記録、転戦の履歴や戦没した場所と日付がこちらに記載されています」

「戦没⁉　それじゃあ、もうとっくの昔に死んでるってことじゃないか」

クレームおじさんよろしくがなる元市長に、ヒソヒソと小声で相談する姉妹。奥園住職は険しい顔のまま沈黙し、西東さんは老眼鏡を取り出して里村の差し出した書類に見入っている。

ただお誕生日席のふたり……志乃夫さんと乃り子さんはまったく動じている様子はない。乃り子さんは相変わらず気配を消して空気と一体化しているし、志乃夫さんのほうはむしろ興味深げに、たとえるなら偶然大人の事情を知ってしまった子供のような顔をしてこちらを眺めているだけだ。

（あれ、めちゃくちゃおもしろがってる顔だな）

書類を読み終わった西東さんが、老眼鏡を外してテーブルに置いた。

「確かにこれは、里村吾郎という人の証明書ですね。でも、この方はアンガウルで亡くなっています。名前くらいは聞いたことがあるでしょう。玉砕した島ですよ」

「アンガウル……」

（ってどこだっけ）

慕何なる春馬はためらいもせずにグーグルマップに頼る。アンガウルはペリリューのすぐそばにある小さな島だった。

（ペリリュー島の戦いって、日本側は一万五百人も配備されて、生存者はたったの三十人なのか。玉砕、したから）

アンガウル島にいたってはほぼ生存者ゼロ。ってことはその里村吾郎さんって人も、戦争で徴兵されてそのまま帰らぬ人になったのだろう。

「この里村吾郎氏の遺族の方が軍人遺族の恩給を受けた記録もある。史郎先輩がじつは里村氏だと主張する君の考えがもし正しいとすれば、このふたりが合意の上で入れ替わったということになる」

「片方は死んでるのに、合意の上で入れ替わりなんてありえない。君の意見は、戦中戦後を生き抜いた史郎おじさん、そしてお国のために散った里村氏双方を侮辱しているんだぞ！」

西東さん、そして嶺倉氏が口々に外場の推理に異を唱える。

「証拠はあるの？」

ともっともなことを言い出したのは妹の満ツさんだ。

「証拠を出さないと、そんなのただの妄言ですよ」

「そうだ、証拠だ。二人が入れ替わっているという証拠を出せ」

「では、西東さんにお尋ねします。あなたと本当の伏間氏がラバウルに到着し、配属になったのは、正確にはどの部隊ですか」

急に外場に話の水を向けられて、西東さんは一瞬戸惑ったような表情を見せたが、

「だ、第三十八師団、歩兵第二二八連隊第二機関銃隊ですが」

「伏間氏も同じだったと」

「その通り、間違いはない。当時、ラバウルに大勢の新規配属があったため、新しい部隊が編制された。私と史郎先輩は新設の第三機関銃中隊に異動になったから、カタ

カタイという宿営地に移った。ここが周り中椰子だらけだったから、我々の宿営地では飢えて死ぬ人間が少なかったんだ」

その話は伏間史郎のインタビューの内容と確かに一致する。

（だけど椰子の実なんてアンガウルにもいくらでも生えてそうだもんなあ）

「復員の日時はいつでしたか？」

「……私は昭和二十一年五月五日だ、ラバウルを出港したのは四月十六日」

「そのとき、あなたは伏間氏とおなじ船でしたか？」

「いや、私が乗った引き揚げ船はアメリカの船だった。リバティとかいう名前で。先輩は怪我をしていたのでもっと早くに戻った。もう一隻のオーストラリア籍の船に乗っていたはずだ。たしか……、十二月のはじめだったと思う」

「復員して、すぐにあなたは伏間氏に会いましたか」

「……いや、すぐには……」

はじめは目録でも読んでいるように明確な口ぶりだったのが、だんだんと歯切れが悪くなる。

「だ、だが先輩がラバウルに残ったはずはない。あの当時、ラバウルには豪軍の婦人兵が多くいたし、人道的な意味合いもあって、大陸よりずっとあとの復員だと聞いていたのが急遽早まったんだ。あのときは先輩と飛び上がって喜んだ。世話を焼いてくれたカナカ族の村人とお別れ会もやった。先輩が船に乗り込むのも見送った。間違いない」

なにしろもう七十年前の記憶だ。たとえ戦友会の代表としてさまざまなところで講演し、何百回と同じことを語ったことのある西東さんでも、とっさに聞かれれば不明瞭な点も出てくるだろう。

それでも、西東さんは断固として、自分とラバウルの戦地を駆け巡った伏間史郎は終戦まで生き延び、復員船に乗ったと断言した。これでは、外場の主張する入れ替わり説と矛盾が生じてしまう。

あくまで生き残ったのが里村吾郎でなければこの説は成立しないのだから。

「本物の伏間史郎氏は、西東さんのおっしゃるとおり、間違いなく十二月九日にラバウルを出港した。本来なら浦賀に上陸する予定だった。しかし、上陸できなかった」

「上陸できなかった？」

「船内で伝染病が発生したんです。それゆえ近海に停留ののち、パニックが起こらないよう名古屋港へ急遽向かうことになった。この船は十二月二十二日に名古屋港に到着、すぐに病人は近くの病院に収容されています」

「名古屋……」

そういえば、と西東さんが続けた。

「いつだったか南洋会の会合かなにかでお会いしたとき、復員船でコレラが蔓延したと聞いたことがある。それでもともと痩せていたのが皮と骨になって死ぬ一歩手前だったと」

「実際、本物の伏間史郎氏はそこで亡くなっています。伝染病で亡くなったため、遺体のままでは実家には戻せなかったようですね。この年のコレラ死亡者は五百四十名という記録があります。すぐに火葬しなければ間に合わないほどだったでしょう」

「そんな……、コレラって……」

「当時、ベトナムのハイフォンを経由した船や、広東からの引き揚げ船がコレラを運んだようです。一番初めの復員船は昭和二十年九月二十六日。伏間氏を運んだ船はベトナムを経由していた可能性が高い」

外場の視線を受けて、里村がさっとクリアファイルの中からホチキスで留められた書類を人数分差し出した。まるで外場の秘書のようだ。

「検疫上問題のある病人が飛行機内や船内で発症し、その後死亡した場合、法律によると、遺体は火葬にし、その遺骨は引き取り人に引き渡す。もし引き取り人のないときは行旅病人及行旅死亡人取扱法により処分することになっています。伏間史郎氏は名古屋で火葬され、骨となり、引き取り人を待っていた。そこへ、引き取り人がやってきた。正確にはまだ史郎氏が生きていると思って急いで駆けつけたご家族の方です。

この方はラバウルからの連絡どおり、浦賀で史郎氏の出迎えをするつもりでした。しかし史郎氏は現れない。さんざんたらいまわしにされて、やっと得た情報によると、史郎氏を乗せた復員船はコレラの集団発生のため、急遽名古屋へ入港したのだという。急いで名古屋にとって返したご家族は、そこで史郎氏の遺骨と対面することになった」

「…………」

「……信じられない……」

ふと里村のほうを見れば、薬局の前に立っているカエルの置物のように目を見開いて固まっていた。無理もない。

黙り込んでしまった姉に代わって、しゃべる係であるらしい満ツさんがありえない、ありえないと言いながらコピー用紙を握りつぶした。

「それが本当だというなら、いますぐここに証拠を出しなさいよっ」

「証拠と言えるほどのものではありませんが、根拠たる事実を二つほどご説明します」

荒ぶる親族衆に対して、外場は小憎らしいほど落ち着いている。まるでこの程度の修羅場はいままでいくつも潜り抜けてきたかのような風格である。

「ひとつは、昭和六十三年に伏間史郎氏がＮＨＫの番組でお話しになった内容です。

先生、あれを」

言われるがままに里村が新たなコピーを差し出す。

「こちらは数年前公開されていたホームページを印刷したものですが、内容はインタビューとほぼ同じです。こちらによると、インタビューに応じている自称伏間史郎氏は、昭和二十年の暮れに浦賀港に上陸、浦賀にあった重砲兵学校で復員したとあります」

「浦賀？　名古屋じゃないのか？」

嶺倉氏は言って、すぐにはっと顔を凍り付かせた。

「お気づきのとおり、このインタビューにはいくつか疑問が残ります。このとき氏はこう述べています」

――四年ぶりに日本に戻ってきた。浦賀からは富士が見えた。船が岸壁につくずいぶん前から、大ボリュームでラジオ放送が流れていた。

（歌う）〝静かな静かな里の秋　お背戸に木の実の落ちる夜は
ああ母さんとただ二人　栗の実煮てます囲炉裏端〟

「里の秋だね」

西東さんがうなずく。

「私も聞いた。あのころ日本中で大ヒットしていたんだ。この曲が日本ではやっていることはラバウルでも聞いて知っていたけれど、いざ内地が見えてスピーカーから聞こえてきたときは、涙があふれて止まらなかったものだ」

　春馬でも知っている童謡だった。子供のころに習った覚えがある。

「この歌なら、復員した兵士ならだれだって聞いて感動したはずだ。知っていてもなにもおかしなことはない」

「そうでしょうか」

「なに？　どういうことだね」

「この歌はそもそも、里の秋などというタイトルではなかった。この年の暮れに、日本放送協会が復員兵たちを励ます特別ラジオ番組を企画していました。番組内で流す歌を作るため、作曲家の海沼實氏に依頼した。しかし、それは急すぎる依頼だった。

　十二月二十四日・浦賀にも復員船がつく。その時に大々的に流してお披露目しようという日本放送協会の方針で、とにかく日数がなかった。そこで海沼氏は、個人的に受けとった斎藤信夫の手紙か何かから『星月夜』という詩を見つけ、これに曲をつけることにしたのだと思われます」

　だれも口をはさんではこない。ぽかんとした顔で外場が続きを説明してくれるのを待っているだけだ。

「曲は完成。もともとあった詩のうち、三番と四番は戦後に相応しくないということでカットされ、タイトルは星月夜から里の秋になりました。そして十二月二十四日、浦賀港に復員船が入る時刻に初お披露目。ほぼぶっつけ本番で歌手が生で歌うほどのせわしなさだったそうです」

「あっそうか、確かに変だね、それって」

春馬が顔をあげた。まだピンと来ていない察しの悪い人たちが、一斉に彼を睨め付ける。怖い。

「何がだ！」

「いや、だって本当の伏間史郎さんの乗った復員船は十二月の二十二日に名古屋港に戻ってきたんでしょ？　だったら曲はまだ発表されていないよね」

そのとたん、ハッと息をのむ音。めいめいが言葉をのみこんで漂う沈黙が広い居間を満たしていく。

「伏間史郎氏がほんとうに復員のときに〝里の秋〟を聞いたのなら、十二月二十四日以降でなくてはならない。実際に名古屋港でも、それ以降はヒットして日本中のラジオから聞こえてきたでしょうが、十二月二十二日に復員するときに流れてはいないはず。もし、復員するときにこの曲で迎え入れられたのなら、その人物は伏間史郎ではない」

「そんな、馬鹿な！」

「それだけじゃなんの証拠にもならないわ。だって七十年も前のことなのよ。お父さまは記憶違いしていたんだわ。それくらい当然でしょ。そんな昔のこと、勘違いだってあるでしょう！」

満ツさんがややヒステリックにわめきたてはじめたので、それをストップさせるために春馬は手をあげて発言を求めた。

「はい。待って待って。外場は理由は二つあるって言ったよね。ひとつはその復員の日付の問題として、もうひとつの理由ってなに？」

「聞きたいですね。私も」

志乃夫さんの目がくりくりと見開かれて、春馬よりはよっぽど当事者なのに、完全に高みの見物モードに入っている。

「復員した場所のみならず里の秋という曲の由来やら、お披露目された日にちやら、いったいどういうアンテナを張り巡らしていたら、伏間史郎が伏間史郎ではないという推論にたどり着くのか、さすが高校生ながら腕利きの戒名探偵と言われるだけはある」

腕利きもなにも、戒名探偵などという存在そのものが、彼、外場薫以外に聞いたこともないわけだが。

「いいだろう、聞こうじゃないか。伏間史郎が偽物だという二つ目の根拠を！」

元市長に促され、外場はやや面倒くさげに口を開く。その面持ちから、「帰れ」と言われるのを本気で待っていたような失望感さえ窺える。

「二つ目の根拠ですが、このインタビューで里の秋に言及している続きの部分です。奥様方のおっしゃる単なる記憶違いでないことの証明に、このときこの人物はかなり細かい部分にまで思い入れを語っているのです。読んでいただければわかると思いますが――」

それは、先ほど配られたインタビュー記事の続きだった。

――この曲はもともと、「星月夜」という長い童謡だったのです。それが里の秋になることによって、もともとあった後半がカットされた。あの歌にはほんとうは別の続きがあるのですよ。

静かな静かな里の秋　お背戸に木の実の落ちる夜は
ああ母さんとただ二人　栗の実煮てます囲炉裏端
明るい明るい星の空　鳴き鳴き夜鴨の渡る夜は
ああ父さんのあの笑顔　栗の実食べては思い出す

きれいなきれいな椰子の島　しっかり護って下さいと
ああ父さんのご武運を　今夜も一人で祈ります

大きく大きくなったなら　兵隊さんだようれしいな
ねえ母さんよ僕だって　必ずお国を護ります

ね。この三番と四番がね。里の秋になるとすっかり消えてしまっている。三番の歌詞も新しく作られた。もう戦争は終わったんだから相応しくないと、こういうわけです。昨日までの軍国主義はばっさり切り捨てて、急遽旅愁と望郷の歌に仕立てなおしたというわけです。

僕はこの三番と四番に思い入れがあってね。作曲者の海沼さんのファンで、よく雑誌で彼の作品を見ていた。復員してしばらく経って偶然、知人を介して会ってこの話を聞いたのです。だから、切り捨てられた部分こそ、もとのタイトルの「星月夜」だと思っているんですよ。いつか、日本人が戦中を冷静に振り返れるときがきたら、星月夜もフルコーラスでレコードにしてあげたいですね……

皆が読み進めば進むほど、その場の空気はどんどんと重く、集まった人々の表情が硬くなっていくのがわかった。

「この星月夜を作詞したのは、千葉県の小学校の教師だった斎藤信夫という童謡作家です。彼は教師をしながら童謡作家になるべく、雑誌への投稿を続けていました。こちらに資料があります。彼が昭和十六年の十二月に『星月夜』を作詞したいきさつを知ることができる記録です」

心得た里村がコピーを配る。なるほど、外場が国会図書館に出向いたのはこの資料のコピーを取るためだったのかと合点がいった。

「これを読むと海沼氏と斎藤氏の出会いは史郎氏の言及されていた『教師向け月刊誌』だということがわかります。しかし昭和十六年ごろ、伏間史郎氏ははたして、童謡雑誌を手に取るような立場にあったでしょうか。この雑誌は万人向けの大衆誌ではない。読むのは斎藤と同じように童謡作家を志していたもの、もしくは童謡に関わる仕事にあったもの、たとえば教師とか。そのような限定的な読み物であったはずです。そしてその雑誌を愛読していた可能性があるのは、もともと音楽が好きで昭和十六年当時パラオの公立小学校の教師をしていた、里村吾郎」

春馬は里村吾郎氏の略歴がまとめてあるファイルを見た。一番上が軍歴証明書だったが、めくってみるとその下が簡単な履歴書になっている。

（里村吾郎。大正九年静岡県焼津奥里村生まれ、父静夫（しずお）、母やえ、妹秀子（ひでこ）昭和六年死亡、焼津尋常高等小学校を卒業後、浜松(はままつ)師範学校に進学。昭和十四年に卒業し、パラオに赴任。昭和十九年現地召集を受け、十九年九月アンガウル島にて玉砕・戦死）

里村には年の離れた弟がいて、この弟がかろうじて家を継ぎ結婚した。その子供が里村先生の父というわけである。

「ここから先は完全な推論で、事実をご存じの方が否定されるのであれば僕としてもそれ以上どうこうしようもありません。とにかく本物の史郎氏は復員する間もなく、コレラにかかり名古屋で亡くなった。数日遅れてお身内が駆けつけたときには、死亡手続きが粛々と進められている最中だった。しかし、なんらかの意図によって、その遺骨の存在は無視され、その後里村吾郎のものとして里村家の墓に入った。里村吾郎はパラオで死んだことになったのです。そして本物の里村吾郎は、名古屋で死んだ伏間史郎として生きていくことになった。ここで重要なのが、いつ、どのタイミングで、そしていったいだれが、この入れ替わりを実行しようと思いついたのか、ということです」

「だけど、だけど……、そんなに簡単に入れ替わりなんてできるのか。そもそも西東さんは戦後、入れ替わった偽物の伏間史郎に会ってるんじゃないか」

元市長の疑問に、春馬もようやくその矛盾点に気づいた。そうだ。入れ替わるといっても、顔まで変わるわけじゃない。当時もう写真はあったし、在軍中に撮った写真などは残っているだろう。いまほど整形技術が発達していなかった時代、顔が違うと言われれば言い逃れはできないはず。

「どうなんだ、西東さん。あなたは戦中と戦後どちらの伏間史郎にも会っている。なのに気づかなかったのか。それとも偽物だと気づいていて、茶番に加担していたのか！」

嶺倉氏の口調がやや非難を帯びてきているのは、このとんでもない事態に彼自身ばつの悪さを禁じ得ないからだろう。

「どうなんだ、ラバウルのことはあんなに明確に覚えているのに、世話になった先輩の顔は忘れていたって言うのか！」

「馬鹿な、ありえないですよ！　入れ替わりなんて。私は伏間氏と何度も南洋会の広報誌で対談をした。何年寝食を共にしたと思ってるんだ。平時じゃない、戦場でだ。馬鹿にするな！」

「じゃあ証明してみせろ！　入れ替わってないならいいんだ。このガキが言い出したことがまったくのでたらめだって証明できれば。だいたい、こいつが……、入れ替わりなんて馬鹿なことを言い出したから……」

「本日、その南洋会の対談記事はお持ちですか」

顔色も変えずに、まるで法廷に陣取る裁判官のような口調で外場が言った。

「も、もちろん！」

「では、その記事をみなさんにお回しください、そして」

里村に目配せする。彼はいそいそとファイルの中からコピー用紙の束を取り出した。

「こちらで用意したものもありますので、どうぞ」

コピー用紙に印刷されていたのは、白黒の家族写真だった。両親と小さい弟とともに写っているものが一枚、それからもう一枚は別の家族と撮ったもの。さらに入隊したときの整列写真が複数枚。

「里村氏と伏間氏のもの、双方をまぜてありますので、分けていただけますか」

「えっ」

外場がテーブルの上に放ったコピー用紙の束を前に、西東さんは一瞬ぽかんとした。

「分けてみてください。西東さんならそこそこおできになるでしょうが、ほかの方には存外、難しいですよ」

言われてコピー用紙を手に取った西東さんは、一瞬分厚い老眼鏡の奥の目をすがめた。

「…………」

何度も何度も見比べては、いったん置きを繰り返す。その様子に元市長がイライラしながら身を乗り出した。

「どうした。なんでそんなに迷っているんだ！」

試しにテーブルの上を別方向に滑っていったコピー用紙を二枚とりあげ、見比べる。しかしその顔もすぐに西東さんと同じように困惑した。

「これは……」

もう一枚、もう一枚とコピー用紙を手繰り寄せる。しかし、困惑の色は隠せない。気になってそうっと手を伸ばすと、外場がもう一セットこちらに寄越してくれた。人数分用意してあったらしい。里村は娘姉妹やアドバイザー僧侶や奥園住職にも配ってまわる。だれもが飛びつくように見たが、身動き一つしない人もいた。

奥園乃り子。伏間史郎の妹のゴッドマザーだ。

（なんでも知っているって顔してるんだなあ）

十枚ほどが束になったコピー用紙をめくる。すぐに皆の表情の理由を理解した。

「あのさあ、これって、ほんとに別の人が写ってるの？」

いまの写真のような鮮明さはなく、大雑把な特徴しか写さない当時の白黒写真でも、特徴的な鉤鼻や日本人には珍しいくらいのくっきりとした二重瞼はごまかしようもない。どちらか一方がとびぬけて背が高いわけでも、低いわけでもないからさらに見分けはつきにくい。試しに四枚ほど横に並べてみたが、一見しただけではどちらがどちらかよくわからない。

（双子のようにそっくりってわけじゃないんだな。たとえば、ちょっと額の形が違うように見える。それから口元とか。でも帽子をかぶってるとほとんどわかんないレベルだ。二人ともそろってタレ目だからますます似てる印象を受けるんだなあ）

比較的新しいカラーの写真の伏間史郎（と名乗っていた人物）は、眼鏡をかけていてさらに区別はつきにくかった。

「こっちは私が写ってる。入隊後にニューブリテンへ転属命令が出たあとだから、まちがいなく史郎先輩だ。だから、こっちの写真は違うと思う。よく、似ているが……」

西東さんは信じられないとばかりに老眼鏡を外し、何度も首をふった。

「そちらの弟さんと両親と写っているのが里村吾郎氏。このときすでに妹さんは亡くなっています。里村先生のご実家に残っていたものを拝借しました。別の家族と写っている大所帯のものが名古屋で亡くなった伏間史郎氏のもの。のちに自称伏間氏が自伝を出されたときに使用されたもののコピーです。西東さんがおっしゃったとおり入隊後の写真のうち、こちらはニューブリテンへ転属になった新規配属兵のもの。そして別の集合写真はパラオの小学校で撮られたものです」

「小学校……」

「里村吾郎は長い間パラオの公立小学校で教師をしていました。そのときの写真が里村先生の実家に残っていました。時代は少しずつ違いますが、見比べてみてみなさんお気づきになったはずです。——似ていると」

返事はない。有無を言わせぬ物的証拠を前に、だれもが反論の余地を失ってしまったかに見えた。

「戦後、自称伏間氏としてはっきりと写真が残っているのは、昭和四十年代に入ってからです。実に二十年近く一枚の写真も撮っていない。このころすでにオータム・ヴィレッジは日本有数の大企業になっていたというのに。こまごまとしたものなら残っていますが、どれも鮮明でないのでわかりづらい。しかも伏間氏は戦後一貫して眼鏡をかけていますね。だいぶ近眼だったようです。西東さんにお聞きしますが、あなたがご存じの伏間氏は眼鏡をかけていましたか?」

「いや、我々は銃兵だったから、眼鏡の人間はいなかった」

「里村氏のほうは近眼で第二乙種合格だったようです」

嶺倉氏がジェネレーションギャップに悩む父親のような顔で首を振る。

「よくわからん。どう違うんだ、乙種じゃない合格もあるのか」

「第一乙種は矯正視力〇・八以上、第二乙種は矯正視力〇・六以上〇・八未満です」

「そんなに悪かったら銃兵にはなれないはずだ」

西東さんは言い、自分の発した言葉の意味にハッとしたようだった。

「いや、……だが、史郎先輩が目が悪いなんて話は一度も……」

「里村氏が徴兵された昭和十九年には兵力が足りなくなっていた。二十四歳と年齢もよかった彼はどのみち徴兵を免れなかったでしょう」

と外場は西東さんをフォローするように言ってから、改めて顔を上げ伏間の主たる人々に向き直った。

「僕が入れ替わりなどという荒唐無稽な可能性を思いついたのは、今までまったく外部に出ていなかった里村吾郎氏の写真を見てからです。仮説をたて、事実がこの説に沿うかどうかをひとつひとつ丁寧に積み上げていきました。その結果、出した結論は、やはり二人は名古屋で入れ替わっていたのではないかということです。しかし、いくら似ていても親族をだましきるのは難しい。復員の時点で史郎氏の母親と妹、つまりそこにいらっしゃる奥園乃り子氏はむろん生存している。里村家の両親は昭和二十年の終戦間際に亡くなっています。すでにこのころから、弟さん……、里村先生の祖父は奥里の寺に引き取られていたようです。そこで、同様に戦争で家族を失った子供たちとともに生活していた。その中の一人が乃り子氏の養女となり里村吾郎氏の弟と結婚した」

　里村がまた、コピーを配り始めた。まだあるのか、まだ出てくるのかと身構える一同。無理もない、外場によって語られる事実は、すでに彼らのキャパシティを超えてしまっているのだ。

「こちらは古い土地の登記記録です。大正九年。奥里村の土地の一部です」

「大正⁉」

「伏間家の持つ土地の名義の変更に際して補足事項が二行記されています。〝里村ノ祝儀トシテ〟。そのころちょうど里村吾郎氏の両親が結婚されていますが、ただの近所の家に結婚のご祝儀として土地を譲るというのはいきすぎな気がします。その直後に吾郎氏が生まれていますので、これはもう立派な理由があったとしか思えない。下世話な考え方をすれば、里村氏の母親が急いで結婚しないと伏間家にとってなにか都合の悪いことが起きた」

外場は遠回しに言っているが、つまりは妊娠させてしまった、とかそういうことだろう。

（な、なんだかここにきてやっぱりミステリーあるあるな展開になってきた！）

端で黙って聞いているだけなのに、思わぬ成り行きに胸がどきどきする。

「そ、そんな確たる証拠もなく適当なことを言うな。だいたい、いまさらおじさんのお父上のことなんて昔のことを掘り返して何になる！」

「大いに意義がありますよ。なぜ里村吾郎が地元で就職せず、わざわざ家族を置いてパラオなどという遠い地で就職したのか。そしてなぜ、入れ替わりを思いついたのか。

とんでもないことなのは本人も重々わかっていたはず。それでも入れ替わりを実行するだけの意義が里村吾郎にはあったと考えるべきです。もし彼が伏間家の非嫡出子であれば、彼がどれだけ静岡の片田舎で居心地の悪い幼少期を送ったのか、そして自分自身を死んだことにしたかったのかがよくわかる」

「…………」

「記録では奥里村の稲荷神社の神職が、このころ里村家に移っていますね。ああいった田舎の小さなお社の神職は地主や土地のまとめ役が兼ねることが多い。ということは、このころはすでに里村家は伏間の家の単なる小作人ではなくなっていた可能性が高いのでは。土地のことは秘されることが多いので部外者にはわかりかねますが、もともと里村はずっと以前から伏間家の分家の分家格だったのではないでしょうか。なにしろ小さな集落のことですし」

誰も口を開かなかった。

「分家の分家か、分家の分家の分家かわかりませんが、跡取りに嫁をもらうのに、先に私生児がいては都合が悪かった伏間家にとって里村家が、こういった話のつけやすい相手だったというのは間違いなさそうですね」

「…………」

（そうか、だからこの二人はこんなに似てるって話にもなるのか）

春馬はしみじみと写真の顔を見比べた。赤の他人同士がここまで似ることはめったにないだろうが、それも何百年と続く旧家とその分家で異母兄弟ならば話は別だ。焼津の奥里なんて田舎では当時から狭い地域内の交流しかなかっただろうし、下手をすると村全員が遠い親戚の可能性もある。

「じゃあ、あんたは伏間史郎と里村吾郎がもともと兄弟だったっていうのか。だから似てて当たり前だと」

元市長が言った。皆春馬と同じ結論に達したらしい。

「もちろん、全ては憶測にすぎませんし、本当のところをご存じなのは当時生きておられた方でしょう」

彼は相変わらずどこを見ているのかわからない顔だったが、そのほかの人々の視線は自然とある人物に注がれた。

(まあ、そうなるよね)

車椅子に座ったまま、出された茶にも菓子にも資料にも手をつけず、じっと地蔵のようにたたずんでいるゴッドマザー、奥園乃り子のもとに。

「おばさま……、本当なの。お父様がお父様でないなんて、あの子の言っていることは真実なの？」

「乃り子おばさん、知っているなら話してくれ。我々もこのままでは帰るに帰れん」

「…………」

　さも当然のごとき石像の沈黙で、ゴッドマザーはそれらの懇願を無視した。

「黙っているということは本当なのか。ほ、ほんとうに伏間のおじさんが里村吾郎で、本物の伏間史郎はとっくの昔に死んでいたなんて！」

「教えて、おばさま！」

「この場所にあんな他人を呼んだのはそのためか。もし入れ替わりが本当なら、オータムを起こした伏間史郎の出自は里村ってことになるから……！」

　まるで掛け声でもかけたかのように、一同の視線が方向を変えて今度は里村に注がれる。急に注目を浴びてしまった彼は驚いてまごつき、完全に尻込(しりご)みした様子で、

「えっ、僕っ？」

「だってそういうことでしょ、先生もそれなりの遺産を受け継いでもいいことになるんだよ。外場の推理が確かなら、伏間家は里村家に対して恩義があるってことにならない？」

「そ、そうなのかな」

「そうだよ。本当だったらわざわざ入れ替わりなんてせずに、堂々と里村吾郎の名前でレコード店を始めたってよかったわけじゃない？　そしたらいまごろ世界中に知られていたのは伏間の名前じゃなくて、里村だったたってことだよ。センセーは血のつな

がりのない遠い親戚じゃなくて、実の弟の孫ってことになる。立派な近親者だよ。つまり遺産を受け取る資格がある」

遺産、という言葉にその場の空気が一瞬で変わるのを感じる。みんないろいろ理由をつけて集まってきてはいるが、どんな大義名分を掲げていても目的は伏間史郎の遺産、ただ一つなのだ。

空気が若干悪くなったところで、パンパンと手をたたく音がした。

「はい、いろいろ意見が出そろったようなんですが、外場さんのお話が若干込み入ってましたので、ちょっと整理しますね」

志乃夫さんの健康的な声に、よどみかけていた場の雰囲気がやや持ち直す。

「時系列的にいうと、まず肝心なのは大正九年に印南やえさんが里村静夫さんに嫁がれたことですね。半年後に吾郎さんがお生まれになってます。伏間史郎さんはその一年後の大正十年生まれですね。外場さんの仮説が正しければ、二人は異母兄弟ということになります。みなさんご存じのとおり奥里村は狭い集落ですから、みんな元をたどれば親戚の可能性もある。ましてや父親が同じで歳も近ければ似ていても不思議ではないでしょうね」

(奥里村って、そんなに山の中なのか)

焼津というと漁港のイメージしかなかったので、春馬はグーグルマップで奥里村を検索してみた。すぐにサムネイルが出てきたのでプレビューでみると、どれも映画のセットかと驚くほど古い町並みが残っている。

（正直、焼津にはエビのかき揚げのイメージしかなかった……。山もあるんだ）

その里の集落も大きいものではなく、周りは見わたす限りの深い緑。ミカン畑、茶畑が続く。その先は険しい峠道だ。奈良時代から続く古い東海道沿いには、いつごろからあるかわからない苔むした石像がぽつんぽつんと建っており、門の奥の母屋らしき建物にまで引かれた細い電線が、かろうじてここが平成の世になっても現役の町であることを教えてくれる。

今時水車や長屋門なんてお目にかかることはほとんどないから、焼津にこんな古い町並みがあるなんてと正直驚いた。

「お二人は運よく終戦まで生き延びた。お二人の間にどういう交流があったのかはわかりません。外場さんの言う通り、里村さんが郷里に居心地の悪さを感じてパラオで職に就いたのなら、あまりポジティブな関係ではなかったのでしょう。そして終戦」

志乃夫さんは二枚の写真のコピーを並べてずいっと手で押した。

「先に帰国した史郎さんは、名古屋の病院で死亡。一方時を置かずしてパラオから帰国した吾郎さんは、なぜか浦賀から名古屋まで行き、わざわざ伏間史郎さんの死を確認している。とくに親しい間柄でもないのに、なぜ。そしてあの混乱時にラバウルから史郎さんが同時期に復員していると、どうして彼は知っていたのか」

「——迎えがあったんだよ」

その答えは、だれもが思ってもいない人の口から発せられた。

「乃り子おばさま……」

姉妹がそろって表情をハッとさせた。ここにきてついにゴッドマザーが重々しい口を開いたのだ。

（き、キタ！　最終的に長老が隠された村の真実を語りだすターン！）

クライマックスに突入した感満載の展開に、この場が戒名を選ぶ場であったことなどすっかり忘れて興奮してしまう。

「私が迎えにいったんだよ。あのころ、もう奥園に嫁いでいたけど、住職をしていた夫を亡くしたからね。母は肺に腫瘍ができて危篤状態だった。だから、ラバウルから史郎兄さんが復員するという連絡を受けて急いで浦賀へ行った。奥里には、当時焼津の町から大勢が疎開してきて、空襲でやられて身寄りのなくなった子供らが寺に大勢住んでいた。上から見ると完全な茶畑だったから、アメリカさんも爆弾を落とす気にもなれなかったんだろう。うちはほとんどやられずにすんだね」

まるでラジオドラマの語り部のように、淡々と語りだす。

「ラバウルから兄さんが戻ってくると連絡が入ったのは、たまたま焼津の漁師組合の方が先に負傷兵として戻ってきていて、兄の乗る船のことを知っていたから。それで急いで浦賀に向かった。母は兄に会いたいという思いだけで生きていて、兄が帰ってくるとわかって、お百度を踏んだ甲斐があったと裏の観音堂に水行までしに行ったよ。もうほとんど死人のようだったんだけれどね。あれは執念だね。浦賀に行って待ち構えて、すぐに兄を連れて帰って、母を安心させてやりたかった。伏間の家の男はもう兄しか残っていなかったから、兄がいないと家は絶える。だけど、いくら待っても兄さんは帰ってこなかった」

船内でコレラが流行って、急遽船が名古屋へ向かったからだ。乃り子さんは浦賀で待っても船が着かないので途方にくれていた。そうこうしているうちにパラオからの復員船が十二月二十四日浦賀に着く。その船には里村吾郎が乗っていた。

「本当に偶然だった。むこうも私の顔を見て驚いていた。吾郎さんに浦賀の復員施設だった兵学校に問い合わせてもらって、史郎兄さんの乗った船が名古屋へ向かったことを知った。二人してそのまま名古屋に向かった。兄はまだ生きていた。でも結局話をすることはできなかったね」

「それで……」

「それで、二人して相談して史郎兄さんを死んでいないことにした。死んだのは別のだれかとするために、ベッドを入れ替えて、寝間着も替えてね。コレラの病棟はみんな怖がって人も立ち寄らなかったから案外簡単だった。空いていたベッドに兄の遺体を移して、身寄りのないだれかが死んだことにした。吾郎さんは兄のふりをして回復したように見せかけて、復員届を出して。母には兄が戻ってきたと告げた。母はそれで安心したらしく、すぐに亡くなったよ」

死んだ本物の伏間史郎の遺体はどうしたかというと、きっちり名古屋で火葬してもらって骨だけは持って帰ったらしい。

「隣のベッドで寝ていた兵隊さんの名前を言ってね。あの兵隊さんが死んだのかどうかはわからないけれど、管理していた人は手違いですませただろうね。そんなこといちいち気にしているような状況じゃなかったよ。生きているならだれでもよかった。せっかく戦争を生き延びたのに内地についたとたんコレラで死ぬなんて、運がいいのか悪いのかわからないねって」

「なんで、入れ替わろうなんて」

「吾郎さんが死んだら恩給が出たんだよ。学校の教師だったから。だけど兄さんは軍歴が足りなくて、死んだって一銭も出なかった。死に損だったから、私のほうからもちかけたんだ。死んだのは吾郎さんのほうにできないかって。そしたら恩給が出るし、あんたの弟も学校に行かせられる。うちの土地だってなにもかもあんたのものになるよって。兄さんの遺体を挟んで手短に話したのを覚えてるよ。このままだと線香代だって出やしない。そのほうがお互いにいいだろうって」

途端に生々しい話になってきた。思わずごくりと唾をのんでしまう。

そして、乃り子さんの提案を呑んだ里村吾郎は、戦後のどさくさで伏間史郎と入れ替わった。しかし奥里に帰ればさすがに正体が露見するだろう。もともと二人が異母兄弟でよく似ていることは郷里では知られた話である。

里村吾郎は死んだ自分の恩給を握りしめて東京へ出た。そして、伏間の土地を売って奥園乃り子が用意した金で、渋谷に中古レコード店を出したのだ。

それが、いまのオータム・ヴィレッジのはじまりだった。

「じゃあ、本当なんですか。本当におじさんは入れ替わって……。伏間史郎ではなく」

「伏間史郎として生きたほうが長いだろうけれどね」

さらっと認めた。緊張感が走る。特に実の娘たちは動揺を隠せないでいるようだった。

「じゃあ、私たちの名前も……」

「本当は里村ってこと？」

淡々と語られる真実を一同が神託でも受けるような神妙な顔で聞いている。一躍フィーチャーされた苗字の持ち主である里村はといえば、十分前と同じカエルの置物のごとく目を見開いて息をしていない。

（返事がない、屍のようだ）

いま明かされた衝撃の事実に、里村以外の親族たちがヒソヒソと顔を寄せ合って話す。どの顔も、たとえ外場の推理がゴッドマザーに太鼓判を押されたとしても、容易には受け入れがたいという表情だ。

（まあ、それはそうだろうなあ。あの人たちにとってみれば、いままで何十年も信じてきたことを一瞬でひっくりかえされたわけだし）

春馬はと言えば、ここに至ってゴッドマザーが真実とやらを語りだした理由はなんだろうと考えていた。

（ゴッドマザーにしろ、伏間史郎にしろ、いままで言わなかったことを、なんでいまわざわざオープンにしようって思ったんだろ。ここは伏間家のプライベート空間だし、俺たちがいまここで集まっていることを知っている人間なんてほとんどいない。たかがいち高校生の推論なんて、大企業の権力をもってすればどうとでも握りつぶせる。公共の場で外場に外堀を埋められて観念したって感じでもないのに）

まだ肝心なことはなにひとつオープンになっていないような気がした。

里村吾郎の入れ替わりにはまだ理由がある。そんな気がする。伏間史郎とそこから目を逸らすために、あえて真実の一つを大仰に語ってそれがすべてだと思わせるような進行のテクニックを感じるのだ。もし春馬の勘が当たっているとしたら、この会議のすべての絵を描いているのは、この乃り子さんと――

（志乃夫さん）

興味深そうに目をきらきらさせて話を聞いているふりをしているが、あれもきっと芝居だ。彼はとっくに真実を聞かされているはずだった。いまこの場を監視している偽の伏間史郎、その共犯者奥園乃り子の望むように、場をコントロールしている。

（だれもおかしいとは思わないのかな。そもそも、乃り子さんと会う前に元の里村吾郎は浦賀で復員しているはず。どのみち恩給はもらえない。本当に里村吾郎の恩給目当てだったとしたら、里村吾郎は復員してはいけないはずなんだ）

彼は浦賀で乃り子さんに会っている。そのまま名古屋までつきあって異母弟に会いにいったのも不自然だ。そこまで親密な仲なら、そもそも里村吾郎が郷里を敬遠してパラオに行く必要がない。

（恩給だけじゃなくて、目当ては伏間の家の財産だったとしても、そもそも里村吾郎を書類上殺す必要はないんじゃないの？　だって外場の推理じゃ、里村吾郎は伏間史郎の異母兄で、伏間の血を引いていることは集落ではみんな知ってるレベルのはず。異母兄が帰ってきました、伏間家が断絶しそうなので養子に入って跡を継ぎました、でもなにもおかしくはないんじゃあ……）

終戦直後の混乱期は、どの家も跡取りを失って断絶の危機にあっただろう。その辺にこだわりのあったろう史郎の母親は他界しているのだ。あとをどうしようがだれも文句はつけられなかったはず。

（それとも、外の子には絶対に跡を継がせないとかいう一筆でも残していたのかな）

答えを求めて外場を見ると、完全に顔から表情を消してしまっている。まるで、この場をどうこうしようという気はない、と態度で示しているかのようだ。

（外場が遠慮してるっていうか、ここまで気を遣ってるのを見るの、初めてだ）

それくらいにセンシティブな問題だとしたら、いくら真相が気になっても春馬ごときが空気を読まずに発言するのは大変にまずい。

いつの間にか場は静まり返り、発言する者もいなくなっていた。皆どうしていいやらわからず居心地悪そうに視線を落として沈黙に耐えている。明らかになった事実の重さと大きさを前に、己のキャパシティでは受け止められないと感じているのだろう。

第一、そんなことをいまさら明かされても親族としては不都合でしかないのだ。どうせなら、墓までもっていってくれたらよかったのに、皆そんな顔をしている。

沈黙を終わらせたのは、この場を取り巻く疑念を生んだ張本人だった。

『そこまで』

伏間史郎の声が響いた。

「おじさん……」

「お父様」

『みなさん、ご苦労でした。生前戒名を用意するかどうか迷っていたが、私の中で迷いが晴れた。貴重なお時間とご足労をいただき感謝します』

それだけ言って、再びネット通信は切れた。いつのまにか使用人の長谷部さんがテーブルの端に立っていた。なにやら厚めの封筒を束にして持っている。

「こちらは旦那さまより、お車代と心ばかりの謝礼でございます」

皆、封筒の厚みを注視していた。お車代と言って出される金額ではないことは一目でわかった。

「中に航空券のチケットが用意してございます。もしご都合がよろしければ、この年末年始はパラオのリゾートでお過ごしいただければと」

「パラオ⁉」

「旦那様は昨年度よりパラオにご滞在です。年越しにはオータムレコードジャパンが主催するワールド・アーティスト・コンペティションの最終選考イベントが、弊社が所有する島にて開催される予定でございます」

「あっそれって、もしかして」

新聞の一面で告知されていた記事のことだ、とわかった。オータムグループ創立七十周年を祝う一大イベント。この時のために世界中から有名無名のアーティストたちが何度も地域別オーディションを潜り抜けてきた。その本選会場はまさかのパラオだという。

「もしかして、それに呼んでもらえるんですか?」

「ここにいる皆様のお席だけではなく、滞在中の費用すべてを含めたご招待をさせていただきます」

と言ったのは長谷部さんではなく、春馬たちがここにやってきたときからおそらくこの成り行きを予測していただろう志乃夫さんだった。

「それで、肝心の戒名は……」

「会長が直々に発表されると伺っています」

その言葉に血相を変えたのは娘姉妹で、

「ま、まさか、お父様はこのことをオープンになさるおつもりじゃないでしょうね!」

「このこと、とは」

「そ、それは、だから……」

二人が口ごもったのも無理のない話だった。あの伏間史郎が実は伏間史郎ではなかったなどということが表ざたになれば、彼女たちの身辺も急激に騒がしくなるはずだ。

連日テレビで取りざたされるだろうし、会社にも悪い影響を与えかねない。そうなればば彼女らが相続する株自体の価値も急落する。

(そうかあ、あのおばさんたちは、万が一にも自分たちの父親が他人の名前を騙っていることを口外してもらっては困るんだなあ)

ここにいる人間のほとんどは、おそらくすでにオータムグループの株主だろう。相続する財産も株券だとしたら、伏間史郎の遺言に、株を譲渡する代わりに向こう何年かは売却を禁じるような条件を付帯している可能性が高い。そうなれば、たとえ真実がどうであれこの場にいる人間はそろって口をつぐまざるをえなくなる。

この中で伏間の恩恵を受けていないのは、部外者の外場と春馬だけだ。そして外場がこの真実に気づいてしまった以上、あのまま彼の戒名案を無視してこの場に呼ばないわけにはいかなかった。放置しておいては、彼が気づいた入れ替わり疑惑をいつどこでばらされるかわからない。

ならばいっそどこまで気づいているかを全部話させ、遺産を守りたい身内に監視させるほうが安全だろう。

(うーん見事だ。いったいだれが考えたリスクマネジメントなんだろ)

春馬は先ほどから、いやこの席についたときから場を支配していた人間のほうを見た。志乃夫さんは笑っているが、恐ろしいことにこの話し合いが始まったときと表情がまるで同じだ。

（ま、当然リスクヘッジのプロっていうか、顧問弁護士の提案だろうけど）

あの不遜な外場がこの屋敷についてからどことなく遠慮がちなのも、このセレブな会合が、実は真実を知ってしまった自分を追い込むための包囲網だということに気付いているからに違いない。

まるで遊びの誘いに来た小学生のような口調で志乃夫さんが言った。

「会長がどのようなお考えをもっておられるかは、ぜひ会長ご自身にお聞きください。幸運にもこの場にいらっしゃるみなさんは、会長直々に南国の祭典へ招待されているのですから」

そうまで言われると、皆これはもう行くしかないというようにそれぞれ顔を見合わせた。ここで正解を聞かずにゲームを降りるのはもやもやが残るし、親族としても是が非でも真相を知りたいところだろう。

「それならば……」

「まあ、おじさんからご招待されているわけですし」

あまりにも皆が行く気なので、まったく関係ない部外者もパラオのイベントまで乗り込むしかない空気になった。いやどちらかというと、ここまで来たらお前らも道連れにしてやるという意図を感じる。

「外場はどうするの？」

「……見てわかりませんか」

この場合、当然志乃夫さんの外部圧力的な誘導のことを言っているのだろう。さらに言えば、さっきから救いを求めて涙目で外場を見つめている里村の存在が。

（ゲームは続く、か）

この騒動から春馬たちは逃げられない。いま逃げても無意味なだけだ。相手は世界的企業の創業者一族である。彼らの抱える財産と自分の命を天秤にかけられるとも思えない。

春馬たちに残された道は、パラオで伏間史郎本人に命乞いすることだった。どうぞこの秘密はあなたが亡くなったあとも墓まで持っていきますから、殺さないで、と懇願して、一筆したためてもらう。そのためにはパラオに乗り込むしかない。

嗚呼なんてこと。まったく縁もゆかりもない華麗なる一族の火サス展開を無責任に楽しむはずが、まさか一生つきまとわれてもおかしくない秘密を抱えることになろうとは。

「ま、しゃーない。行くかあ」

「しか、ないようですね」

二人して腹をくくった。なにごとも、興味本位で首を突っ込んではいけないという教訓は正しかったのだ。

「ま、でもパラオは初めてなんで楽しみだよ。なんてったってタダだし、お祭りだし。正月に南国なんてすっげえセレブ感ある。外場もややこしいことは忘れてバカンスのつもりでいればいいんだよ。何ごとも楽しんだもの勝ちだっていうじゃん」

のんびり言うと、ポジティブ慕何の恐ろしさを思い知ったのか、外場が心底信じられないという顔をした。

＊＊＊

年末年始は坊主も走ると言われているが、現代においてはそうでもない。ただ、寺の敷地だけは一般家庭よりも広く、かつ、お堂の天井は吹き抜けであることが多いので、ひたすら根気よく掃除が必要になる。そんな忙しい時期にパラオに行きたいと言っても、あの哲彦が許すはずがない、と思っていたのだが、意外にあっさりと旅行の許可が下りた。俺が哲彦ならこの機会に世界に名だたる伏間一族とお近づきになりたいと思うはずだ。

(奴の気持ちが手にとるようにわかるぜ……)

驚いたことに完全なる異分子である我々にも、なんとビジネスクラスの航空券が用意されるという。パラオに着いたら早々に消されるかもしれないという恐怖はふっとび、遠足に向かう小学生のような気分で成田空港へ向かった。所詮春馬はポジティブ募何なので、考えてもしかたのないことはなるべく考えないように脳が勝手に活動を制限するのである。

「ビジネスクラスなんて最初で最後かもしれないんだし楽しまないとね。いまからどんなご飯が出てくるか楽しみだなー」

どれほど美味しい料理でもてなされたとしても、冷静に考えれば地に足をつけて食べたほうがよっぽど安価のはずなのだが、脳がハイになっているのでそんなことには思いも及ばない。

「ほら、里村センセーも結局行くことになったんだから、いいかげん楽しめばいいじゃん」

「そ、そうは言ってもね」

搭乗口で再会した里村の顔色はよくない。鎌倉での一件以来、里村はすっかり臆病風に吹かれてしまい、学校で顔を合わせてもいつもため息をついている。思ってもみなかった事実と、実は伏間史郎と深い縁があることが判明し、急遽正当な相続人として認知されたため、伏間の親族から敵視されているのではないかと不安なのだ。

「どうしよう、この飛行機が落ちたら……」

「一族郎党全員億万長者のロスチャイルド家とかならまだしも、伏間家レベルの一介の親族のみなさんにそんなことできるわけないじゃん。だいたいその程度で飛行機を落とせるなら、世界中で飛行機が落ちて航空業界パニックになってますって」

現に里村からすべての事情を聞いているはずの彼の妻は、妊娠中にもかかわらず子供を連れて先にパラオ入りしている。費用はすべて伏間家負担、世界的な規模で行われる音楽祭とあって、日本から同伴のシッターをつけ、南の島を満喫しているらしい。奥さんのほうがよほど肝が据わっている。

「もうここまで来ちゃったんだから悩んだってしかたないですよ。それよりビジネスシートを楽しみましょ。俺初ビジネスのサービスすっげー楽しみにしてたんですよ」

思った通り、ビジネスクラスのサービスはすごすぎた。搭乗時刻になると真っ先に通され、広々としたシートに腰を下ろすと、すぐに満面の笑みでフライトアテンダントがウエルカムドリンクをもってきてくれる。時間になればシートを倒してベッドの用意までしてくれるのだ。

(これが格差か)

いままでそれなりにリッチな子女が通う学校にいたから、両親や親族の経済状況は、食べ物や居住区などによって身の安全に直結するということは知っていた。しかし、ビジネスクラスでの居心地、そしてスタッフの対応は春馬が都内の一流ホテルで味わったようなものと比べて、そこそこ程度の差ではない。何をするにも笑顔全開で話を聞いてくれ、喉が渇いたと言えばドリンクリストとワゴンサービス、皿付きで出てくるフルコースのフレンチ。さらに無料Ｗｉ－Ｆｉつき。過剰なまでの丁寧さでコーティングされたサービスのオンパレード。小学校の給食のようにトレイを渡されてはいおしまいではないのだ。

帰りはエコノミーか、それとも貨物扱いになってるかもしれないな……と思いながらあれこれ触っていると、機体が安定してフルコースの料理が出てきた。繁忙期しか日本からの直行便はないらしいが、いまは年末。お正月を暖かい南の国で過ごそうという日本人も少なくない。春馬の乗った便は見たところ満席だ。

（なんてことだ。この世にこんな甘い水があることを知ってしまうとは）

世の中にはさまざまな収入格差が存在するが、いったい年収がいくらあれば富裕層なのかはっきり決まってはいない。そんな線は目には見えない。だが、ここにあった。ビジネスクラスをためらいなく利用できるという条件こそが、一般人と富裕層を分けるものさしに違いない。

ちらりと外場のほうを見た。彼は搭乗時刻ぎりぎりで現れ、春馬のようにビジネスシートにははしゃぐことも当然なく、ただそこに座って文庫本を読んでいた。なにを読んでいるのかと聞けば、

「中島敦の『南島譚』」

だという。

「へえ、知らない」

「君だって『山月記』くらい読んだことあるでしょう」

「あっ、あの虎になっちゃうやつ？　それなら知ってる。けど、なんで今？」

「中島敦と今の伏間史郎はほぼ同じころにパラオに赴任しています。中島は南洋庁の職員でパラオで教科書を作る仕事をしていました。体調を崩して本土へ戻り、持病の気管支喘息が悪化して亡くなったのです。もしそのままパラオでのんびり教科書を作っていられたら、もっと長生きしてすばらしい小説を書き、芥川賞を取っていたでしょうね。もっともこの本によれば中島は暇さえあればせっせと南洋の小島を巡っていたようなので、そのうち過労がたたって死んだかもしれませんが」

驚いた。なんと、あの小説家にそんなパラオにかかわるドラマがあったとは。

「伏間史郎、いや、里村吾郎と会ったことはあったのかな」

「狭い島ですから、面識くらいはあったのではと思いますね。歳が少し離れていたのと、中島は極度の人見知りで友人はほとんどいなかったとあるので、特に親しくはなかったでしょう」

「へー」

四時間半はあっという間にすぎた。午後の便だったので出てきた食事をうまいうまいとがっつきながら食べ、調子に乗ってアイスをおかわりして映画を見ているうちに、気が付けば機体の降下が始まっていた。

日本とほぼ経度が同じなので時差はなく、到着したときは夜だった。南国のからっとした風ではなく、日本の夏によく似た湿気を帯びたむうっとした空気が漂っていて、そのことを指摘すると外場が、「まだ雨季かもしれませんね」と言った。日本の冬はパラオでは乾季に入るらしいが、近年徐々にずれが生じているそうだ。

「すごいな、こんな時間までカメラがいる」

小さな空港のそこかしこで、外国のテレビ局らしいカメラが回っている。さまざまな国の言葉がとぎれとぎれに聞こえてくる。行きかう人々の荷物も、一目でギターなどの楽器だとわかる大型なものが多く、カートの間を縫うようにして外へ向かう。春馬でも知っている外国のメディアのカメラもいて、オータムグループのオーディションは世界規模でニュースになっているようだった。

「まさに、伏間史郎最後の事業といったところですね」

日本からろくに口も開かず、イヤホンで耳栓をして己の世界に没入していた外場も、大型イベントを控え世界中から続々と集まってくる人の熱気に、なにか思うところはあったらしい。

オータムグループとパラオの国旗双方がデザインされた旗がそこかしこに揺れている。関係者たちはこの音楽祭のロゴマークの入った腕章をつけ、キャップをかぶり、Tシャツを身に着けている。国をあげての協力態勢というのは、会社側の誇張ではないようだ。

(いまここにいる人たちは、なんで日本の企業がわざわざパラオでイベントをするのか疑問に思わないんだろうか。思わないんだろうなあ)

伏間史郎の半生を知ってしまった今は、彼がなぜパラオにこだわったのか理由は手に取るようにわかる。否、わかっているつもりでいる。わざわざこんな大掛かりな音楽祭を異国の地で開催するほど、彼はこの地に並々ならぬ執着を感じている。もっとも本当のところは本人の口から語られないかぎり知ったことにはならないのだが。

(伏間史郎は、もしかして、パラオで死ぬつもりなんだろうか)

日本から遠く離れた南の小さな島国で、オータム・ヴィレッジという巨大な帝国を作り上げた王の終焉(しゅうえん)がはじまろうとしている。どんな理由があったとしても、彼が不幸なことに本当の自分を捨て、他人としての人生を歩まなければならなかったのは事実だ。だとしたらこの音楽祭は、七十年間生きてきた偽りの人生を捨て、七十年前に葬り去った自分を取り戻すための儀式なのだろうか。

言い換えるなら、生前葬、の、ような。

（もしそうなら、伏間史郎はこのイベントですべてを公表するつもりなんじゃないだろうか……。七十年なんて途方もない時間だ。伏間史郎は、いや里村吾郎はいったいどんな気持ちで生きてきたんだろう。いったいどんな気持ちで、このイベントを、自分の葬式の準備をしてきたんだろう）

そう考えると、里村の緊張もわかる気がした。

結局彼はこわばった顔のまま、コロール一の高級リゾートホテルで待つ家族のもとへ案内されていった。ホテルには元焼津市長の嶺倉氏の姿もあった。家族らしい人々とラウンジで食事をとっていたから、ほかにも招待されている人がいるのかもしれない。

春馬はと言えば、外場と同じ部屋にされなかったことに、さすが世界の伏間家のご招待だと妙に感心しながら、家の布団のように寝入った。己の安眠を脅かされる境遇に慣れ切っているため、横になればすぐに眠れるのが春馬の数少ない特技なのだ。

ドオンと大きな破裂音がした。窓の外のメイン会場では前夜祭が始まっている。正月までのカウントダウンも始まり、選考結果が発表されるつど、歓声とともにいくつもの花火があがっているのだ。

ふと、この国には永遠に冬が来ないということに気づいた。

（そうかあ、常夏、だから……）

それもまた心地よいまどろみの中に溶けて、すぐになにも考えられなくなった。

ホテルにいる間は気づかなかったが、パラオは十二月でもかなり暑くなる。ホテルの部屋を出てレストランへ向かおうとしたとたん、あまりの日差しのきつさに息をのんだ。外がじりじりと皮膚が焦げ付くようなのだ。

(ひえっ、フライパンの上の目玉焼きになった気分)

「やあ、みなさんおはようございます」

志乃夫さんがイベント用のロゴTシャツに長つば帽という完全に南国スタイルで迎えに来た。アヒルのくちばしのような形をしたリムジンに朝食を済ませた春馬と外場、それに里村が合流すると、移動しながらスケジュールの打ち合わせということになった。

「昨夜はゆっくりお休みになれましたか？」

「はい。ぐっすりです」

「それはよかった。こちらは十二月でも暑いのでまめに水分を補給してくださいね」

全員、登山できるような格好で来てください、と言われたとおりの軽装である。ペットボトルの水とタオル、つばの大きい帽子と虫よけ、日焼け止めを各自渡された。

ふと見ると、外場は真っ白な日よけのパーカーに首元にはタオル。スニーカーに明らかに登山用のリュックという完全防備だ。これからどこへ行くか、どんなことが待ち構えているかとっくに承知という風情である。

「これから、少し南へクルーザーで移動します。現地についてからは別にガイドがつきます。パラオの法律で、ガイドをつけないと上陸できない島がいくつかあるのです」

「志乃夫さんは、同じホテルではなかったんですか？」

いうと、にこっと口の端だけで笑った。

「私たちはコロールに近い島にいました」

伏間家、もしくはオータム・ヴィレッジが所有する島ということらしい。そうですよねと内心納得するしかない。

(あの伏間史郎が、よりにもよって自分とこの音楽イベントの参加者であふれかえってるホテル暮らしなわけないよな)

「この車でマラカル島まで行きまして、そこで船に乗ります。目的地まで高速船で一時間以上かかりますので、船酔いをする方には酔い止めを渡します」

「目的地って？」

「それは、行ってのおたのしみ」

ふふふ、と笑われてしまい、里村が目に見えて表情を凍らせる。

（やばい、このまま俺たち無人島に連れされてジャングルに埋められるのでは⁉）

ちょうど三人が日焼け止めを塗り終わったころに、リムジンは大きな橋を渡って対岸の島へ入った。平凡なたとえだが、セルリアンの絵の具を溶かしたような海の青さが目にまぶしい。

ペンキ塗りたての大型クルーザーには先客がいた。伏間史郎の娘二人と、嶺倉氏、それにラバウルの生き残りの西東さん、先だって鎌倉のお屋敷で顔を合わせた四人である。里村を見ると、娘姉妹はそそくさとソファから立ち上がり、

「あら、いらっしゃったのね」

「奥様はホテルのビーチかしら。身重なのに大変ねえ。なにかあったら遠慮なくおっしゃって」

と、やけに親し気に話しかけてきた。あの様子ではホテルで一度顔を合わせているようだ。

嶺倉氏は黙って会釈のみ、しぶしぶ同行した顔つきである。伏間氏の出自が明らかになった後だからか、鎌倉に呼ばれたときほどの拒絶感はなく、なんとなくみな里村や春馬たちを受け入れようと努力しているような雰囲気を感じた。

一方西東さんはしきりに海ばかり見て、あまりのまぶしさに目を細め、それでも見るということを繰り返していた。

「懐かしくてねえ。パラオにはラバウルに向かう前に寄っただけだから、もうかれこれ七十年ぶりになるのかなあ」

「南洋会のみなさんは、こちらにはいらっしゃらなかったんですか」

「寄付があるといっても毎年毎年遺骨引き上げにいけるほどじゃないから、うちはラバウル近辺で手一杯でね。ペリリューやアンガウルにはちゃんと別の引き上げの会があって、彼らと東京で会うことはあったけど、現地まではなかなかねえ」

もうだいぶいなくなってしまったし、と西東さんは言った。鬼籍に入ったという意味なのだろう。戦後七十二年も経つのでは無理もない。当時二十二歳だった西東さんでも九十四歳なのだ。

「もう、こっちに来ることはないのかもしれないって、来るたびに思いますね。実際南で戦った兵隊では、私らが一番若いんですよ。私らがあの世に行ったら、もう会もなくなって、連れて帰ることもできないかもしれないって思うと申し訳なくて」

できる限り、玉砕した場所や撤退したルートを思い出し、書き残して、早急な遺骨引き上げを訴えてきたけれど、もうさすがに寿命がもちそうもないのだと、西東さんは顔をしかめ、皺しかない顔にさらに皺を増やした。

（こんな綺麗な海で、バンバン戦争やってたんだ……）

クルーザーの中は冷房が効いていたが、春馬はなんとなく西東さんとデッキに座って、日差しを避けながらひたすらに海を眺めていた。ここはパラオだというのに、船内では日本語のラジオ放送が流れている。志乃夫さんによれば、パラオの放送局で日本のFM局と提携している会社がオータム・ヴィレッジの関連会社で、今回の音楽祭をリアルタイムで放送するのだという。

「昨日が前夜祭でした。里村さんたちが到着する少し前に、オータム所属の大物英国バンドやミュージシャンがコロールに一つだけある野球場でヒット曲を演奏していましたよ。もともとパラオは暑い国なので、皆日が沈んでから活動する。こんな日の高いうちに動き回るのは観光客だけで、現地の人はみんな昼寝していますね」

新人のオーディションは首都のマルキョクに新設された大型の公民館で昼間に行われ、そこで選ばれたアーティストが今夜の本番にも参加する。あくまでメインは本日、大みそかのカウントダウンだ。

「七十二年前はここで戦争をしていたのに、いまはみんなで音楽のお祭りをやっているなんて、あの時死んだ人たちは思いもよらないことでしょう。でも、それがいいのかもしれない。伏間史郎さんは本当の伏間史郎さんではないのかもしれないが、それでも戦後身一つで成り上がって多くの人を育て、音楽を育ててこられたのは確かなんだから」

「騙されていたと、腹が立ったりしませんか」

「腹が立つ？　とんでもない」

　ボートのスクリューが激しく水しぶきをまきあげ、エンジンをうならせてひたすら南へ急ぐ。その爆音にところどころ邪魔されながら、西東さんは言った。

「あのころはどんなことが起こっても不思議はなかった。単純に今のものさしでは判断できないことばっかりだったんですよ。いいことも悪いことも」

　西東さんは、海を見ながら「ああ、鯖（さば）の色だねえ」と言った。出征中、海を見ながらみんなで鯖の煮つけが食べたくなった話をしてくれた。

　そうこうしているうちにボートはゆっくりと速度をゆるめ、島の船着き場に入っていった。

「さて、長時間お疲れ様でした」

「ここはどこなの、志乃夫さん。オータムが所有しているリゾート？」と妹の満ツさん。

「いえいえ、そうではなく、ペリリュー島です」

　西東さんだけが、短くうなずいていた。

　ペリリュー島は、アンガウルと並んでパラオの激戦地として知られている。外で海を見ていた春馬は外気温には慣れつつあったが、エアコンの効いた船内にいた面子（メンツ）はボートを降りて早々暑さにやられたようだった。

「志乃夫さん、お父さまはどこにいらっしゃるの」

「会長は先に目的地に向かっていらっしゃいますので、我々もあとを追います。できるだけ車で移動しますが、くれぐれも熱中症には気を付けて。塩飴をなめてくださいね」

ジープにはライセンスをもっているペリリューの女性ガイドさんが乗っていた。ペリリューがどういうところかわかっている西東さんだけが、一人矍鑠としてジープに乗り込んだ。日焼けすると困るとアバヤ姿の女性のごとく全身を布で覆っていた姉妹も、この暑さには耐えかねたようでだんだん口数が少なくなる。

灼熱の島だった。

(こんなところで、食べ物もなく戦ってたのか)

「似てるなあ、ラバウルに」

西東さんがふんふんと歌を口ずさみ始めた。ラバウル小唄という当時流行した歌なのだと教えてもらった。

「このあたりのジャングルは、ほとんど戦後に生えたものですよ。ぜんぶアメリカ軍の砲撃でふっとんで、このあたりははげ山だったと思います」

西東さんがガイドさんと話しているのを黙って拝聴する。

「サンゴ礁の島じゃ、塹壕を掘るのも大変だっただろう」

「硬いですからね。戦いが始まった当時は九月で、雨季でした。ペリリューで生き残り、終戦後も二年近くにわたって島で戦い続けた三十四人の話は有名ですが、壕といってもサンゴ礁はすぐには掘れないので、ただの岩の割れ目に潜伏していたといいます」

「小さい島ごと玉砕したから、負けたことにも気づかなかったんだなあ。ニューブリテンにはいっぱい日本の部隊がいたし、玉砕したのは上陸してきた敵とぶつかった隊だけだったから。私らはアメリカの無線を傍受してすぐに負けたとわかったけれど」

「そうなんです。一年後には、すぐ目と鼻の先のアンガウル島では、アメリカ軍と日本兵の生き残りと島民でリンの採掘がはじまっていたんですよ。なのにね」

情報が入ってこないとこうなるというのがよくわかる。日本は島国だからこそ、自分から外へ外へ出ていかないと、最後はペリリューのようになってしまうと西東さんは言った。

外場はいつもどおりどこを見ているのかわからない目でジープの端に座り、ガイドさんと西東さんの会話を里村と春馬、それに嶺倉氏が相づちを打ちながら聞く。娘姉妹はあまり戦史には興味がないようで、最終的には暑いしか言わないＢＯＴのようになっていた。

「ねえ志乃夫さん、冷房が効いているところはないの」

「ありますよ。そのうち、涼しい場所にお連れしますので、ちょっとの間がんばってください」

春馬たちが案内されたのは、島の中央にあるという共同墓地だった。白い門のあとが残されていて、かろうじて入り口がわかるようになっている。

「昔、ここには公学校がありました」

「公学校って？」

「パラオは日本統治下でしたから、現地の人々も日本語の学校に通ったんです」

「それに里村吾郎さんもここの教師をしてたとか？」

はっと全員が息をのんだので、春馬は自分が失言してしまったことを知った。

（やっば。そういえば事情を知らないガイドさんがいるんだった）

しかし、当のガイドさんはジープの運転席に座ったまま、一行にはついてきていない。志乃夫さんが手配したのだろう。さすがの気遣いである。

「〝里村さん〟はコロールの学校にいたらしいですよ」

「そうそう。昔はパラオの人たちは三等国民と呼ばれて、日本人と同じ学校には通わなかったんだよ」

西東さんがさらりと当時の事実を口にした。そんな時代だったのだと改めて思う。

あまりに日差しがきついので、みんなして大きな木の陰に逃げ込んだ。その根本にはうすっぺらいまな板大の大きさの墓石が木を取り囲むようにいくつも立てかけられていた。古い卒塔婆もあれば、ただの板切れのようなものもある。

「さすがにふつうのサイズの墓石をここまで手で持ってこられないですからね。これくらいのサイズになるんでしょう」

きちんと戒名の彫られた石は、まな板程度の大きさとはいえ相当に重い。コンクリートの土台をつくり、倒れないように造作されているものもあったが、ただ無造作に立てかけられているものも少なくなかった。

(どんな気持ちで、こんなふうに建てずに墓石を置いていったんだろう)

「沖縄や硫黄島はまがりなりにも国内で、自衛隊の基地もある。しかしアクセスのいいサイパンやグアムと違って、ペリリューはとにかく遠い。遺骨の引き上げもなかなか難しいんです」

一万二百人が玉砕したペリリューでは、五千人以上がまだ土の下に埋まったままだという。戦後七十年も経っては、野ざらしの遺体は骨どころか砂になって影も形もなくなっているだろう。

戦争の爪痕(つめあと)はなにも戦没者だけに残るのではない。七十年もの間、遺骨の引き上げ運動をしていた家族も順に老いる。戦争を知らない世代が多くなり、世間の反応も鈍くなってきた。八十を過ぎていつお迎えが来るともしれず、足も萎(な)えてくる。もう来られないかもしれないからと持ち運べるギリギリのサイズで墓石をつくる。人の手でペリリューに運ぶだけがやっとの墓石を。そして、ここに後悔とも別離とも弔いともつかぬ思いを置いて帰る。

とうとう彼らを連れて帰ることができず、申し訳なかったという慚愧の念がこんな南海の果ての島まで彼らに墓石を運ばせるのだ。

(その石はさぞ重いんだろうなあ)

春馬たちが感傷にひたりながらお参りをしている間も、外場だけは黙ってなにをするでもなくぼうっとしている。あんなにたくさん墓石が並んでいるのに、とくに興味を持つわけでもなく、素通りしていることが気になった。

(珍しいな、パラオの墓には興味ないんだろうか)

不思議と言えば、外場がいやに志乃夫さんに話しかけていたことである。

「運べますか?」

「大丈夫です。いま用意させています」

それ以上なにを話していたのかは聞き取れなかったが、どうやら外場と志乃夫さんの間にしか通じないなにか計画があるらしい。

(静かだなあ)

潮風になぶられながら、東京では経験したことのない木陰の涼しさを味わっていた。

それから、再びジープに乗って打ち捨てられた三菱重工製の戦車や、アメリカ軍の流した血でオレンジ色に染まったというビーチ、いまにも緑に飲まれようとしている朽ちたゼロ戦を見て回った。

（コロールはあんなにうるさかったのに、人がいないっていうことなんだ）

動物のいないサファリパークの廃墟（はいきょ）を案内されているかのようだった。ジープを降りて、さび付いた鉄の塊や、死体が山と埋まっているだろう瓦礫（がれき）を見て、また次の場所に向かう。この小さく平凡な島を当時のアメリカ軍が四万の大軍を用いて制圧しなければならなかった理由である、この西カロリン諸島最大だった十字滑走路も見た。

「なんにもないなあ」

春馬の横で、西東さんがそっと手を合わせて般若心経を唱えている。

ちょうど日が中天に差し掛かり、太陽は狂気のような熱量を帯びてボロボロの滑走路跡地に訪れた者の濃い影を落とす。それはまるで黒いインクを指でこすったかのように先ぼそり薄くなって、茹（ゆ）だった空気との境目に消える。この下にはまだ数千人が埋まってるんです、という西東さんの言葉にも、さほど驚かなくなっていた。

「ここを取られると、米軍は内地まで補給なしでB29を飛ばせるんですよ。だからきっとみんな必死で戦ったんです。内地にいる家族のために」

アスファルトがなかったので、サンゴの粉末を固めてなんとか飛行機を飛ばせる滑走路を造ったそうだ。

こんな道のために、一万人が死んだのか、という思いとともに、伏間史郎は自分のような高校生になにを見せたいのだろうと不思議に思った。戒名コンテストの行方が気になってパラオまできた親族たちも、はじめこそ物珍しそうに写真を撮っていたが、行けども行けども濃い緑のジャングルが壁を作り、代わり映えしない景色に飽きて、ほとんどジープから降りなくなった。

ペリリューには陸軍の兵士もたくさんいたが、もともとここには旧日本軍の海軍航空隊司令部があったそうで、その本部の建物にも連れていかれた。

鉄筋コンクリート製の堅固な二階建て。二階がルーフバルコニーのように見えるから、もしかしたら昔はもっとしゃれた建物だったのかもしれない。コンクリートが崩れた壁はワイヤーのような鉄骨だけが残り、遠目にはちぎれた蜘蛛の巣のように見える。外側のむき出しのコンクリートには植物がびっしりと絡みついて、二階を緑の屋根が覆ってしまっている。森が大きな口をあけて飲み込もうとしているかのようだった。

「ここにアメリカ軍の一トン爆弾が落ちました。そのときの穴がそのまま残っています」

志乃夫さんが天井を指さす。緑で覆われた穴からは陽光が降り注ぎ、明かりも何もなくなった建物の一階部分を照らし出していた。窓はさび付いたフレーム部分がのこっており、ところどころ生活のあとが窺える。三つあるトイレの穴は壁側から個室ごとに階段状になっていて、なるほど掃除がしやすいようになっているのだなあと妙なところで感心した。

外場は中央の穴の下に立てかけられた朽ちた木製の卒塔婆を見ていた。だが、ただ見ていただけで、なにかメモや写真を撮る様子はない。どんな墓にでも興味を持つ彼がそこも素通りしたことに、疑問が残った。

「こういうの、どこかで見たことあると思ってたんですけど」

「へえ、どこで？」

「ジブリアニメで。トトロの寝てた穴とか、ラピュタの廃墟とか」

言うと、志乃夫さんだけが笑ってくれた。

その次に訪れた戦争博物館はエアコンが効いていて、もはや暑さと疲れで言葉を発さなくなっていた娘姉妹や嶺倉氏も、ここでようやく一息つけたようだった。コンクリートの壁は無数の弾痕で穴だらけ。ここにも緑の長い手が迫っている。

「ここだけじゃなくて、あのゼロ戦とか、司令部の建物とか保存しないんですか？」

「パラオの法律では、こういう建築物にも人の手を加えてはいけないと決まっているんです。だからそのままにしてある。最近は日本だけではなく、パラオやフィリピンにもおかしな時期に台風が来たりするそうで、そのたびにこういった建物も崩れている。見てのとおり、熱帯の緑による侵食もある。ここはあと数年でただの樹海になるでしょうね」

外に出て、ここが緑に飲み込まれる未来に思いをはせてみる。一万人の人間の血肉を養分にして森は肥え太り、道を覆い隠して人の手の及ばない樹海に変えてしまう。そうなればもう二度と、遺骨の引き上げはかなわないだろう。

（パラオに行くなんていうから、てっきり伏間史郎は、かつて共に戦った戦友たちの遺骨を引き上げたいのかと思っていたけど、さすがにそれは無理なんだな）

世界的な企業グループの創始者であり、戦後を代表する実業家であっても、ペリリュー中に散った遺骨を引き上げることは不可能なのだ。それは、その次に一行が赴いた山の中ではっきりと分かった。

ところどころに色分けされた線が引かれている。ガイドさんによると、いまでも地雷や不発弾がごろごろしているため、安全を確認できた道しか案内できないらしい。こんな地雷や爆弾だらけの場所で遺骨を探せるわけがない。幅一メートルもない場所もあって、すぐ目の前にさび付いたヘルメットや飯盒（はんごう）が転がっている。ここもまもなく森に飲み込まれるのだろう。不思議なのは、最後の戦闘が行われた山の中だというのに、大日本麦酒とデザインされたビール瓶がいくつもあったことだ。

「サッポロビールとアサヒビールの前身の会社です。パラオの人はビールが好きで、今でも酒税がかからないから水とおなじ値段なんです。当時から工場があったんでしょうね。だから、ここではビールより日本酒のほうがありがたがられるんじゃないかな」

　硬い岩壁を掘った穴の中に、古い大砲が埋まっている。苦労してここに運んだのに、撃つと居場所が知られるということを運ぶ前にだれも考えなかったらしく、結局一度も使われることなく終わったそうだ。

　別のガイドの人が、背中に大きな荷物をしょって追いついてきた。見ると、外場も両手になにか袋を持っている。志乃夫さんの荷物も少し増えていた。

「なに持ってきたの？」

「米です」

「うん？」

「めしですよ。さっきボートの中に持ち込んだ炊飯器で炊いてもらったばかりの白米です。それをパックにつめて持って来ていただいたのです」

「白米って、ただのごはん？」

「そうです」

「えっ、なんでこんなところに？」

答えは、志乃夫さんたちの行動で十二分にわかった。彼らは自分たちが通ることのできるラインとラインの間の、少し広くなっているところにレジャーシートを広げた。そして、背負ってきたリュックの中からパック詰めになったごはんをその上に並べ出した。

炊き立てらしいその白い飯は、蓋(ふた)をはずすとこの熱気の中でもふわりと湯気を吐き出した。つやっとしたきれいなごはんだ。おかずもなにもないただの米がつまっているだけのパックが、レジャーシートの上にずらりと並べられていく。

「ここに残しておくわけにはいきませんので、一時間くらいして回収します。見てのとおり、通行の邪魔になりますので」

「外場は、このことを知ってたの?」

「ええ、こういう場所へのお供えものは菓子が定番ですが、あの当時火を焚(た)けずに苦労した人々にはまず米がいいのではないでしょうか」

そう言う彼の顔は、今初めてここに来たという感じではまるでなく、案内に慣れたガイドのようでますます違和感が深まった。

(もしかして、外場はここに前にも来たことがあるんじゃないかな)

そういえば、前に兄哲彦によって寺社イベントプロモーター美女とバトルをもちかけられたとき、彼はその報酬にパラオ行きの航空券をもらっていた。とすれば、外場はこの伏間家の騒動に巻き込まれるよりもっと前から、パラオへの関心をもっていたことになる。

あのチケットで一度パラオに来たのだろうか。だから、共同墓地でも司令部跡地でも特に写真を撮らなかったのだろうか。

だとしたら、ここを訪れ炊き立ての白米を運ぼうと言い出したのはいったいだれなのか。

（外場は、すでに伏間史郎に会っていたんじゃないのか）

すべての答えを知っているのは伏間史郎だ。だが死にかけているはずの老人は、まだ姿を見せない。

（わっかんないなー。結局、彼がどの戒名を選んだのかもまだはっきり表明してないわけだし）

ジープが緑の森を割って進む。いかにも南国めいたソテツや椰子の緑の上に、くっきりとしたブルーの空が広がっている。白い入道雲が見える。時計を見るといつのまにか三時間が経過していた。

日の光は相変わらず強烈だが、空は急速に夕暮れ時へ向かっているのがわかる。午前中よりもやや波が高くなり海面に白い泡がいくつも浮かんでいる。こうしていると今日が大みそかだという気がまったくしない。春馬の知っている大みそかは冬だ。

なるほど、と春馬は納得した。パラオには秋が来ない。すなわち冬もない。オータム・ヴィレッジの社運をかけたイベントをするのに、ここほど相応しい場所はない。言い換えるなら、昭和十九年の玉砕からここで眠っている一万人の兵士たちは、冬を知らないままなのだ。激しく打ち付けるスコールや乾季はあっても、ペリリューは秋や冬や春のない島……

(時が、止まっているのかもしれない)

日本人の感覚では、この島にいると時間が止まったように感じてしまう。だとすれば、もし彼らの意識がまだ残っていたとして(霊とかそういう話ではなく)いまだ彼らはこの島に閉じ込められたまま、永久に同じ時間を過ごしているということになる。

終戦後も二年近くをここで過ごしたという三十四人のように。

それは、地獄が続いているに等しいのではないか。

(隣の島では日米の共同事業がはじまっていたのに、情報が入ってこないだけでまだ戦争が続いていると思い込んでしまう。そうして時間は止まったまま、彼らはずっと戦い続ける。ここは夏しかないから。ここには秋が来ないから)

七十二年も経っていても、その時間の感覚は、日本人ならば四季で察知する。もしその時間の流れも感じることができないまま、緑の森に飲み込まれてしまえば、もうだれも彼らに時が流れたことを教えることはできないだろう。つまり、供養ができなくなる。

もしかしたら伏間史郎は、そのことを教えるために我々をこの南の果てまで呼んだのだろうか。

そしてまだ、彼らを救おうとしているのだろうか。余命が尽きて、彼らと同じところへたどり着く前に。

（伏間史郎の願いと、このパラオの音楽祭と、外場とは、なにか関係があるんだろうか）

最後に案内されたのは、およそこの南国の雰囲気にミスマッチな立派な石造りの神社だった。ペリリュー神社というのだと志乃夫さんが教えてくれた。

春馬たちがジープから降りると、一人の杖をついた老人が折りたたみ式の椅子に座っていた。海のほうを眺めている。彼こそが伏間史郎だということは遠目でもわかった。

「会長、お待たせいたしました」

伏間史郎はつやのないシルバー縁の眼鏡に、薄くなった頭髪を軽くなでつけ、ゆったりとした和装で我々のほうを見ようともせず、ずっと海を見ていた。彼の姿は、映画のロケでもしているかのような不思議な存在感があった。

「やあ、来たね」

西東さんが彼に近づくと、ようやくこちらを向いた。

「悪かったね、西東くん」

「いやいや、驚きました」

「でも、もうこれだけ生きて驚くようなこともないだろう？」

てっきり騙した騙されたという話になるのだろうかと思えばそんなことにはならず、二人はなにごともなかったかのように、何年かぶりに旧友に会ったふうに話し出した。

「パラオじゃあ、蛍の話はご存じなかったはずですね」

「そうなんだよ。アンガウルにも蛍はいなかったなあ。ニューブリテンの蛍は綺麗だったそうだね」

「話を合わせておられたんですね」

「うんうん。でも、君とはパラオで一瞬だけ顔を合わせているんだよ。史郎とコロールの芸者通りで飲んだときに」

言うと、西東さんはあっと声をあげて頬を押さえた。

「そういえば、通りがかりに史郎先輩に呼ばれたことがありましたね」

「だから、君と内地で再会したときは、内心ばれやしないかってひやひやしていたんだよ」

二人は内緒話を楽しむ高校生のような顔で笑った。それから、ふっと顔をあげてこちらを見る。

「嶺倉くんも、可な子も満ツも、こんなところまでご足労でしたね」

「は、はあ……」

「志乃夫くんにすべて話してもらってもよかったんだが、百聞は一見に如かず。心を納得させるより、見て知ってもらったほうが早いのは経験上よく知っているのでね」

「いやあ、会長、南国で年越しなんて贅沢なことですよ。ありがたいことです。ハハハハ、ハハハハハ……」

　むすっとしてろくに話もしない娘姉妹とは違って、家族で招待された嶺倉氏は伏間氏に話しかけられると途端に機嫌がよくなった。今まで暑い中を連れまわされてブーブー文句を言っていたのに、いざ本人に会うと不満もふっとぶようである。それほどまでに、この枯れ木のような体の九十歳をとうに過ぎた老人にはただいるだけで圧倒的な迫力があった。

（さすが、格が違うってことか）

　垂れた瞼の奥の目が、次に里村に向けられた。

「やあ、里村さん。ご足労をおかけして」

「あ、いや。こちらこそはじめまして」

「君は本当は、私の姪の子にあたるんだよ」

　実にさらっと核心的なことを伏間氏は口にした。

「里村の家をほったらかしにしたことにもなにか埋め合わせをしたいと思っていたんでね。来てくれて本当によかった」

「そんな……。こちらこそ、家族で呼んでいただいて」

「双子が生まれるそうだね。めでたいことだ。本当に喜ばしいことだ。里村の家が続いていることを知れば死んだ母も安心するだろう。私は死んだことになってしまったから」

　ふと、伏間史郎は気まぐれのように春馬のほうを見た。

「なんでそんなことをしたんだって顔だね」

　春馬に言っているらしい。急に話しかけられるとは思わず、手に汗をかく。

「あの」

　言おうか言うまいか迷って、ここまで来てなにを迷うことがあるんだと土壇場で腹をくくった。

「音楽イベント、コロールですごく盛りあがってました。いろんな国の参加者がいて、年齢もバラバラで」

「それはよかった」

「あれって、伏間さんのお葬式ですよね」

そう口にしたとたん、嶺倉氏が君、なんて失礼なと顔を赤くしたが、見えてないふりをした。

「いくら七十年前にパラオで死んだことになってるとはいえ、いまになってなんでこんな南の島でわざわざお祭りをするんだろうって不思議だったんです」

「葬式に見えたかね」

「はい」

伏間史郎はおかしそうに笑って、ただでさえ皺だらけの顔をさらにくしゃくしゃにした。

「そうだなあ。そのとおりだ。ありゃ、葬式だよ」

あっさりと彼は認めた。

「もうみんな知っているだろうが、実家の里村の家ではいろいろあった」

一瞬だけ波の音がやんだので、伏間史郎の声でまるで時間が止まったように感じられた。

「妹が結核で死んでね。専門の療養所にいれてやりたくて母と二人で伏間の家に何度も借金を願い出たのだが、びた一文貸してはもらえなかった。だから二度と焼津には戻らない決心だったんだよ。それがまあ、巡り巡って遠いところまできたものだ」

言って、少し先に浮かぶ島を指さした。

「ほら、見えるだろう。あそこに島がある。アンガウル島といってね。私はコロールで召集を受け、あそこに配属されたんだ」

「コロールでは、小学校の先生だったんですよね。それで、里の秋を作曲した海沼さんのことも雑誌で読んで知っていた」

「そのとおり。そのあたりはすべて、君の友人の推理どおりだ。まったくもって見事だった」

彼は何度も瞬（まばた）きして外場を見つめた。もっとよく見ようと努力しているようだった。

「君か、外場、薫くん」

「はい」

「あの戒名案を見たとき、本当に心臓が止まりそうだったよ。身内でもない。会社の人間でも、ましてや親交があったわけでもない、君のような若者が、どうしてここまでなにもかもわかったのかと」

「お気に召していただけましたか」

「もちろんだ。釋星夜、いい戒名だ。本当の私は、里の秋の後半とともにこの世から消えた。星月夜というタイトルもね。ずっとそのことを七十二年間考えていた。だから君たちをここに呼ぼうと思ったんだ。私が最後になにをしようとしているのかを、……いいや、この戦後七十二年、私がなにをしてきたのかを見てもらいたいんだ。次世代の若者に」

その言葉が、まさに嘘偽りなく真摯な響きにあふれていたので、どうやらここで口封じにあうことはなさそうだと内心ほっとした。

まるで昨日の夕食のメニューでも語るように、伏間氏はのんびりと真実を語り始めた。

「アメリカ軍が来たときあそこに詰めていたのは千二百名ぽっちで、対するアメリカ軍は二万人。話にもならなかったね。昭和十九年の十二月三十一日に、アンガウル島の千二百名は全員戦死と発表された。私の実家へは戦死公報が届いたようだ。私は両腕を爆風でやられひどい怪我をして、手榴弾も投げられなかった。十月の半ば過ぎに戦闘に参加できない兵は自決するように命令が下った。私はなにせ両腕が利かなかったのでだれかが殺してくれるのを待ったが、みんな山を下りて二度と帰ってはこなかった」

「それで、どうやって食いつないだんです？」

西東さんが興味津々という風に聞く。

「パパイヤの根本を掘って根っこをゆでるんだ。それからカニを片っ端から捕まえる。腕がうまく使えないから足でね。今思うとよく火を起こせたもんだ。一ヵ月ぐらいそうしているうちに腕も治ってきたが、いよいよ餓死するかもしれないと思った。それで一人でアメリカさんの食料を奪おうと何度も低地に降りた。乾季に入って水もなくて、どうせ死ぬなら敵の缶詰を腹いっぱい食べて死にたいと思ったんだ。そしたら見つかって、やぶれかぶれで海に逃げて、そのままペリリューへ泳いで上陸した。月のない夜だった。アンガウルからペリリューまでは十二キロくらいだったけれど、本当にあのときはつらかったね」

「それで捕まったと」

「そうそう」

「大変でしたね」

「ちょうどそのあたりだよ。ペリリュー神社、当時は南興（なんこう）神社といったけれど、たまたま上陸したらこの社が見えた。それで、死ぬにはちょうどいいと思って近づいたら、米兵に見つかった。日本兵がここへ自決しにくるのを張っていたらしい。で、あっけなく捕まってそのままヤップに送られたんだよ」

アンガウル島で自決もできず、ペリリューで捕まってヤップのキャンプへ。それからグアムへ送られ、ハワイに収監され、ついには本土のアメリカ西海岸に上陸。

「最終的にはどこに？」

「それが、アイオワ州のクラリンダ郊外にあるＰＯＷキャンプだった。今思うとものすごい距離を運ばれたもんだ。生まれて初めて大陸を横断する鉄道に乗った。ハワイで何人か捕虜に会ったが、アンガウルから来たというと皆驚いていた。玉砕したと聞いていたらしい。私はその時に死んだ傷病兵が着ていたツナギをたまたま身に着けていた。だから、これ幸いと彼の名前を名乗り、妹尾と呼ばれていた」

「ああ……」

そうでしたか、と別段驚いた様子もなく西東さんが言った。

「英語が少しできたおかげで、キャンプで通訳のような仕事も与えられてね。おかげで復員したあともずっと米軍キャンプで働けた。そもそもレコード店を開いたのも、収容所でジャズを覚えたからだ」

「それが回り回って、生涯の仕事になったと」

「人生どう転ぶかわからないもんだなあ」

なにもかも、あの捕まった星の夜からはじまったのさ、と言って伏間氏は笑った。

老人たちの昔話に花が咲いている。こんななにもないところでは全員がそれに耳を傾けるしかすることがない。嶺倉氏も娘姉妹も黙ったままだ。

(もう夕方か)

海鳥の数が少なくなってくると、島に夜が訪れる。いつのまにか海面は夕日の色を受けてオレンジに染まっている。

(このまま俺たち、この島で一泊するのかな)

ホテルらしいホテルなどなかったが、街もあったし無人島というわけでもない。まさか天下の伏間史郎に野宿させることはないだろうが、少し心配になった。

「あのう、なんで、妹尾じゃなくて、伏間史郎を名乗ることにしたんですか？」

少し急いた春馬の問いかけに、伏間氏はなんでもないように、

「りっちゃんに会ったからね」

「りっちゃん」

「乃り子おばあさまのことです」

ペリリュー神社のほうから声がした。振り向くと、砂をざくざく踏みながら志乃夫さんがやってくるところだった。

「やあ、毎日見ているのに、やっぱり南の海はいいですね」

見ると、少し離れたところに自分たちが乗ってきたジープが止まっており、もう一台、見かけない車の二台にガイドたちがなにかを積んでいるところだった。

「あれは？」

「さっきお供えした白米をね、島の人に食べてもらいます」

「いつもあんなふうに米をお供えにするんですか？」

「いえいえ、今日が初めてですよ。外場さんが、御神酒よりもたばこよりも炊き立ての白米がいいとおっしゃったので、やってみようと」

「外場が？」

アドバイザーを務めた当の本人は、そんなことは欠片も興味がないという顔で、

「伏間さんが奥園の奥様をりっちゃんと呼んでいたのは、ノリコという名前の親族がべつにいたから、伏間家ではみんな呼び分けていたからですか」

さっきの話の続きを促した。

「そうだよ」

「浦賀で再会したのは偶然だと」

「彼女がラバウルから戻ってくるはずの史郎を迎えにきて、浦賀でばったり会ったのが運の尽きだったね」

七十年前のあのゴッドマザー乃り子を思い浮かべようとしたが、うまくいかなかった。

「おじいさまはそのとき妹尾と名乗っていたし、里村吾郎はアンガウルで玉砕したことになっていて、その通知はもうとっくに家族のもとに届いていたそうです」

どうやら志乃夫さんは、このあたりのすべての事情を把握しているらしい。長く話すことが難しい伏間氏に代わって、代理人のように話した。

「里村と伏間の家はともに小さな集落にあったから、里村吾郎が死んだことはその集落では知らない人間はいなかった。だから再会したときはひどく驚かれた。おじいさ

まは別人の振りをしようとしらをきったけどうまくいかなくて、おばあさまはおじいさまが偽名を名乗っていることにすぐに気づいた。もちろん、その理由も」

「理由……」

「私は英語が話せた。だから自分から投降したんだ。降伏は、許されないことだった」

伏間氏が言うと、ふたたび、波さえも止まったような静寂が訪れた。

「みんな玉砕したから、生きていたらまずいってことですか」

「そのとおり」

「でも、生き残った人はほかにだって……」

「奥里は古い、閉鎖的な集落なんですよ」

志乃夫さんがかばうように言う。

「そのころまだおじいさまのお母さまもおばあさまもご存命だった。アンガウルで玉砕したはずの息子が生きていると周りに知られれば、考えなしの里の年寄りどもが棒きれをもってやってくる、おじいさまはそう考えたそうです」

「棒きれ……」

顔には出さなかったつもりだが、内心ひどく驚いた。グーグルマップで見ただけでは、水車の回るのんびりとした茶畑の里というイメージだったのに、思った以上に八つ墓村だった。

咳ばらいをして、伏間氏は折りたたみ椅子の専用スタンドにつっこんであったペットボトルの水を飲んだ。よく見ると、その椅子には登山のときに使う簡易酸素ボンベまでひっかかっている。

そんな準備までして、彼はここにいるのだということにことの重大さを改めて感じた。にこにこと楽し気だから忘れそうになっていたが、彼は死にかけの老人で、たったいまワールドワイドに自分の生前葬を行っている最中なのだ。

「そのりっちゃん……、奥園乃り子さんに、脅されたんですか。生きてることをバラすぞって」

「まあ、ありていにいうとそういうことですかねえ」

「それで、しぶしぶいう通りにしたと」

「そのとき奥様は、本物の史郎氏の乗った船が行方不明だというのでパニックになっていたそうです」

「パニック」

「私は彼女の言いなりに史郎を捜すことになった。史郎が名古屋で死んだあと、史郎が生きていることにしてほしい、入れ替わってほしいと懇願された。私が断れないことも彼女は重々承知だった」

何度も咳き込み、志乃夫さんの手を借りて酸素を吸い込みながらも、伏間氏は話をやめなかった。まるで死ぬ前に聖職者を前にして行う懺悔のように。

「今となってはなぜあんなことをしたのか、よくわからない。東京で里村吾郎として生き、あとで親を呼び寄せてやればそれで済んだことだった。けれどあのころは、あの時代は、先祖が苦労して切り開いた畑を捨てるなんてことは、古い時代の人間にはとても考えつかないことだったんだ」

「そのとき、お母さんはまだご存命だったんですよね」

「そうだよ。それにたとえ私が呼んだとしても母たちは焼津で死ぬことを選んだだろう」

どうせ長くないのなら生きやすいほうがいい、と伏間氏はぼそりとつぶやき、その余韻も波の音にかき消されて、耳の中からも消えた。

母は十二で伏間の家に奉公にあがった——、というのは、それから、春馬が伏間氏と志乃夫さんからかわるがわる聞いた彼の半生である。

親子は長いこと、実の父にあたる人間にいいようにされてきたという。母親は伏間氏を身ごもったあとは里村の家にやられ、長い間里村の家からもやっかいもの扱いされてきた。もちろん、すべて知っているはずの伏間の家からも存在を認められてこなかった。だから母には、あの息子は軍人となって、アンガウルでみごとお国のために命を差し出したのだと村の人々に堂々と話してほしいと思った。私を産んでよかったのだと、だれより母に自分自身を認めてほしかった。そのためには、里村吾郎は決して生きて帰ってはならなかったんだ——

長く話したせいか、伏間氏は少し長く咳き込んだ。風が出てきましたねと志乃夫さんが彼にベンチコートを着るようすすめた。おかしなことに、海際に立って風にあたれば健康に悪いとわかっているのに、志乃夫さんはここから移動しようとは言わないのだった。

彼らはなにかを待っているのかもしれない。ここで。

酸素ボンベを十分に使ったあと、伏間氏は思い出したように外場を見、ついで春馬を見た。

「君はなにかまだ疑問があるというような顔だね」

「あの、入れ替わったのは奥園乃り子さんに脅されたからだ、とおっしゃいましたけど、本当にそうですか」

人様のプライベートだ。何のかかわりもない赤の他人が深入りすべきではないのかもしれない。けれど伏間氏が聞いてほしそうに見えたのは、春馬の思い違いだっただろうか。

「あなたが本当に伏間家の血を引いているなら、偽名など使わずアンガウルで生き残った里村吾郎として故郷に帰れば、本家である伏間家を相続できたんじゃないですか。そのほうが、いままで日陰者として生きてきたお母さんの面目が立つことになったと僕は思うんです。それに、たとえいやがらせを受けたとしても、そのほうがお母さんにとっては嬉しいんじゃ。だって、まがりなりにも息子が生きて帰ってきたんだから……」

彼の説明はどれも納得のいくものだったが、それでも春馬は、彼が異母妹に脅されて異母弟とすり替わったという件だけは、理由づけが薄い気がしたのだ。

「ああ、そうだったかもしれないねえ」

伏間氏は頷いた。そのとおりだと何度もうつむいては顔をあげた。まるで、この七十二年間ずっとそうしてきたかのような自然な仕草だった。

「君の言う通り、りっちゃんの言いなりにならず、一度でも故郷に帰っていればそうなったのかもしれないなァ。どうしてそうできなかったのかと、今となっては後悔することばかりだ。でも不思議とあのときはできなかったんだなぁ。ただ僕はりっちゃんが哀れでね」

「旦那さんや、お兄さんを亡くしたからですか？」

「いや、そうじゃない。あのころは戦争に行った人間は帰らなくて当たり前だったんだ。内地で死んだ史郎はまだ幸運だった。そうじゃなくて、あのまま放っておけばりっちゃんはあの狭い茶畑しかない集落で、たったひとりで伏間の家を守らなきゃいけなかったってことだ。分家の奥園に嫁いでも子供ができなかった。あの広い家に男がひとりもいなくなった。家と土地を守るために、いずれりっちゃんは再婚しなければならなくなっただろう。だがね、あのころ内地の田舎に残っていた男なんて年寄りばかりだった。戦争にも行けなかったような男と結婚なんて、りっちゃんにとっては死ぬより辛いことだっただろう」

さっきから、伏間氏が乃り子さんを呼ぶときに、ずっと親し気に〝りっちゃん〟と呼んでいる意味に春馬はようやく気づいた。

（そっか、大人の世界は本家とか分家とか事情があったにせよ、この人と乃り子さんは、そういうふうに呼び合う仲だったってことか）

伏間史郎さえ生きていれば、奥園乃り子は家のために再婚させられることもなく、里村家に伏間家をのっとられることもなく、親も一族も世間様に対して体面を保つことができたのだ。

そんなことが人生のすべてだった時代なのだ。しかもたった七十二年前のこと。それが常識だったからこそ、伏間史郎は、いや里村吾郎は彼女に同情した。そして、彼女の人生を殺すよりは自分を殺すことを選んだ。

そして、いま、彼のその後の人生は日本人ならば知らぬ者はない。世界に名だたる冬の来ない帝国の名も。

たった、七十三年前の今日、静岡の片田舎に里村吾郎の死亡告知書が届いた。そしてすべてが変わったのだ。

(だから、今日がこの人の葬式なのか)

ご老公は何か待っているようにぼんやりと海を眺めていたが、ふいに思い出したように外場の名を呼んだ。

「やはり外場薫くん、君はほんとうにすごい。たしかにこの島に眠っている仲間たちは、酒より白米のほうが喜ぶだろう。君が初めてこのペリリューに来たとき、大量の羊羹をリュックに詰めていたとガイドの女性に聞いた。みんな、羊羹はさぞかし喜んだだろうね。甘いものを本当に食べたがっていたから」

春馬は驚いて外場を見た。

「やっぱり、外場はここに来たことがあったのか」

「君がすすんで質問してくれるので、聞いているだけで済みましたよ」

「ここで戦った経験のある伏間さんでも思いつかないことを、どうして外場は知っているの？　羊羹とか白米とか、まるで……」

まるで、外場本人がこの島に取り残されていたようじゃないか、とはなぜか口にできなかった。

外場は困ったように首を少しかしげて見せるだけでなにも言わない。

「まあいい。いつか、君さえよければどこで私が入れ替わっていることに気付いたのか教えてくれ。私に明日も命があって、君がこの老人の相手をしてやろうという心があればだがね」

伏間氏は再び海に、いや空に目を向けた。

「ほら見ろ西東くん、星が出てきた。今日はいい天気だったから星夜だろう」

言われて西東さんも顔をあげる。

「ああ、何年たっても空だけは変わりませんねえ。こんな夜は、ニューブリテンのココボでは蛍が綺麗でしたよ。空を見ても地上を見ても星だらけで、今で言うプラネタリウムの宇宙のようでした。あれだけは見たものにしかわかりませんね」

「いやいや、西東くん。蛍ならパラオでも見られますよ」

「えっ」

「これから、お見せしますよ」

しばらくしてボーっという汽笛が鳴った。音のしたほうを皆が一斉に見る。

「船だ！」

赤く色づいた地平線のかなたに、船のシルエットが見える。それは見えてからはあっという間にこちらに近づいてきた。

星の光が強くなったと思ったらもう夜だった。海と空の赤さは夜に溶け込んで、絵の具のすべての色を混ぜると黒になるんだということを思い出させた。そのかわりに光が灯る。

船が光でデコレーションされている。まるで、何億匹という蛍が船にびっしりと止まっているかのように見えた。

「わあ」

いままで大して興味もなさそうに、いや、努めて興味のないふりをしてきたにちがいない娘姉妹も、光に覆われた大型客船の登場に思わずといった様子で興奮した声をあげた。

「見てお姉さん、星の船のようにきれいですねえ」

「お父さんたら、私たちに内緒であんなものを作らせていたのね」

西東さんも嶺倉氏もオオッと感嘆の声をあげる。

「先輩、あれは?」

「まる三日かけて浦賀からやってきたうちの船です。三井から買い取ってね。川崎のドックで少し形を変えたから、今日に間に合わせるのにギリギリでした。どうです、遠目で見ると我々が昔乗ってきた引き揚げ船に見えませんか?」

目を凝らしながら、西東さんが言う。

「ああ、ほんとうだ。よく似てる」

「みんなここへは船で来たから、迎えの船が来るのを待ってるはずなんです。だったら引き揚げ船を連れてくることが一番の供養だと思ってね」

「なるほど。そりゃ道理だ」

「いままでかかってなんとか八千人近くの遺骨引き上げができて、天皇陛下も行幸なさったけれど、全員となるとまだまだ時間がかかる。その時まで私は生きていられないでしょう。癌になって自分の死に支度をはじめて、戒名を用意する段階になって、ふっと思いついたんですよ。骨は拾ってあげられない。地雷を避けて全員を内地のお墓に納めてあげることはできない。でも、魂なら連れて帰ることができる……」

　ざわっと神社のほうから風が吹いた。森が大きく揺れて、まるで海のほうへと枝を伸ばしたように見えた。

（な、なんかいま、後ろからだれか来たような……）

　電波がぶつかってこすれるような音がした。いつのまにやら志乃夫さんが小型ラジオの周波数を合わせている。日本語が聞こえてきた。この音楽祭を二十四時間ずっと流しているというFM番組である。

『こちらスターナイツ号、初の航海はパラオ大統領の特別な許可を得て、日本の浦賀からペリリューへの航路をとっています。その記念すべき第一歩を祝して、いまラジオを通じて、インターネットを通じて世界中でこのパラオ・オータム音楽祭に参加してくれているみなさんのために最高の盛り上がりをお約束しましょう!!』

スターナイツ号の周辺を行く小型の船から一筋の閃光が空に突き刺さったかと思うと、ふわあっと花のように光が開いた。さまざまな光は寄り集まったり散ったりして、スターナイツ号の船体をキャンバスに富士を描き、その上に山の春と桜を降らせる。

超大型のプロジェクションマッピングショーだ。

「花火でも派手に打ち上げようかと思ったんですが、それじゃみんなまだ戦争がつづいていると勘違いしてしまうでしょう」

伏間氏が満足げに船を見ながら言った。

「ここにいる同胞たちは戦争が終わったことを知らない。パラオに秋が来ないからいつまでたっても時間が止まったままなんですよ。だからね」

星が散らばった空の下、横づけの船体に巨大な1945という数字が映し出され、ひとつずつゆっくりと増えていく。あたかもそれは、止まってしまっているペリリューの時を動かそうとしているかのように。それに合わせて小船から放たれるプロジェクションマッピングによる光は、冬の来ない南の国に雪を降らせ、あるときは人工の天の川になり、あるときは故郷日本の都会の光となって夜空の星を飲み込んでいった。

いつのまにか、数字は2017になっていた。

〝静かな静かな里の秋　お背戸に木の実の落ちる夜は
ああ母さんとただ二人　栗の実煮てます囲炉裏端〟

ラジオから聞いたことのある曲が流れてくる。その音楽はラジオからだけではなく、船全体から聞こえてくる。生演奏だ。歌い手があの船に乗っているのだろう。

「里の秋だ」

「いや、星月夜かな」

本当なら、ここで眠る人々はみな日本でこの曲を聴くはずだったのだ。そしてあのプロジェクションマッピングが描き出した数字のように、年月を刻んでいくはずだった。

（オータム・ヴィレッジってそういう意味かぁ）

この光のショーを見ているうちに、春馬は目の前の老人が伏間史郎であるとかないとかという問題はどうでもよくなっていた。もしこの後彼が正体を明かしたとしても、おそらく世界中のだれ一人彼を非難することはないように思われた。それほどまでに、彼自身の残した功績は大きく、またこのイベントは戦後七十二年も経っていまだ日本政府ですら踏み出せずにいた未来への第一歩だったのだ。

このイベントが続く限り、おそらく伏間史郎が亡くなったあとも、オータム・ヴィレッジグループに冬が来ることはないのだろう。

(まさか、豪華客船ひとつ改造して引き揚げ船をペリリューまで連れてくるなんて、この人でないと思いつかないよなあ)

まさに、釋星夜というたった三文字の戒名こそが、伏間史郎に相応しいものだった。あの戒名は、いま伏間史郎がここに葬ったもの、戦後七十二年間なんのために生きたのか、ということをこれ以上ないほど的確に表している。

(さすがだよ、外場。完璧だ)

春馬は尊敬と感嘆の意を込めて彼の後ろ姿を眺めた。しかし、そのとてつもなく大きな謎に挑み、見事解き明かしてのけた彼はといえば、きらめく引き揚げ船にも本物の南洋の空にもさして関心を見せず、じつに暇そうにむすっと唇を引き結んでいるだけだ。

ふと、彼はなにを求めてパラオまでやってきたのだろうと思った。

ここに来るまでにすべてわかっていたのなら、わざわざこんな海の果てまで来る理由も、老人の感傷ともいうべき派手な生前葬につきあう必要もなかったはずだ。

(パラオ行きの航空券を手伝いの報酬にするほど、外場はなぜここに固執していたんだろう。ここに、外場のなにがあるんだろうか……?)

〝明るい明るい星の空　鳴き鳴き夜鴨の渡る夜は
ああ父さんのあの笑顔　栗の実食べては思い出す〟

〝きれいなきれいな椰子の島　しっかり護って下さいと
ああ父さんのご武運を　今夜も一人で祈ります〟

歌い手が里の秋にはない三番を歌い上げる。澄んだ水を思わせる歌手の声をともなって、シンプルなピアノの伴奏が異国の大みそかの空に向かって放たれ、空気に溶けていく。

〝大きく大きくなったなら　兵隊さんだようれしいな
ねえ母さんよ僕だって　必ずお国を護ります〟

前夜祭のオーディションで選ばれた優勝者は、消された幻の四番まで歌い上げたあと、ふたたび一番に戻り、今度は里の秋として歌って演奏を終えた。

エピローグ

「だるーい。なにもする気が起きなーい」

「暑いといってはだるい、寒いといってはだるい。そうやってるとまるで万年だるい星人ですねえ。珍しく旅行に出かけて帰ってきたと思ったらまた定点観測じゃないですか」

　家政夫の灰原万里生さんが忙し気に掃除機をかける中、春馬はリビング横の和室に鎮座ましますこたつに半身をつっこみ、完全にヤドカリと化していた。

　大みそかを贅沢にパラオで過ごしたあと、帰国したとたんに寒暖差のせいか、はたまた緊張の連続で気力を使い果たしたのか、一週間まるまるすっかり寝付いてしまった。

　正月早々病院のお世話になり、久しぶりに京都から帰還した父親と哲彦に病原菌扱いの上二階の私室に隔離され、五蘊盛苦を味わったのち、ようやく熱が下がってリビングに出入りを許された春馬である。

「別に、俺ごときをわざわざ隔離しなくったって、哲彦ならインフルエンザウイルスだって逃げていくだろっての」

　ぶちぶち言いながら、一日の行動範囲がトイレとこたつの往復のみという高校生にあるまじき生活を続けること一週間、さすがの万里生さんもあきれ気味で、

「ハルぼっちゃんを見ていると、ひたすらに日本の将来が心配ですなあ」

「大丈夫だって。俺が万里生さんの歳になるころにはもう万里生さんはこの世にいないし」

「まあ、べつにぼっちゃんの将来がどうなろうと、私が死んだあとならかまやしないですけどね。私の目の黒いうちはせめて私の前だけでも、不幸そうな顔はせんでくださいよ。いちおう袖振り合うも他生の縁って、こうやって一つ屋根の下に暮らしてるんですからね」

「そんなふうに袖を振り合って縁なんてものになるくらいだから、億劫な岩も丸くなるんじゃやないの」

「へえ、言いますねえ。それ以上偉そうにしたかったら、まずはそこから出て昨日から着っぱなしのスエットを脱いでからにしてくださいね」

　万里生さんが今日の晩ははんぺん入り煮込みラーメンでいいかと聞いてきたので、いいでーすと返した。まだ鼻の奥が詰まっている。せっかくの万里生さんの煮込みラーメンの味も、このぶんだと半分しか味わえなそうだ。

結局のところ、春馬たちは迎えに来た船に乗ってペリリューからコロールに戻った。その後、約二日間にわたってオータム・ヴィレッジグループ主催の音楽祭を楽しみ、ビーチでそれなりに南国の海を満喫し、マリンアクティビティにいそしみ、いままでに味わったことのない贅沢な年の暮れを過ごすことができた。なにより自腹でないことがすばらしい。他人の金で遊ぶあの途方もない幸福感。ただただ楽しかった。本当に楽しかった。大事なことだから二回繰り返そうと思う。

音楽祭の期間中、春馬はほぼ最初から最後までパラオにいたが、多くの親族にとっての懸案だった、〝真実〟についての記者発表はなかった。そういえば伏間史郎が最終的に戒名としてどれを選んだのかも定かではない。

あの夜に関していうと、春馬らと同行者、および伏間史郎氏いわく五千人の霊を乗せた平成の引き揚げ船スターナイツ号はペリリュー沖で一泊し、その後コロールで春馬たちを降ろしたあと、浦賀に向かった。伏間史郎氏や西東さんはそのまま船旅を楽しむことにしたらしい。ただし、仏さんに耐性のない嶺倉氏や娘姉妹は、一晩船内で眠れぬ夜を過ごしたようで、コロールに着くなり真っ先に転がるように下船していった。

（まあ、どんなに豪華な客船でも、五千人の仏さんと一週間過ごす気にはならないか）

東京という大都会であっても、青山霊園が見える部屋はお墓ビューと言われて値が下がる。生まれた時から窓からお墓が見えるどころかお墓の掃除が日課だった春馬には、なにも墓石を抱いて眠れと言われたわけでなしと思うのだが、なにを怖いと思うかは人それぞれ。三人の反応もある程度仕方のないことだ。

「実際パラオから戻ったあと、ちょっと肩こりがひどかったんだよなあ」

家庭環境上なんとなくこういうときの対処方法は心得ているので、帰国後家のお堂で線香を焚き、ペリリューで玉砕した部隊が水戸や宇都宮出身の兵で占められていたことを調べ、上野駅のホームまで行くと、次の日から肩こりはなくなった。たまたま春馬についてきた仏さんは、引き揚げ船で帰った仲間たちより早く故郷へ戻れただろう。

ぼんやりと、廊下の先にあるお堂のことを思った。正月は法事が少ないし月命日もなぜか少ない。よって外から持ち込まれたお供え物は少ないが、万里生さんが綺麗に磨き上げた本堂はお正月用の花が美しく、餅やお酒がずらりとならび寒さがなければ冬を忘れる。

（いままで観音さんや仏さんにどうして羊羹や和菓子をお供えするんだろうって不思議だったけど、あれって普通に亡くなった仏さんが好きなものなんだな）

ペリリューから春馬に付いてきた仏さんに限らずだが、きっと死ぬと人は体がなくなるから、時間の経過が生きているときよりずっと分かりにくくなるのだ。だから、戦後七十二年も経ち、観光客が時々島を訪れるというのに、戦争が終わっていないと感じてそこにとどまってしまう。

あそこに閉じ込められていた人々は、特に甘味がほしかっただろう。長い間潮風に吹かれ、水の代わりにしょっぱい海水と涙と汗にまみれ、一口でもいい、甘いものが食べたい、コメの甘みを味わいたいと願って死んだのだろうから。

（もしかしたら戒名っていうのは、ああいう仏さんが、自分は死んだんだとわかるために必要なのかもしれないなあ）

まだ正月に引いた風邪の熱が骨に残っているらしく、体がだるい。結局猫のように丸くなってそのままこたつで寝てしまった。


高校の三学期はどこか番外編のように感じる、と思うのは春馬だけだろうか。始まってもすぐに終わりがきて、桜が咲いていやがうえにも別れのシチュエーションを盛りあげる。

「あー、つい先日が大みそかだったのに、もう受験シーズンとか信じられない」

学校が早めに終わってもほとんどの人間が予備校や自習にでかける中、春馬といえばどこへ出かけるともなく、いつものように麻三斤館にやってきて、勝手知ったるとばかりにお茶を入れ、ぼんやりとここの主を待つ。

　大昔の暖房設備であるところのスチームによって暖かさは保たれてはいるものの、いかんせんすきま風によってその威力も半減するのが悲しい。ともあれスチーム暖房機の上に家の本堂からかっぱらってきた麴(こうじ)まんじゅうを濡(ぬ)らしたハンカチに包んで載せるといい感じにふかされる。同じ理屈でみそ焼き握りなんかでも可。

　まんじゅうがふっくらしてきたころに、ポーカーフェイスにトレードマークの黒縁眼鏡をひっさげて外場薫が現れた。

「僕にもお茶」

「あのね、俺にはいつも入れてくれたためしがないのに」

「僕と違って、君は十分パラオを楽しんだんでしょう」

　言われて、それは本当にそのとおりだったのでおとなしく彼のぶんのお茶の用意を始めた。すばらしき南国での年末が、外場さまのおこぼれのバカンスだったことは否めない。

「ペリリューから戻ったあと、なんで外場は速攻日本に帰っちゃったの」

「正月ですし」

「お母さんが家にいるから？　里村先生みたくいっしょに行けばよかったね」

　せっかくタダだったのに、とはあえて口にはしなかったが、

（そういや、外場んち母子家庭だったっけ。お母さんは公務員っていうことくらいしか知らないけど）

春馬の入れたお茶を、いつものグリーンのラインの入ったビンテージエルメスのカップで飲む。彼の眼鏡が湯気で曇る。

ペリリューでふと疑問に思ったことを聞くならいましかないと思った。

「あのさあ」

「はい」

「伏間さんと、引き揚げ船の甲板で話してたこと、たまたま聞こえたんだけど」

「はい」

「外場って、だれかを探してるの？」

大みそかの夜、ペリリュー沖に停泊していたスターナイツ号へは乗ってきた高速船で向かった。サンゴ礁の島に港は作りにくく、艀(はしけ)を使うしかない。内地へ連れて帰る仏さんのために、伏間氏はボートをいくつも電飾で飾って浜へ流した。浜へたどり着いたボートは不思議なことに波に押し返され、スターナイツ号まで戻ってきた。

その光景を甲板で眺めながら、彼が伏間氏と話しているのを春馬は偶然聞いてしまったのだ。

「伏間さんに言ってたよね。僕と同じ苗字(みようじ)の日本人がパラオにいませんでしたかって」

「…………」

彼の問いかけに伏間氏は怪訝そうな顔をするでもなく、自分の知る限りいなかったのではないかと答えた。そして続けて、なぜそんなことを聞くのかとも。

「あのとき、外場、たしかこんなふうに言ってたじゃん。あなたがパラオを終焉の地に選んだのは、〝余生老いんと欲す海南の村〟といった心境だったのではないですか、って」

「…………」

「そのときは、また外場が難しいこと言ってるなあとしか思わなかったんだけど、あのあと気になって調べてみたんだよね。ヨセイオイントホッスって音だけ覚えてて漢字変換できなかったけど、グーグル先生は賢いよねえ、すぐに出てきたよ」

「…………」

「中国の有名な詩人の詩なんだね。蘇軾っていう人の。で、すごい驚いたんだけど、この人別名、〝蘇東坡〟っていうんだよ」

外場はゆっくりと、いつものようにお茶を飲む。いつものようにカップの耳に細い指をからませて、いつものようにほとんど音を立てず。

「そんなの、物知りな外場が知らないはずないじゃん」

外場の風変わりな苗字は、てっきり墓場に無数に林立する卒塔婆から来ているのだと思っていた。

けれど、どうやらそういう単純な話ではないらしい。彼らの会話からわかったことは、外場は確かに己の身内の行方かルーツを探しているということ。

「だから、中国の文化や仏教事情に異様に詳しかったりするんじゃないの。蘇軾って人になんらかのかかわりがある、学者とか、大学の先生とかさ。この前外場が言ってた中島敦だって家族や親戚が漢文学者だったんでしょ。もしかして、外場の探してる人は、中島敦の関連の人とか」

たしかに変わった苗字だと思ったのだ。外場なんて聞くと、どうしてもあの卒塔婆を連想してしまう。

「外場にもし親戚がいないんだとしたら……。自分たちのルーツがどこなのかわからないくらい日本に親族が少ないとしたら、俺が外場なら墓地の卒塔婆に関連があるんじゃないかって普通に考える。それで戒名とか墓とか仏教とかを調べつくして詳しくなっちゃうと思う。でも、もしそれが卒塔婆じゃなくて蘇東坡だったら？　ググったくらいの知識しかないけど、この人南の島に左遷されたんでしょ」

完全に推測の域を出ないひとりよがりな妄想でしかないが、こんな風にも考えられる。外場の祖父、もしくは先祖はもともとべつの苗字をもっていたが、蘇東坡と同じく南の島へ左遷されて元の名を捨て、外場を名乗った……

（だから、外場は同じように名を捨てた伏間氏に興味をもったし、自分の祖父か曾祖父が彼のように名前を変えた可能性を考えた。わざわざパラオまで出向いたのも、ペリリューに二度も足を運んだのも、そこに何らかの情報があるのではないかと思ったから――）

彼は別段春馬の視線を避けるでもなく、ティーカップのお茶を飲み干すと、ソファの肘掛けに頬杖をついて、じっとこちらを見つめた。

「君は」

「はい」

「そんなに僕のことが気になりますか」

「えっと」

「まあ、君の推理もあながち的はずれではないですが」

と言ってから、大きくほうっとため息をついた。

「僕のルーツやら、苗字の由来やら、いったいいつから、君は僕のことを推理する探偵モドキになったんです？」

「や、だって、珍しいじゃん。外場って苗字も、戒名にやたら詳しい高校生も。うちの家政夫さんだって言ってたよ。昔から袖振り合うも他生の縁だって。だけど、それくらいが縁だっていうなら、この世の中ご縁だらけってことだし、そりゃあ袖振り合うだけで億劫なほど時間がたっちゃうってもんでしょ。つまり人生そのものってことじゃん」

珍しく、外場が笑った。笑ったと言っても八割がた呆れたような顔をしていたが。

「君に人生を語られるとは」

そのとき、部屋の外の階段をバタバタとだれかが駆け上がってくる音が響いた。

「ちょっと金満、いる？」

いる、いないと答える間もなく、乱暴に引き戸が開け放たれる。冷気とともに侵入してきたのは、幼なじみの善九寺尊都だ。

「おっまえ……、ノックぐらいしろよ」

「開けたほうが早いでしょ」

傍若無人が服を着てしゃべるのは、なにも外場だけの専売特許ではない。

「なんの用だよ」

「あんたたちの出番よ。おとというちの親戚の寺で無縁仏の整理をしてたら、なんと古い墓の下から千両箱に入った金の延べ棒が出て来たんだけど、間の悪いことにあっというまに広まっちゃって、いまその金は自分の先祖が残したものだって名乗りをあげてきた檀家が三人もいるの」

「金の延べ棒⁉」

　いきなり持ちこまれる話が火サスから徳川埋蔵金に飛躍した。

「うちとしては敷地内から出たものだし、正直無縁さんの下からだし、できれば親戚の寺の修復費用にあてたいから、なんとかしてほしいんだけど、戒名と墓の専門家ちょっと出張できる？」

「だって、外場。どうよ」

「だから、いつから僕が戒名と墓の専門家に……」

「あら、そうでしょ。ここ、戒名同好会だか戒名コンサル事務所なんじゃないの。金満はそこの戒名探偵のマネジメントやってるんでしょ」

　コンサルだかマネジメントだかいう今流行(はやり)の横文字で言われると、一気にそれもいいのではないかという気になってくるから不思議だ。

「で、どうなの。延べ棒の所有権を勝ち取れたらいくらかバックしてもいいいってうちの祖母が言ってるんだけど」

「バック……」

　善九寺といい、うちの哲彦といい、東京の寺社関係者はみなこんなふうに金に汚いのだろうか。いや、極めて局所的な現象だと思いたい。信じたい。

「あたし自分の事業で忙しいから、勝手に行ってちゃちゃっと片づけてきて。あ、金の延べ棒は写メって送ってね。ぐずぐずすると向こうも弁護士たてて来ちゃいそうな雰囲気だから、あんたらがサクッと行って適当に蘊蓄でけむに巻いて大事にしないでカタをつけてよ」

じゃ、とこの部屋に現れたときと同じ速度で引き戸をぴしゃりと閉め、向かいの中古ブランド品転売事務所に消える。薄っぺらい壁と引き戸越しに、「このケリーバッグ偽物だってー！」という生々しい叫びが聞こえてきた。

「……ていうことなんですけど、どうします、外場さん」

春馬が顔を向けると、外場はうんざりというういつもの視線を眼鏡の奥から投げてよこしながら、

「そんな顔をして、どうせ行く気なんでしょう」

「そんな顔をして、自分のルーツに関係のあるなしかかわらず興味あるくせに」

「うるさい」

だけど、きっと今回もその素敵な蘊蓄で金の延べ棒ゲットしてくれますよね。

そう言うと、なにも言わずに外場はぬるっと笑って春馬がふかしておいたスチーム暖房機の上の麴まんじゅうへ手をのばした。

「ああっ、俺のおやつ！」

まあ、実を言うと春馬としては、外場が卒塔婆だろうが蘇東坡だろうがなんでもい

いのだ。袖振り合うもなにかの縁だし、袖だって地道にこすりつければ岩をもけずることができるらしいから。

これからも、金魚の糞(ふん)のようにくっついていく君の幕何(ばか)をよろしく。

戒名探偵、卒塔婆くん。

参考文献

三谷茉沙夫『戒名で読む歴史　法名に記された歴史の裏と表』（三一新書）
島田裕巳『戒名　なぜ死後に名前を変えるのか』（法藏館）
藤井正雄監修『俗名対応　法名戒名字典』（四季社）
藤井正雄監修『人柄対応　法名戒名字典』（四季社）
藤井正雄『戒名のはなし』（吉川弘文館）
門賀美央子著、松原日治監修『自分でつける戒名』（エクスナレッジ）
原勝文『戒名よもやま話』（国書刊行会）
江戸遺跡研究会編『墓と埋葬と江戸時代』（吉川弘文館）
上村瑛『大江戸文人戒名考寺々ぶらりの江戸・東京散策』（原書房）
牛込覚心『墓埋法・墓地改葬の探究』（国書刊行会）
西海賢二・水谷類・渡部圭一・朽木量ほか『墓制・墓標研究の再構築　歴史・考古・民俗学の現場から』（岩田書院）
勝田至編『日本葬制史』（吉川弘文館）
平和祈念事業特別基金編『平和の礎　軍人軍属短期在職者が語り継ぐ労苦（兵士編）』第5巻（平和祈念事業特別基金）
三田牧「まなざしの呪縛：日本統治時代パラオにおける「島民」と「沖縄人」をめぐって」『Contact Zone』第4号（京都大学人文科学研究所人文学国際研究センター）
「メロウ伝承館」（http://kousei.s40.xrea.com/xoops/）
「戦争を語りつぐ証言集」（http://www.geocities.jp/shougen60/index.html）

本書は、二〇一八年十一月に小社より刊行された単行本を文庫化したものです。

本作品はフィクションであり、実在の人物・団体などとは一切関係ありません。

戒名探偵　卒塔婆くん

高殿 円

令和3年 7月25日　初版発行

発行者●堀内大示

発行●株式会社KADOKAWA
〒102-8177　東京都千代田区富士見2-13-3
電話　0570-002-301（ナビダイヤル）

角川文庫 22742

印刷所●株式会社暁印刷
製本所●本間製本株式会社

表紙画●和田三造

ISBN 978-4-04-111512-1　C0193

JASRAC 出 2105202-101

◇◇◇

角川文庫発刊に際して

角川源義

第二次世界大戦の敗北は、軍事力の敗北であった以上に、私たちの若い文化力の敗退であった。私たちの文化が戦争に対して如何に無力であり、単なるあだ花に過ぎなかったかを、私たちは身を以て体験し痛感した。西洋近代文化の摂取にとって、明治以後八十年の歳月は決して短かすぎたとは言えない。にもかかわらず、近代文化の伝統を確立し、自由な批判と柔軟な良識に富む文化層として自らを形成することに私たちは失敗して来た。そしてこれは、各層への文化の普及滲透を任務とする出版人の責任でもあった。

一九四五年以来、私たちは再び振出しに戻り、第一歩から踏み出すことを余儀なくされた。これは大きな不幸ではあるが、反面、これまでの混沌・未熟・歪曲の中にあった我が国の文化に秩序と確たる基礎を齎らすためには絶好の機会でもある。角川書店は、このような祖国の文化的危機にあたり、微力をも顧みず再建の礎石たるべき抱負と決意とをもって出発したが、ここに創立以来の念願を果すべく角川文庫を発刊する。これまで刊行されたあらゆる全集叢書文庫類の長所と短所とを検討し、古今東西の不朽の典籍を、良心的編集のもとに、廉価に、そして書架にふさわしい美本として、多くのひとびとに提供しようとする。しかし私たちは徒らに百科全書的な知識のジレッタントを作ることを目的とせず、あくまで祖国の文化に秩序と再建への道を示し、この文庫を角川書店の栄ある事業として、今後永久に継続発展せしめ、学芸と教養との殿堂として大成せんことを期したい。多くの読書子の愛情ある忠言と支持とによって、この希望と抱負とを完遂せしめられんことを願う。

一九四九年五月三日

角川文庫ベストセラー

図書館内乱
図書館戦争シリーズ②
有川浩

両親に防衛員勤務と言い出せない笠原郁に、不意の手紙が届く。田舎から両親がやってくる!? 防衛員とバレれば図書隊を辞めさせられる!! かくして図書隊による、必死の両親攪乱作戦が始まった!?

図書館危機
図書館戦争シリーズ③
有川浩

思いもよらぬ形で憧れの〝王子様〟の正体を知ってしまった郁は完全にぎこちない態度。そんな中、ある人気俳優のインタビューが、図書隊そして世間を巻き込む大問題に発展してしまう!?

図書館革命
図書館戦争シリーズ④
有川浩

正化33年12月14日、図書隊を創設した稲嶺が勇退。図書隊は新しい時代に突入する。年始、原子力発電所を襲った国際テロ。それが図書隊史上最大の作戦（ザ・ロンゲスト・デイ）の始まりだった。シリーズ完結巻。

別冊図書館戦争Ⅰ
図書館戦争シリーズ⑤
有川浩

晴れて彼氏彼女の関係となった堂上と郁。しかし、その不器用さと経験値の低さが邪魔をして、キスから先になかなか進めない。純粋培養純情乙女・茨城県産26歳、笠原郁の悩める恋はどこへ行く!? 番外編第1弾。

別冊図書館戦争Ⅱ
図書館戦争シリーズ⑥
有川浩

〝タイムマシンがあったらいつに戻りたい?〟図書隊副隊長緒形は、静かに答えた――「大学生の頃かな」。平凡な大学生だった緒形はなぜ、図書隊に入ったのか。取り戻せない過去が明らかになる番外編第2弾。

角川文庫ベストセラー

角川文庫ベストセラー

からまる　千早 茜

生きる目的を見出せない公務員の男、不慮の妊娠に悩む女子短大生、そして、クラスで問題を起こした少年……。注目の島清恋愛文学賞作家が〝いま〟を生きる7人の男女を美しく艶やかに描いた、7つの連作集。

眠りの庭　千早 茜

白い肌、長い髪、そして細い身体。彼女に関わる男たちは、みないつのまにか魅了されていく。そしてやがて明らかになる彼女に隠された真実。2つの物語がひとつにつながったとき、衝撃の真実が浮かび上がる。

夜に啼く鳥は　千早 茜

少女のような外見で150年以上生き続ける、不老不死の一族の末裔・御先。現代の都会に紛れ込んだ御先は、縁のあるものたちに寄り添いながら、かつて愛した人の影を追い続けていた。

ふちなしのかがみ　辻村深月

冬也に一目惚れした加奈子は、恋の行方を知りたくて禁断の占いに手を出してしまう。鏡の前に蠟燭を並べ、向こうを見ると――子どもの頃、誰もが覗き込んだ異界への扉を、青春ミステリの旗手が鮮やかに描く。

本日は大安なり　辻村深月

企みを胸に秘めた美人双子姉妹、プランナーを困らせるクレーマー新婦、新婦に重大な事実を告げられないまま、結婚式当日を迎えた新郎……。人気結婚式場の一日を舞台に人生の悲喜こもごもをすくい取る。